幻獣遁走曲

猫丸先輩のアルバイト探偵ノート

ある時は幻の珍獣アカマダラタガマモドキの捜索隊員、ある時は松茸狩りの案内人、ある時は新薬実験モニター、そしてある時は戦隊ショーの怪人役と、いっぷう変わったアルバイトに明け暮れる神出鬼没の名探偵・猫丸先輩が遭遇した五つの事件。猫コンテスト会場での指輪盗難事件と壮絶なドタバタを描いた「猫の日の事件」、幻の珍獣の存在を示す報告書焼失の裏に隠された真相に呆然とさせられる「幻獣遁走曲」、意外な真実が爽やかな余韻を呼ぶ「たたかえ、よりきり仮面」ほか二編を収録。著者の真骨頂である優しさとユーモア、そして謎解きの楽しさが遺憾なく発揮された愉快な連作集。

幻　獣　遁　走　曲
猫丸先輩のアルバイト探偵ノート

倉　知　　淳

創元推理文庫

NEKOMARU, THE PART-TIME DETECTIVE

by

Jun Kurachi

1999

目次

幻獣遁走曲

――猫丸先輩のアルバイト探偵ノート

猫の日の事件

青天の空に黄色の小旗が翻っている。

旗には猫の顔が描かれ、その下にまっ赤な文字で「T・F・F」と社名のロゴが染め抜かれていた。うららかな陽光の下、のんびりと揺れる小旗は、のどかそのものの光景である。

旗の根本で轟部長が立ち止まったので、その屏風みたいな広い背中の後ろに、長久手晃貴も足を止めた。

「あ、部長、おはようございます」

受付の机の向こうで、先輩社員の蒲寺が頭を下げた。轟部長は挨拶を返しもせず、最前からのむっつりと不機嫌な表情のまま、

「看板が曲がっとる」

ぶっきらぼうに一言云った。平家ガニそっくりの顔が、今日はますます険しくなっている。

蒲寺は慌てて、受付の脇に立っている看板をまっすぐに立て直した。看板には丸っこい字体で「東京フレッシュペット食品主催・第四回日本良い猫コンテスト会場」と書かれている。

その横で、揃いのウィンドブレーカーを着たアルバイト学生が二人、缶詰めをせっせと、ダ

ンボール箱から出して積み上げていた。参加賞である。ウィンドブレーカーにもダンボールにも、「東京フレッシュペット」の社名が入っている。ピラミッド型に積まれた缶詰めの山を見て、長久手はちょっと顔をしかめた。自社製品ながらどうも好きになれない。味が、ではなくもちろんデザインが。黒地に、変にリアルなタッチで猫の顔が描かれた「フレッシュ・キャット」。見た目からしていまひとつ垢抜けない。おまけにキャッチフレーズもふるっている。洒落た云い回しのつもりなのだろうが、「猫がおいしい、フレッシュ・キャット」。よもや間違える人がいるとは思えないけれど、これではキャットフードなのか猫肉の缶詰めなのか、いささか紛らわしい。

「ＶＩＰと審査員は」

轟部長が蒲寺に、無愛想な声で短く聞いた。

「はい、早崎(はやさき)様の奥様と寒林(かんばやし)先生が、もう」

「くそっ、早いな」

轟部長は腕時計を睨みつけて、吐き捨てるように云った。午後一時の開会まで、まだ三時間近くある。

「参加者はどうだ」

「はい、現在まででもう百五十組を超えています。このまま行けば新記録になるのではないかと」

「トランシーバーの電池、大丈夫だろうな」

「ええ、それはもう、今朝入れ替えましたから」

蒲寺は、噛みつきそうな轟部長におもねるようにへらへらと笑って、

「万事抜かりありません、ご心配なく」

「一昨年もお前はそう云って、肝心な時にトランシーバーの電池が切れた。お陰で伝令のアルバイトが貧血で倒れた」

「あれだけ走らせたら頑丈な学生でも倒れますよ。それにあれは電池切れじゃなくて機械の方のトラブルで――」

「云いわけするな」

轟部長は怒声を張り上げた。

「ぐずぐず云ってる暇があったら点検のひとつもしておけ。いいか、今日またあんな手落ちがあったらお前の責任だからな、肝に銘じておけ」

「はあ、すみません」

蒲寺は首をすくめて、テーブルの下から腕章を取り出した。

「部長、これをどうぞ」

「運営本部」と書かれた腕章を、轟部長はひったくるみたいに受け取って、物も云わずにずんずん会場へ入って行く。蒲寺は、長久手に苦々しい顔をして見せてから、同じ「運営本部」の腕章を差し出し、

「おい、気をつけろよ。部長、あの通り今日は殊(こと)のほかご機嫌斜めだからな」

「はあ、噂には聞いてましたけど、あれほどとは思いませんでした」

長久手が答えると、蒲寺はいっそう顔をしかめて、

「仕方ないさ、今日は猫がいっぱいいるんだからな」

＊

「東京フレッシュペット食品」主催による「日本良い猫コンテスト」は例年、二月五日の「猫の日」を記念して行われる。と云っても、今日が日本中全国的に「猫の日」というわけではない。社の上層部が勝手に決めただけの話である。「ニャーゴ」だから二月五日——思わず腰砕けになりそうなセンスだ。

こうしたキャット・ショーやコンテストは、「日本愛猫(あいびょう)協会」や「猫愛好会」などの各キャットクラブ単位で開催されるのが普通である。大手のペットフード会社は協賛につくだけだ。しかし業界後発の長久手の社では、テコ入れ策のひとつとして四年前から、自ら音頭(おんど)取りとなってこのコンテストを開いているのである。

通常のコンテストでは基本的に、純血種の猫の出場資格は、主催キャットクラブ発行の血統書を持っていることをその条件とされるが、この大会ではそうした垣根を取っ払って参加自由を謳(うた)っている。参加資格に制限はないが、審査は通例のキャット・ショーの基準に則(のっと)った方式を採用しており——すなわち、頭部の形、体型、被毛、色調、そして体のバランスや動きの優

雅さ、目の輝きや尻尾の状態、それらを総合的に判断して審査する。もちろんメインイベントになるのは、出陣猫のクラス別ランキングづけで、猫種別、性別、毛色別、タイトルの有無などで分類し、細かい部門賞を設けている。そうした純粋な純血種部門は、猫種に決められたスタンダードに従って採点するけれど、それだけでは一般参加者の食い込む余地がなく面白味に欠ける。そこで、このコンテストでは付随的イベントとして、長寿猫の表彰や重量較べ、そして猫の一発芸大賞などの色物部門の賞も設定し、そこそこの人気を集めるのに成功している。なにより、会場のいたるところに社名と商品名を大書してあるので、その宣伝効果は計り知れないものになる。

会場はこの、「幕張臨海野外特設会場」を借りる。名前は大したものだが、実態はどうということもない――ただのだだっ広いグラウンドのようなものである。有料の催し物が行われる場合もあるので、ぐるりを高いフェンスで囲んであるのも少々興醒めだ。とは云え、今日のような上天気の日には、そこここに芝の敷かれたこの広い会場は、いるだけでいい気分になれる。参加者達には絶好の気分転換になることだろう。天気がよくって本当によかった――と、長久手はつくづくそう思う。今日の開催日まで、先輩社員を手伝って準備に奔走したのが報われる思いだ。野外会場のこととて、雨にでも祟られようものなら悲惨な状況になっただろう。朝、天気を確認してほっと胸を撫で下ろしたものである。

しかし、ほっとばかりはしていられない。

一緒に運営準備をしてきた先輩社員達は、各部署の責任者として、今は会場のあちこちに散っているはず。入社一年目でコンテスト初経験の長久手は、大会の実質的総括責任者である轟部長のお供を仰せつかっているのだ。不機嫌きわまりない轟部長の――。

その轟部長は、いかつい肩を怒らせてどんどん歩いて行く。柔道三段、合気道二段。学生柔道では全国四位まで進んだ経歴の持ち主である。そのがっしりした体躯が、ぐいぐいと会場を突っ切って進んでいる。長久手は遅れないように小走りになった。

不機嫌な早足の轟部長とは対照的に、会場にはのどかな、のんびりとした空気が満ちていた。ぽかぽかと暖かな陽気の下で、参加者達が思い思いの姿勢でくつろいでいる。誰もが楽しそうに笑顔を浮かべ、盛んにさんざめき合っていた。多くは女性だが、男だけのグループや家族連れの姿もちらほら見える。その腕の中には、猫――。何百人かの人が、それぞれ猫を抱いている。

猫、猫、猫――。一種、壮観な眺めだ。

あくびをしている猫、前脚で顔を洗っている猫、うとうとしている猫、飼い主の腕から逃れようともがく猫。種類も大きさも種々雑多。優美なふかふか毛のペルシャ。ビロードみたいなシルバーブルーの毛並みが美しいコラット。豹のような斑点模様のオシキャット。ちりちりに縮れた毛に被われたアメリカンワイヤーヘア。耳が犬そっくりに前に折れ曲がっているのはスコティッシュフォールドだ。そんな珍しい高級猫に混じって、どう見ても雑種としか思えないブタデブ猫や、ぬいぐるみの玩具みたいな小さな仔猫、そして尻尾だけがびっくりするほど太いおかしな猫もいる。

運搬用のキャリーバッグを足元に置いているものの、どの飼い主もそこに自慢の猫を押し込んでおく気はないようだ。申し合わせたように自分の腕に抱いている。そしてにこにこ顔で、周囲の人達との「ウチの子自慢」のお喋りに余念がない。共通の趣味を持つ者同士、すぐに仲良くなっているらしい。わっと楽しげな笑い声を弾けさせる一団、互いの猫を声高に誉め合っている中年夫人達、興奮して逃げてしまった猫を追いかけている少女、懸命に猫の毛にブラシを当てている初老の男、さかんにビデオカメラを回している青年、芝生の上で早くも弁当を拡げている一家——。

はしゃいでいる飼い主達を尻目に、どの猫も何となく納得いかないような顔つきをしているのが、長久手には面白かった。以前、犬のコンクールを見学したことがあるが、あの時は飼い主も犬も意気揚々としてやる気いっぱいだった。犬には犬なりの対抗意識があるからなのだろう。ところが猫は生来の気ままさで、こういう場を好まないのかもしれない。場違いな所へ連れて来られて、どことなく不満そうにしている。嬉しげな飼い主と気の抜けた猫との落差が、見ていて笑いを誘う。そのうち、嫌がるトラ猫にフリルのついた洋服を着せようと躍起になっている女の人が目について、長久手は首をかしげた。さすがにそこまでするのはどうかと思う。長久手も動物は好きな方ではあるけれど、やはり限度というものがある。子供の頃、近所に「猫おばさん」なる人物がいたことを、ふと思い出した。町内のちょっとした有名人だったそのおばさんは、野良猫を餌で懐柔して、手がまっ黒に汚れるのも構わず撫で回していたものだ。限度知らずの異様な猫好き。猫おばさんの、まっ黒な手が記憶の中を通過して、長久手は少し不愉快な気分になった。

「おい、何をぼやっとしとるか、遅れるな」

轟部長が、平家ガニそっくりの顔を振り向かせて怒鳴っている。

「あ、はい、すみません」

長久手は走って行って、轟部長に並んだ。見上げると、部長の顔は心なしかこわばって、顔色もいくらか悪くなっている。噂に聞いた通りだ。猫がたくさんいる会場を歩いているせいだろうか。

歩きながら轟部長は、硬い表情のままで、

「くそっ、気分が悪い――」

いらいらしたように呟いた。長久手は、ご機嫌を取り結ぼうと調子を合わせて、

「部長は本当に猫がお嫌いなんですね」

「嫌いだよっ」

取りつく島もない。余計なことを云わなきゃよかった――長久手は黙ったが、轟部長はなおも歯ぎしりでもするかのように、

「畜生、いまいましいケダモノどもめ――多分、俺の胞衣（えな）の上を一番最初にあのケモノが通りやがったんだ」

「は――エナ、ですか」

「何だ、そんなことも知らんのか、お前は。近頃の若い者は物を知らんな」

轟部長は、長久手を睨みつけて云った。

「はあ、すみません」

「胞衣って云うのはだな、胎児を包んでいる膜や胎盤や臍帯なんかのことだ。昔はお産の後、そういうのを土に埋めた。その埋めた地面の上を一番先に通ったものだけは一生虫が好かない」

「はあ――それで、部長のその、エナはどこに埋めてあるんですか」

「バカモン、昔の話だと云っただろう。今時そんな不衛生なことをする病院があるものか。そういう物の喩えがあるという話だ、覚えておけ、この不勉強者が」

「はあ」

長久手は、部長も普通にお生まれになったんですね、と軽口を叩こうとしたが、かろうじて思いとどまった。

「くそっ、嫌らしいケダモノども、近づくだけで虫酸が走る」

轟部長はまだぶつぶつ云っている。

「あいつらまとめて紙袋に押し込んでＪリーグの選手にＰＫ合戦やらせたら、すかっとするだろうな。なあ、おい、長久手、そう思わんか」

「はあ」

「はあじゃない、何だその覇気のない返事は――。それともラグビーがいいか、まとめて紙袋に押し込んで花園で思いっ切りトライさせるってのはどうだ」

どうだはともかく、時と場合を考えてほしい。恐怖感を紛らわすのに虚勢を張っているのは判るが、長久手はひやひやした。周囲は猫好きの人達ばかりなのだ。主催者側の、しかも最高責任者がこんな不穏当なことを口走っているのを聞かれたら、それこそ袋叩きにされかねない。その代わり、猫を賛美する歌でも唄ったら、どんなにヘタクソでも喝采を浴びるだろうが——。

これほどの猫嫌いが、どうしてペットフード製造販売の会社なんかにいるのか——この体格と特技を活かし、例えば警備会社などに入れば相当有能な人材で通っているはずである。しかしそれにはちょっとした事情がある。社員同士の酒の肴に、よく話題に出るエピソードだ。長久手も、先輩から何度も聞かされた。なんでも、轟部長が若い頃ある女性と大恋愛をして——あのご面相で何が大恋愛だ、とここで決まって大笑いになるのだが——それが今の奥さんであり、専務の娘なのだそうだ。専務は娘との結婚を許すのに、当時小さな家畜飼料卸し商だった会社に入って社を守り立てることを条件にした、という話である。そうして轟部長は粉骨砕身、会社を現在の規模にまで発展させるのに貢献したという。部長の地位も、専務の娘婿という立場に安穏とすることなくがむしゃらに働いた結果なのだとか。ちなみに専務はワタリガニそっくりな顔をしており、娘は父親似らしい。

「それよりバスケットも面白いか。あいつらまとめて紙袋に押し込んで、ドリブル五百回くらいやってからダンクシュートで叩き込む——」

まだ云っている。さすがに長久手は止めようとしたが、そうするには及ばなかった。毛足の長い茶色の猫が一匹、轟部長の足元に寄って来て、一声にゃあと鳴いたのだ。轟部長はまっ蒼になって飛びすさって、それきり口をつぐんでしまった。

＊

会場を横断して、敷地の一番奥にある建造物に到着した。この会場にある唯一の建物である。大規模なプレハブといった感じの安っぽい物だが、それでも以前何かのイベントの際、都知事の控え室に使ったという曰（いわ）くつきだ。今日もここが、来賓や審査員の控え室になる。

薄っぺらなスチールドアの前で立ち止まり、轟部長はむすっとした調子で云った。

「おい、ここにアルバイトを一人立たせとけと云ったはずだろう、どうなっとるんだ」

聞かれても、アルバイトの管理配置は長久手の仕事ではない。

「さあ――どこへ行ったんでしょうか――」

「バカモンっ、とっとと探して来んか」

いきなり雷を落とされて、長久手は駆け出した。十メートルばかり走ったものの、この広い会場のどこをどう探せばいいのやら――と、途方に暮れて辺りを見回す。が、しかしすぐ、向こうの人垣の中に、アルバイトに支給したウィンドブレーカーを着た男を発見した。見覚えのある男だ。アルバイトの面接に立ち会ったので覚えている。長久手はそちらに向かって歩き出した。

その小男は、年配の婦人の抱いた猫に鼻づらを近づけて笑っていた。眉まで垂れた、ふっさ

りした前髪が陽光にきらめいている。妙にユーモラスな雰囲気の男である。猫を撫でてとろけそうな顔をした小男は、

「いやあ、本当にかわいいですねえ、この目鼻立ちのちまちまっと小っちゃくまとまってるとこなんか、愛くるしいと云うか何と云うか——うひゃあ、尻尾もふかふかして、気持ちいいですねえ」

しきりに愛嬌を振り撒いている。撫でられた猫はうっとりと目を細め、飼い主の婦人も嬉しそうに小男のお愛想に応じている。

やっぱりあの男だ——長久手は嘆息した。仔猫みたいなまん丸な目をした、名前もふざけた名の——そう、確か猫丸とかいった。顔つきばかりでなく、しなやかな身のこなしも猫によく似ていた。採用担当の先輩社員が「猫コンテストに、猫に因んだ名前で猫に似てるバイト君がいるなんて面白いじゃないか。よし、採用しよう」とか何とか云っていたので、はっきり記憶に残っている。しかも童顔のくせに年だけは行っていて、履歴書の記載によって三十をとっくに過ぎていると知った時にも驚いたから、余計に印象が鮮明だ。いい年をして、こんなアルバイトの面接を受けに来るなんて、何者なのだろうか——と。

「何ていう種類なんですか、ははあ、ラグドール——へえ、珍しいんでしょうね、こういう模様の猫ってあんまり見かけませんものね——ひゃあ、肉球、ぷよぷよですねえ」

調子よく喋りながら、楽しげに猫をいじっている猫丸のそばへ寄って、長久手は、

「失礼——ちょっとあなた、こっちへ」

飼い主の婦人に会釈して、猫丸の腕を引っぱった。

「困りますよ、あんた。あそこの張り番の分担でしょう」

十近くも年上の相手を叱り飛ばすわけにもいかず、長久手は不満の意を表した。

「持ち場を離れちゃいけないって云われてるでしょうに」

「いやあ、すみません、あんまりかわいい猫がいっぱいいいるもんだから、ついふらふらっと——」

と、猫丸は、まだ未練たっぷりに向こうの猫をちらちら見ながら云った。

「ダメですよ。猫好きもいいけど、今日はあんた、バイトなんですから。勝手なことされると僕が叱られるんですからね」

「いや、面目ありません」

と、形ばかり頭を下げて猫丸は、

「それにしてもこのバイト、当りでしたよ。猫コンテストなら珍しい猫がたくさん見られるんじゃないかって思って応募したんですけど、大正解でした。こんなに集まってるとはねえ、正直云ってびっくりしました」

長い前髪をかき上げて、にこにこ笑っている。開けっぴろげの、まるで緊張感のない笑顔。こいつ、ちょっと足りないのではなかろうか——。

巨大プレハブの前に戻ると、轟部長が物凄い形相で待っていた。

「バカモンっ、何をやっとるか」

早速声を荒らげる。

「お前の仕事はここに立って、大事なお客様や審査員の先生方のご用を伺うことだろうが。ちょろちょろと持ち場を離れるとは、どういうつもりだ」

頭ごなしに怒鳴りつけた。しかし猫丸は、

「はあ、失礼しました」

一向に応えた様子でもなく、にこにこしたままぺこりとお辞儀をする。長久手は内心閉口して、この三本足りない小男を眺めていた。これで部長の機嫌がさらに悪化するのは目に見えている。

案の定、轟部長はまっ赤な口を開けて、ドアの脇の地面を指さすと、

「いいか、お前はここを一歩も動くな。ここに立って一歩も動くんじゃない。動いていいのは、お客様や審査員の先生方に何か用事を云いつけられた時だけだ。判ったか、それ以外では一歩も動くなよ。日が暮れるまで、ずっとここに立っとれ、いいな」

「判りました。死んでも動きません」

大真面目な顔で云って猫丸は、轟部長が示した地点に直立不動になった。真剣なように見えるが、あんまりオーバーな態度なので、見ようによってはこちらをおちょくっているふうにも感じられる。

「まったくもう、馬鹿バイトめが——長久手、行くぞ」

捨て台詞(ぜりふ)を吐いて、轟部長は荒々しくドアを開けた。その広大な背中について建物に入りし

なに、長久手がちらりと様子を窺うと、猫丸はバッキンガム宮殿の衛兵さながらに、まっすぐになって突っ立っていた。異様に律義なのか、それともふざけているのか、どうも判断がつかなかった。

*

プレハブの内部は簡単な造りである。まん中に廊下が一本走っていて、それぞれの突き当りにスチールのドアがある。出入口は、この二つ。そして廊下の左右に扉が三つずつ並んでおり、左に三部屋、右に二部屋——右の一番奥はトイレと洗面所になっている。一階建てなので合計五部屋。それでも各部屋はかなりの広さがあり、今日使っているのは入口に近い左右の二部屋だけで、奥の三部屋は使用していない。

入ってすぐの、左側のドアに「賓客(ひんきゃく)控え室」と張り紙が貼ってある。轟部長は軽くノックして、その扉を開けた。

「失礼いたします」

長久手は、轟部長に続いて部屋に入った。

中央に大きな会議用のテーブルが置いてあるだけの、殺風景な部屋だった。その周りにパイプ椅子がぐるっと並べられ、テーブルには簡単なお茶のセットとお茶菓子がちょこんと置いてある。

その向こう側に、中年の品のいい婦人が座っていた。早崎夫人である。薄紅色のコートを羽織った早崎夫人は鉛筆みたいに痩せていて、腕に猫を一匹抱いている。オリエンタルショートヘアという種類の猫だ。ぎすぎすに痩せて毛のほとんどない、羊毛を刈った後の羊のようなその猫は、長久手達が入って行くと、夫人の腕の中でびくりと顔を上げた。

「これはこれは早崎様の奥様、本日はようこそいらっしゃいました」

満面に笑みを浮かべて、轟部長は早崎夫人に近づいた。

「大変ご無沙汰をして失礼しております。お早いお着きで恐縮でございます、お出迎えにも出ませんで申し訳ございません」

「いいえ、私が早く来すぎたんでいけないんです」

早崎夫人はおっとりと、

「晴れのコンテストでございましょう、この子が興奮しちゃって、早く行こう早く行こうって急かすものですから、つい早く出かけて来てしまって」

と、腕の猫を撫でる。つるつるの猫は、どことなく不服そうな顔で、それでもおとなしくされるがままになっている。

「これはこれは、チャッピーちゃん、でございましたね。昨年より一段とかわいらしくなっておりますな」

轟部長は、猫に平家ガニみたいな顔を近づけて云った。無理をしているらしく、頬が引き攣っている。しかし顔が大きいので、猫を丸かじりしようとしているようにも見えた。長久手は笑いを嚙み殺した。

「いや、本当におかわいらしい。チャッピーちゃあん、お元気でちゅかあ、あなたはかわゆいでちゅねえ」

臆面もなく、気色悪い猫撫で声を上げる轟部長のこめかみに、冷や汗がひとしずく滑り落ちた。

「あら、チャッピーちゃん、おじちゃんに誉められちゃいまちたねえ」

早崎夫人も、相好(そうごう)を崩して猫に呼びかけた。猫だけは相変わらず、不満げな面持(おもも)ちである。それにしても、中年の男女が揃って猫に顔を擦り寄せて幼児語で語りかける光景は、ちょっと不気味だ。

「いや、奥様、本当にもうチャッピーちゃんは気品があってご健康そうで――奥様が愛情濃(こま)やかにお育てになっているのがよく判りますなあ」

轟部長は愛想よく云う。

「私も仕事柄たくさんの猫ちゃんを拝見しておりますが、チャッピーちゃんほど健(すこ)やかにお育ちになっている猫ちゃんには、とんとお目にかかりません」

「あら、そんなに誉めていただいて、恥ずかしいわ」

「いえいえ、ご謙遜なさることはありません。これでしたら今年も入賞は間違いなしでしょうなあ」

「そうでしたら嬉しいんですけどねえ」

まんざらでもなさそうに猫を撫でる早崎夫人の指に、大粒のダイヤが光っている。胸に掛けたペンダントの緑色の宝石も、猫の目玉くらいの大きさだ。ご主人は、某商事会社の重役だとかで資産家、「東京フレッシュペット食品」の大株主でもある。

「いやいや、本当に。一般参加の皆さんもチャッピーちゃんを見れば、羨ましくて涎を垂らすでしょう。こんなにかわいらしい猫ちゃんを連れていらっしゃるのは、奥様の他にはおられないですからねえ」

「あらまあ、部長さん、お世辞が過ぎますよ」

「何の、世辞なんかであるものですか、まったくかわいらしい猫ちゃんで――では奥様、開会までもうしばらく時間がございますので、こちらでお待ちください。私も仕事がありますので、お相手できなくて心苦しゅうございますが」

「いいえ、お構いなく。私、チャッピーちゃんとここで待ってますから」

「では失礼いたします。何かありましたら、外に係の者を待機させておりますので、何なりとご遠慮なくお申しつけくださいませ」

「はい、ありがとう」

「それでは、後ほどまた――さ、長久手君、行こうか」

顔中笑顔で深々と一礼すると、轟部長は廊下へ出た。長久手もそれに従う。「賓客控え室」のドアを閉めると、轟部長はたちまち苦虫を嚙み潰したような表情に戻った。文句あるかとばかりに睨みつけてきたので、長久手の方が恥ずかしくて下を向いてしまった。

その時、部長のポケットで呼び出し音が鳴った。グローブみたいな手でトランシーバーを摑み出した轟部長は、嚙みつくように、

「轟だ」

「あ、部長、洞ケ森様の奥様がご到着です」

トランシーバーから、受付の蒲寺の威勢のいい声が流れてきた。

「そうか、バイトにこちらまで案内させろ、俺はこっちで待ってる、失礼のないようにな」

「判りました」

通話を終えると、轟部長は「賓客控え室」と向き合ったドアをノックした。こちらには「審査員控え室」の張り紙がある。轟部長はドアを開けるなり、大きな声を張り上げた。

「これはこれは寒林先生、お早いお着きで——。お作はいつも拝読しております」

陽の当る窓辺の椅子に座っていた、顔が異様に横に長い中年の男が、とろんとした目で振り返った。

「毎年難しいお役目をお引き受けいただき、誠に申し訳ございません。今日もひとつ、よろしくお願いいたします」

恥ずかしげもなく揉み手などして愛想笑いを浮かべる轟部長を、寒林は鷹揚な手つきで押しとどめて、

「いやあ、こちらこそよろしく。僕も毎年楽しみにしてるんだよ、猫は大好きだからね」

「なるほど、さすが知的で有名な文化人の方には優雅なペットがお似合いですからねえ」

「いやいや、僕なんかちっとも有名じゃないよ」

「何をおっしゃいますか、先生が審査員席にお座りになっていると、何と云うかこう、格が違いますから。私共も、先生のような一流の著名人の方を審査員にお迎えできて、毎年鼻高々でございますよ」

「いやっはっはっ、相変わらず口の達者な人だね、君は」

「いえいえ、ご高名な思想家の先生にお誉めいただくとは、恐縮でございます」

腰を三十度の角度で折り、にこやかに揉み手する轟部長は商売人の見本のようだ。

「ときに先生、先生も是非一度、お宅の猫ちゃんをお連れいただいてはいかがでしょう。有名な先生の猫ちゃんにご参加いただければ、話題の的になること請け合いでございますよ」

「それが君、家では猫は飼っておらんのだよ」

「おや、それはまた、どうして」

「女房が動物嫌いでね、飼わせてもらえないんだ」

「ははあ、有名な文化人の先生といえども奥様には頭が上がらない、と——その辺りは我々庶民と同じなんでございますね。なるほど、先生のお作が売れているのは、いかに有名になられても庶民性を失わない——その辺に秘訣があるんでしょうなあ」

「いやっはっは、だから君、僕はそんなに有名人じゃないと云ってるだろう」

「いやっはっは、先生こそご謙遜がお達者で——。あ、それから先生、お昼には草月庵の松花堂弁当を取ってありますので、間もなく届くと思います、もうしばらくこちらでお待ちください」

「いやあ、いつもすまんねえ」

「いえいえ――それでは、後ほどまた。失礼いたします」

廊下へ出ると再び、轟部長は青虫でも頬張ったみたいな顔つきに戻った。そして不機嫌に口を歪め、

「けっ、三流作家めが、弁当目当てに早々と来やがって」

鼻を鳴らして云った。

「あのう、部長――私、不勉強で存じ上げないんですけど、あの先生、どんなものを書いておられるんですか」

「知らん、読んだこともない」

ニべもない。

と、そこへ、「賓客控え室」から早崎夫人が出てきた。両手でタオルをつまんでいる。

「おや、早崎様の奥様、いかがなさいましたか」

一瞬の早業で、柔らかな笑顔になって轟部長が尋ねた。

「いえ、チャッピーちゃんがちょっと粗相(そそう)をしましてね」

早崎夫人はタオルを軽く振って答えた。気のせいか、若干異臭が漂ってくる。

「おやおや、それはいけませんな。チャッピーちゃんはデリケートでいらっしゃいますからねえ、コンテストの前で緊張しちゃったんですね。しかし奥様、そのようなことは奥様がお手ず

からおやりにならずとも——お申し越しくだされぱウチの者にやらせましたものを」

轟部長は、ちらりと嫌な横目で長久手を見て云った。しかし幸いなことに早崎夫人は、

「いいえ、それには及びませんわよ、家でもあの子の世話だけは、お手伝いさん任せにしないで私がやってますから」

「ははあ、そうですか、いや、感服いたしました。その濃やかな愛情がチャッピーちゃんを美しく育む(はぐく)わけですな」

「いいえ、当然のことです——それじゃ、ご免あそばせ」

早崎夫人は廊下を奥へ、トイレに向かって行った。それを見送って轟部長は、

「けったくそ悪い、どうせあの益体(やくたい)もない失禁馬鹿猫が賞に決まってやがるんだからよ、面白くもない」

悪態をつきながらスチールドアを開けて、建物の外へ出て行く。長久手は慌ててその後を追って、

「え、どういうことですか、賞に決まってるって——まだコンテストは始まってないじゃないですか」

と、表へ出た。

ドアの外では猫丸が、最前の位置に立ったままだった。云われた通り一歩も動いていないのは、やはり律義な性格なのか——少なくとも、云いつけを守る程度の知能だけはかろうじてあるらしい。しかし陽気のいいのに誘われてか、立ったまま半分目が閉じている。その様子も、

猫が日向ぼっこをしているのによく似ている。

「バカモン、大きな声を出すな」

轟部長は長久手の首っ玉を摑むと、猫丸の耳を憚ってか、入口から少し離れた。そのため、窓越しに部屋の中で寒林が、こちらも日向ぼっこをしているのが見えた。横長の顔が陽をたっぷりと浴びて、うつらうつらしているのが気持ちよさそうだ。

「主催者側のお前が、そういう不穏当なことを軽々しく口にするんじゃない」

轟部長は、自分に不穏当な発言などなかったかのように云う。ひそめているので、低い声にドスが効いて一段と恐い。長久手はびくびくしながら、

「はあ、すみません――でも、もう賞が決まってるというのは――」

「それでいいんだ。お前、今日のコンテストにキャットリーネームを持った猫が何十匹集まると思ってるんだ」

「は、キャットリーネームと云いますと――」

「バカモンめ、本当にお前は勉強が足らんな。血統書に登録したブリーダーの名前だよ、つまり正式な猫の名字のことだ」

「猫に――名字まであるんですか」

「あるんだよ、高価なあのケダモノには生意気にも姓名が。例えばさっきのあのつんつるのケダモノは、フレンダー・早崎・チャッピーとか云うんだ、これがあの失禁馬鹿猫の正式登録名だ」

「なんだか日系二世みたいですね」

「そういうくだらんことをやって喜んでるんだから、猫好きなんて人種は度し難い。だからな、こういうコンテストにはそんな馬鹿高い高級猫がわんさと集まるんだ。その中で大事なお客様の飼い猫に賞を与えるのが、我々主催者側の務めじゃないか、それくらいのことも判らんでどうする、このバカモンが」

「それじゃ、今日のこれ、デキレースなんですか」

長久手は呆れ返ったが、轟部長は当り前だと云わんばかりの顔で、

「初めっからそう決まってるんだ、悪いかよ」

「いえ、まあ――仕方ありませんね」

「まったくもう、お前の勉強不足にゃ頭が下がるよ、バカタレめ」

轟部長は嫌味たっぷりに云ってそっぽを向いた。もう何も云う気を失くして、長久手も口を閉ざした。

会場を見渡すと、人も猫もさっきより増えているようだ。風が少しあるが、もう春の暖かさである。手に手に猫を抱いた参加者達は、三々五々、幸せそうにそれぞれ情報交換に勤しんでいる。

その、人と猫の群れをかき分けて、案内係のアルバイトの女の子に誘導された、太った婦人がこちらへ近づいて来た。洞ヶ森夫人だ。この人のご主人も「東京フレッシュペット食品」の大株主である。例によって腰を屈めた轟部長がそれを出迎えた。

「これはこれは洞ヶ森様の奥様、ようこそおいでくださいました。君、ご苦労だったね、持ち場に戻ってくれたまえ」

アルバイトの女の子を帰し轟部長は、改めてぺこぺこと挨拶を繰り返す。

「よいお天気で結構でございますね。お運びいただきましてありがとうございます」

「今年もお世話になります」

ふっくらとした洞ヶ森夫人はふくよかに微笑んで云った。

「どうぞどうぞ、お待ち申し上げておりました。おや、源之丈(げんのじょう)君はまた、ますます頼もしくおなりになって」

轟部長はしゃがみこんで、洞ヶ森夫人が持った籐(とう)の籠(かご)を覗いた。純白のまん丸い猫が、籠いっぱいにぱんぱんに詰まっている。

「源之丈も私も太っちゃって、困ってしまうわ」

「何をおっしゃいます奥様、お元気そうでよろしゅうございますよ」

籠の中で、正面から押し潰されたようにぶすっとした顔の猫が、覗き込む轟部長を睨んだ。

「さ、さ、奥様、控え室の方へどうぞ。ただ今お茶など一服差し上げますので」

「あら、すみませんねえ、お構いなく」

長久手はすかさず先頭に立って、入口のドアを開けた。脇に猫丸が、うすぼんやりと立っているが、率先してドアを開くところまでは気が回らないようだ。立っていろと云われたから、ただ漫然と立っているだけ——役に立たない男である。

洞ヶ森夫人が建物に入ろうとしたところへ、入れ違いに早崎夫人が飛び出して来た。血相が変わっている。洞ヶ森夫人は怪訝(けげん)そうにちょっとそちらを見たが、しかし何も云わずに一人で中に入って行った。

「あの、奥様、どうかなさいましたか」

きょとんとして轟部長が聞くと、早崎夫人はおたおたして、

「あの——ちょっと、困ったことに——」

「奥様、落ち着いてください。何があったんです」

「ええ、あの、指輪が——私の指輪が——」

「指輪が、どうなさいました」

「あの——失くなってしまいました」

今度は、轟部長が顔色を失った。

「失くなったと——あの、ダイヤが——」

「ええ、さっき、チャッピーちゃんが粗相いたしましたでしょう、その時、私、指輪を外してタオルで拭いて、そのままお手洗いにタオルを洗いに行って——それで、今戻ってみますと、それが——」

「失くなっていたんですね」

上ずった声で轟部長が云った。そう云えば、最前廊下で会った時、タオルをつまんだ早崎夫人の指には指輪がなかった——思い出して長久手も、血の気が失せるのを感じていた。

「あの、奥様、失礼ですが、何かのお間違えではないでしょうか」

轟部長が執り成すように云ったが、早崎夫人はなおもおろおろして、

「いいえ、いいえ、間違いありません。指輪を外して――ええ、確かにテーブルの上に置いて
――それが今戻るときれいさっぱり――」

「と、とにかくもう一度、よく調べてみましょう、奥様、ご一緒に」

そう云って轟部長は、ドアを開けて飛び込んで行く。長久手も、早崎夫人を促して急いでそれに従った。入口の猫丸がまん丸い猫みたいな目を見開いていたが、そんなことに構っている余裕はなかった。

左側の「賓客控え室」に三人が雪崩込むと、洞ヶ森夫人がお茶菓子を頬張っていた。

「あら、どうかなさいました」

「いえいえ、何でもございません、お気になさらずに」

と、轟部長は穏やかに云ったが、目は油断なく部屋中を見回している。そして早崎夫人に、

「奥様、その――ナニはこのテーブルに置いたんでございますね」

「ええ、ええ、間違いありません、そこに」

早崎夫人は蒼ざめた顔で何度もうなずく。

「おかしゅうございますね、本当に何もない――おい、長久手、探せ」

「は」

返事をしたのはいいが、探すところなどほとんどない。テーブルにはお茶の道具が一揃いと、

菓子の入った籠。丸々とした白猫を抱いた洞ヶ森夫人。そしてチャッピーが閉じ込められているキャリーバッグと、早崎夫人のバッグ。床にも椅子の隙間にも、どこにも指輪は見当らない。念のため窓を調べても、鍵がかかったままである。

「奥様、ご自分のそのバッグ、調べてご覧になりましたか」

轟部長に尋ねられて、早崎夫人は、

「ええ、もちろんまっ先に――でも――」

「あのう、何かお探し物でしょうか」

お菓子で口をもごもごさせながら洞ヶ森夫人が云った。

「いえいえ、お気になさらずにお寛ぎください――あの奥様、ここでは何ですから、ちょっと外へ」

轟部長が云い、三人は再び外へ出た。猫丸が定位置に突っ立って、興味津々の目つきで長手達を待っていたが、轟部長はそれをきっぱり無視した。窓辺では、寒林がさっきと同じようにうとうとしている。

「奥様、あの部屋にはどこにもございませんでした。あの、何度も失礼ですが、その、何か勘違いをなさっていらっしゃるということは――」

「いいえ、そんな、勘違いだなんて――」

痩せぎすの早崎夫人は、泣き出しそうな調子で、

「チャッピーちゃんが粗相して、私、指輪を外して、テーブルの上に置いて――それだけです

から」

「それで、トイレにいらっしゃった――」

「ええ、部長さん達にも会いましたでしょう――ほんのちょっとの間のつもりでしたから、まさか失くなるなんて、私――どうしましょう、主人に叱られます」

「奥様、お気を確かに――。あの、もしや、チャッピーちゃんがくわえて、どこかに隠したなんてことはないでしょうか」

「いいえ、あの子は、指輪を外す前にキャリーバッグに入れましたから――それに、そんなおいたをする子じゃありません」

「ははあ、ごもっともで――。すると、勘違いでもなく、チャッピーちゃんの悪戯(いたずら)でもない――だとすると、これは」

と、轟部長は難しい顔になり、

「盗難――ということでしょうか」

「まあ、いやだ、盗まれたんですか」

「いえ奥様、そう興奮なさらずに――ただ、そうかもしれないということで。おい、君、バイト君、誰かそこから出入りした者はおらんか」

「いえ、皆さん方の他には誰も」

猫丸は、長い前髪をぶんぶんなびかせて首を振った。

しかし、そんなことを聞いても意味がない。なぜなら盗難は――もしこれが本当に盗難ならば——早崎夫人がトイレでタオルを洗っている間に行われたのだ。夫人が「賓客控え室」を出てトイレに行くのを、長久手は轟部長と二人で見ている。そしてそのまま、この入口の前に出た。その後、洞ヶ森夫人が到着して、入れ違いに早崎夫人が指輪紛失を報せに来た。その間ずっと、長久手と轟部長はここにいたのだから、窃盗犯人はこのドアからは出て行けるはずもない。とすると——。

轟部長もそれに気がついたらしく、

「裏口だっ、盗っ人は裏口から逃げたんだ」

と、叫んだ。

「まあ、恐い、泥棒が裏口から」

「奥様はここにいらしてください。おい、長久手、急げ」

云うが早いか轟部長は、建物を迂回して走り出した。長久手もすかさず後を追う。早崎夫人が不安そうにそれを見送った。


裏口辺りはひっそりとしていた。建物の陰になって陽が当らないからだ。それでも三十メートルばかり離れた日溜まりに、若い女性が三人、猫を抱いて立ち話をしている。

轟部長がそちらに近づくと、

「失礼、お嬢様方、ちょっとよろしいですか」

慌てているのか、作り笑いを忘れている。三人の娘はぎょっとしたように、警戒した表情で後ずさった。

「あの建物のあそこのドア、あそこから怪しい者が逃げて行くのを見ませんでしたか」

「いえ――別に――」

一番年かさらしい、眉の濃い娘が、轟部長の腕章といかつい顔を順番に見ながら首を振った。

「そうですか――では、お嬢様方はいつからここでお喋りをなさってましたか」

「いつからって――もう三十分くらい前から――」

娘が尻込みしながら答えると、他の二人もうなずいた。

「そうですか、いや、失礼、お邪魔しました」

轟部長はそう云うと、長久手の方に向き直り、

「おい、聞いたか、三十分前だそうだ」

「その頃でしたら、僕達はまだ部屋の中で早崎様と話していたはずです」

「盗難の前、だな――それからあの裏口からは誰も出ていない、とすると――」

そこへ、いつの間について来たのか猫丸が、

「賊はまだ、あの建物の中にいるってことになりますね」

と口を挟んだ。すばしっこい男だ。一歩も動かない宣言はどうなったのだろう――。

しかし、今回ばかりは轟部長も怒鳴りつけたりせずに、

「いいぞ、これなら袋の鼠だ、よし、挟み撃ちにする。お前は表へ戻れ。俺と長久手はこっちから入って盗っ人を探す。いいか、逃がすんじゃないぞ」

「判りました、猫の子一匹通しません」

そう云って猫丸は、疾風のように駆け出した。びっくりするほどの速さで、建物を回って消えて行く。真剣なようだが、なんだかこの状況を楽しんでいるようにも思えた。

猫丸の小さな姿が建物の向こうに消えるのを待って、長久手達は裏口に近づいた。こちらも正面と同じ、安っぽいスチールドアである。

「よし、行くぞ」

ドアノブに手をかけた轟部長の、腕の筋肉がむっくりと盛り上がった。こういう時、柔道三段合気道二段が頼もしい。

入ると、建物の中は深閑としていた。ひっそりとした廊下の、正面遥かに表口のドア。廊下の左右には三つずつ、扉が静かに並んでいる。

轟部長は、右手手前のドアの前に立ち、

「よし、一部屋ずつ虱潰しだ。俺が踏み込む。お前はここで待機」

「僕は――入らなくてもいいんですか」

「バカモン、もし他の部屋に隠れてたらどうする。二人とも中へ入ったらその隙に逃げられるだろうが。お前は廊下を見張ってろ」

「なるほど、判りました」

本当に頼りになる。やはり職業選択を誤っているとしか思えない。

「いいな、開けるぞ」

「はい」

泥棒と出くわす恐れがなくなって、気が大きくなった長久手は勢い込んで答えた。

轟部長が一息にドアを開ける。長久手も思わず身構えた。

「出て来い、もう逃げられんぞ」

轟部長が塩辛声を張り上げたが、返事はなかった。静かだった。部屋の中はがらんとしている。テーブルと椅子がいくつか積み上げられているだけで、後は、アルバイト達の私物らしい上着や荷物が雑然と置いてあるだけ。人はおろか、それこそ猫の子一匹隠れる余地はない。

「ここじゃないか――」

轟部長はつかつかと、部屋を一周して、ドア口で覗いている長久手に声をかけた。

「よし、次だ。何がなんでも盗っ人野郎を捕まえるぞ」

「はい」

次はその向かいのドア――トイレである。

同じように、長久手が入りはなに待機し、轟部長が飛び込む。しかし、結果は空しかった。トイレにも、洗面所にも――火急の際なので婦人用の方にも失敬させてもらったが――無論個室にも、人の姿は見つからなかった。

そして、まん中の二部屋。これも同様、異常は見当らない。からっぽ。ただの空き部屋である。一応窓もすべてチェックしたが、鍵はきちんと締まったままだった。轟部長が焦りの色を見せ始める。

「変だな――後は使ってる部屋だけだぞ」

「賓客控え室」と「審査員控え室」である。

今度は慎重にならざるをえない。轟部長はまず、「賓客控え室」の方をノックした。

洞ヶ森夫人がぽつんと一人で、お茶菓子を頬張っている。

「あら、どうかなさいました」

「いいえ、何も――あの、奥様、誰かこちらに来ませんでしたでしょうか」

「いいえ、誰も――何があったんです、さっきから何だか騒々しいようですけど」

「いえいえ、お気になさらずに――では、失礼します」

轟部長はドアを閉めた。額にうっすらと汗がにじんでいる。

「ここでもない、か」

長久手は振り返って「審査員控え室」のドアを見た。残りはここしかない。

扉を開くと、陽の射し込む窓際で寒林が、寝呆(ねぼ)けまなこでこっちを向いた。

「おや、お弁当ですか」

「いいえ、それはまだ、もうしばらくお待ちください――。ところで先生、誰かここへ参りませんでしたか」

「いや、誰も来なかったが――他の審査員は遅いようだね。どうかしたのかね」

「いえいえ、それでしたら結構です、では」

轟部長は眉間(みけん)の皺(しわ)を深くして、

「おい、どうなっとるんだ、盗っ人はどこへ行きやがったんだ」

長久手に責任があるかのような口調で云う。

「さあ――」

「さあと云うヤツがあるか。どこかにいるはずだ、どこにいるんだ」

「しかし――部長がお探しになったのですから――」

「バカモンっ、上司の目の届かないところをフォローするのが部下の役目だろう、どこに目をつけとるか、この役立たずめが」

乱暴なことを云って、轟部長は表口のドアを開く。長久手はそっとため息をついて、その後ろに従った。

外では、早崎夫人と猫丸が、ぽかんとして二人を出迎えた。

「おい、君、挟み撃ちにすると云っただろう、何をぼんやりしとるんだ」

「はあ――?」

轟部長に詰め寄られて、猫丸はまん丸の目をぱちくりさせ、

「でも、誰も来ませんでしたけど」

「そんなはずがあるか、中には盗っ人はいなかったんだ、こっちから逃げたに決まっとるだろう」

「いなかったんですかっ」

猫丸が、新しい玩具を与えられた子供みたいに喜色満々で叫んだ。

「何を喜んどるか、このバカモンめ、お前のせいで逃げられたじゃないか。お前が見逃したん

だろう」

　見かねた長久手は横から、

「あの、奥様、さっきからずっとここにいらっしゃいましたよね」

「ええ」

「本当に誰も来なかったんですか」

「はい、この若い方が駆けて来て——泥棒はまだ中にいるみたいだって云ったから、私、恐くて戻れなくて——二人でここにおりましたけど、誰も——」

　長久手は、憤然とした面持ちの轟部長と顔を見合わせた。

　確かに追い詰めたはずだったのに——犯人は消えてしまった。影も形も残さずに——天に昇ったか地に潜ったか、その姿は忽然と消失してしまったのだ。何がどうなっているのか、さっぱり判らない。

「とにかく、ですな——奥様」

　と、轟部長が喉に絡まったような声で、

「私どもで何とか善処いたしますので、今のところはどうぞお部屋でお待ちくださいませ」

「善処するって——部長さん、どうなさるんですの」

「ええ、犯人は必ずとっ捕まえて、指輪を取り戻してご覧にいれますので——どうかこのことは今しばらくご内聞に」

「取り戻してくださるんなら、私、それでいいんです」

と、半べそ顔で早崎夫人は、

「もしダメだったら、主人に何て云っていいのか――」

「ええ、ええ、きっと。お約束いたします、必ず――。ときに奥様、不躾（ぶしつけ）なことを伺いますが、あの指輪、お値段の方はいかほどくらいの物で――」

「あら、弁償してくださるんですか。今、絶対取り返してくださるって――」

「いえいえ、ですから、あくまで一応念のために、参考までにと」

轟部長に問われ、早崎夫人が口にした金額を聞いて、長久手は肝を潰した。長久手の年収を軽く上回っている。なにもこんなところにそんな高価な物をつけてこなくても――。早崎夫人を逆恨みしたくなってきた。轟部長も蒼白になっている。

「とにかく奥様、こちらで何とかいたしますので、お部屋の方に――」

と、早崎夫人を入口に押し込んで轟部長は、野獣のような形相で長久手を睨んだ。

「おい、聞いたか。どうするんだ、お前が弁償するのか」

「そんな、どうして僕が――」

「責任の一端はお前にもあるんだろうが、お前がぼやぼやしとるからこんなことになるんだ」

轟部長が平家ガニの顔をまっ赤にした時、トランシーバーが鳴って長久手の窮地を救ってくれた。

「轟だ」

「あ、部長、蒲寺です。草月庵さんのお弁当が届きました」

「そこで待たせとけ、それどころじゃない。それより非常事態だ、戒厳令を敷け、怪しいヤッは一人もそこから出すんじゃないぞ」

「何です、どうしたんですか」

「うるさいっ、つべこべ云わずにいいから云われた通りにしろ」

「何があったんですか、部長――」

蒲寺がまだ何か喚いているが、轟部長はスイッチを切った。そして周囲を見回すと、

「会場が塀で囲まれてるのが不幸中の幸いだ、これで盗っ人は外へ逃げられん」

「あの――部長」

長久手はおずおずと、憤怒を顕にしている轟部長に声をかけた。

「僕、警察に連絡して来ましょうか」

「バカモンっ、余計なことをするな」

「でも――」

「でももアシカもないっ。いいか、パトカーやお巡りなんぞが来てみろ、コンテストがぶち壊しになるじゃないか、責任者はこの俺なんだぞ」

この期に及んでまだ保身を考えている。

「それじゃ一体どうしたらいいんです」

「そんなことも判らんのか、犯人を捕まえればいいんだ。とっ捕まえて指輪を取り戻せば、それで八方丸く収まる」

「けど犯人は――消えちゃったんですよ」

長久手がもそもそ云うと、横合いから猫丸が、

「いやあ、面白いですねえ、人間が消えちゃうなんて。めったにお目にかかれるこっちゃありませんよね」

緩（ゆる）みきった顔つきに、好奇心たっぷりの目を輝かせて云った。この小男、周りの状況を把握する能力がないのだろうか。

「バカモンっ、面白がっとる場合じゃないと云ってるのが判らんのか。だいたいお前が持ち場を離れてふらふらしとるからこうなったんだぞ。誰のせいだと思ってるんだ、このうつけ者め。責任を取れ、弁償しろ、それともお前が犯人を見つけてくるのか」

案の定、轟部長が怒鳴りつけた。しかし、これは明らかに八つ当りである。盗難は、猫丸が持ち場に戻ってから行われたのだ。長久手達が挨拶に立ち寄った時、早崎夫人の指輪は間違いなく夫人の手にはめられていた。犯行時間は、トイレに行く早崎夫人に長久手達が出合ってから、洞ヶ森夫人が到着するまでに限定されている。

長久手がそのことを告げると、轟部長は見下したような目つきになって、

「当り前だ、そんなことは判っとる。盗っ人は、俺達がここで洞ヶ森夫人を待ってる間に仕事をしやがったんだ」

「ですよね。その時僕達三人はここにいて――それから、裏口の近くにいたお客様方は三十分も前からあそこにいたわけでしょう――だのに、あの人達は何も見ていない」

長久手は云った。轟部長は、

「それも判っとる。だから盗っ人はまだ中にいると思ったんじゃないか」

「でも、どこにもいなかった——。おかしいですよ、消えてしまったとしか考えられません」

そう云って長久手は、何となく屋根を見上げた。だがもちろん、そんな所に犯人がしがみついているはずもなく、ただ晴天の空がのどかに広がっているだけだった。

「バカモン、人間が一匹消えたりするはずはないだろう」

「それじゃ、どこへ行ったんです」

「だから俺達が探し始めた時はまだ中にいて——そうか、窓だ、判ったぞ。いいか、盗っ人は空き部屋のどこかに隠れていたんだ、それで俺達が他の部屋を調べている間に窓から逃げ出した」

「それは——無理だと思いますけど。窓は全部内側から鍵がかかっていました。外へ逃げた犯人が、どうやって鍵をかけたんですか」

「そんなこと俺は知らん、犯人に聞け」

無下(むげ)に云ったものの、さすがに自分でも無理があると思ったか、轟部長はむっつりと腕組みをした。そのまま黙って空を見上げていたが、やがて、

「そうか、判ったぞ、簡単なことじゃないか」

「何が判ったんです」

「難しく考えることはなかったんだ。いいか、こっち側はあのバイトの小僧と早崎夫人が見張

っていた、そして俺達は裏口から虱潰しに調べた。それでも盗っ人はどこにも隠れていなかったし逃げる道もなかった、そうだろう」

「はい」

「だから犯人はどこからも逃げていないんだ、まだあの中にいる」

「中に――ですか」

「まだ判らんのか、鈍いヤツめ。盗っ人はあの寒林だ。あいつの他は誰もこの建物の中にいなかったんだからな、あの三流作家の野郎がやったに決まってる。あの野郎、偉そうにふんぞり返りやがって、陰じゃ泥棒してやがったんだ」

「それも――ちょっと無理だと思いますけど――」

「どこが無理なんだ。お前、さっきから俺の云うことにケチばっかりつけやがって、何か文句でもあるのか」

「いえ、あの、文句とかケチとかじゃなくて、ですね」

「云いたいことがあるんならはっきり云ってみろ、男だったらぐずぐずするな」

「はあ、だったら云いますけど――寒林先生はああして」

と、長久手は窓の方を指さした。ガラスの向こうでは寒林が依然として、だらしなく口を開けて目を閉じている。

「ずっとあそこで居眠りしていました。部長も見てたでしょう、犯行があった頃あの人はあの部屋にいたんです。向かいの部屋の指輪を盗る時間はなかったはずです」

「それじゃ——あいつだ、あのバイトの小僧だ。あの小僧、どうも最初から気にくわなかった。あの猫面からしても胡散くさいと思ってたんだ、あいつがやったに決まってる」

「でも、あの人も犯行時間はここに立っていてアリバイが——あれ」

長久手は首を捻って辺りを見回した。猫丸がいなくなっているのだ。さっきまでここにいたはずなのに、いつの間にやらどこかへ雲隠れしてしまっている。

「ほうら見ろ、やっぱりあいつだ。バレそうになったんで逃げやがったんだ」

舌なめずりせんばかりに轟部長が云った時、トランシーバーの呼び出し音。

「轟だ」

「蒲寺です、お弁当が届きました。のり弁四十個。お客様が草月庵で僕らはのり弁なんですね」

「黙れ、つまらんことを云うな、弁当屋なんぞ待たせておけ、それより猫目のバイト小僧を逃がすな、そっちへ逃げて行くかもしれん——ん」

と、轟部長は突然鼻をひくひくさせ、

「おい、長久手、何だか変な匂いがせんか」

眉を寄せて云った。長久手もそれに倣って、鼻をひくつかせた。そう云えば、何やら焦げくさい。何だか魚を焼いているような匂いが——。そして会場の方が妙に騒がしくなっている。不審に思って目をやった長久手は、何かがこっちへ驀進して来るのを見つけた。

「何の騒ぎだ、ありゃ」

轟部長が呟いた。

目を凝らしてよく見ると、それは——猫の群れだった。

十数匹の猫が、群がってこちらへ突進して来る。そしてその先頭を走っているのは、紛れもなくあのバイト小僧——猫丸だ。

長久手は一瞬、自分の目を疑った。

猫丸は、両手で四角い箱を捧げ持っている。どうやらそれは携帯式のガスコンロらしい。煙がもうもうと立っており、魚の焼ける匂いはそこからしているようだ。近づいて来ているので、匂いの正体が今やはっきり判った。干物の匂いだ。

「な、何をやっとるんだ、あいつは——」

轟部長の顎(あご)が、がっくりと下がった。

猫丸は煙をなびかせて疾走している。

後ろから、猫達が追ってくる。さらにその後に、十数人の飼い主達が口々に喚き立てながら追いすがる。しかし猫達は飼い主の声などに耳を貸そうともしない。一心に煙を追いかける。尻尾を振り立て、四肢(しし)を潑剌(はつらつ)と躍動させ、ふかふかの毛をたなびかせて——猫達は、今日長久手が見た中で、一番活き活きとして見えた。

「バカモンっ、何をやっとるかっ、こっちへ来い」

轟部長が叫んだ。しかし、云われなくても猫丸はこっちへ向かっている。十数匹の猫の群れと、十数人の飼い主の集団を従えて——。猫が猫丸の足元にまとわりつく。猫丸はそれを巧みによけながら走っている。力の限り走っている。あろうことか猫丸は、大きな口を開いて高笑いしている。猫達との追っかけっこがそんなに楽しいのか――正気の沙汰とは思えない。そのうち、飼い主の腕を擦り抜けて新たな猫が追っかけっこに参加する。猫の数がさらに膨れ上がった。唖然と見守る参加者達の間を突き抜け、猫の群れと猫丸はひた走る。後を追う飼い主達。入り乱れる干物の煙と土埃。ちょっとしたパニック状態だ。

そのパニックの根源がぐんぐん近づいて来る。猫の軍団と飼い主の集団。長久手も、ただただ茫然とするばかりだった。

「バ、バカモンっ、こっちへ来るな」

轟部長が、怒濤(どとう)のごとく押し寄せる猫の群れに恐れをなしたか、さっきと逆のことを怒鳴った。

猫の流れは変わらない。

轟部長は引き攣った顔で後ずさり、足を絡ませて仰向けにひっくり返った。突進して来た猫丸もとうとう蹴躓(けつまず)き、つっ伏して転んだ。放心して見守る長久手の目の前の出来事だった。喜劇でもこうはいかないというほどの見事な倒れ方。ガスコンロががっちゃんと音を立てて地面に落ち、ただ干物だけは、慣性の法則に則って放物線を描いて飛んだ。煙を吐きながら宙を舞ったそれは、ひっくり返っている轟部長の腹の上へ、計ったようにぽとりと乗った。猫達は我勝ちに、この、時ならぬおやつに猛然と飛びかかる。

轟部長の絶叫が、広い会場にこだました。

＊

その後がまた一騒動だった。

飼い主達は異口同音に苦情、非難を浴びせかけてきて、轟部長が白目を剝いてひっくり返ったままなので、長久手一人がその応対に追われた。とにかく平身低頭に平謝り。大方の猫達は育ちがいいのか、干物を諦めておとなしく、飼い主に引き取られて行った。

幸い騒ぎはそれ以上大きくなることもなく、ひとしきり不平をこぼした飼い主達が引き上げると、会場は和やかな平穏さを取り戻した。

しかし、猫はまだ三匹ばかり残っており、轟部長の足元に転がった干物にかぶりついている。騒動の張本人の猫丸はといえば、シーソーよろしく頭を下げて回る長久手にお構いなしに、残った猫を交互に撫でてにやにやしている。中でも、白地に黒ブチの一匹がお気に召したようで、抱き上げて目を細めては頰擦りなどしている。猫丸の鼻の頭は薄く黒光りしていて、こいつも「猫おばさん」同様猫好きの変人だと悟り、長久手は眉をひそめた。限度知らずの異様な猫好き。だが、さっきからの行動の方がもっと異常だ。何のつもりであんな馬鹿げた真似をしでかしたのか、明らかに常軌を逸している。

騒ぎが収まってからも、長久手は猫丸に声をかけられずにいた。どう考えてもまともではない。正直云って恐い。仕方なく長久手は、猫を抱いて幸せそうな猫丸とひっくり返ったままの轟部長を、手持ち無沙汰に見較べているだけだった。

長久手がぼんやりしていると、中年の婦人が息を切らして走って来て、

「何なんですか今のは。ウチのクロちゃんをどうするつもりなのよ」

と、干物の骨をしゃぶって居残っていた黒猫を抱き上げた。黒猫はしなやかな身をくねらせ、骨に執着を示して暴れたが、婦人はもう腕を緩めようとしなかった。

「非常識なことしないでちょうだいよ、どういうつもりなの」

「は、申し訳ありません、ちょっとした余興のアトラクションでして——猫ちゃんの運動不足を、その、解消して差し上げようという——」

長久手は、さっきから繰り返している苦しい云い訳と共に、ぺこぺこ頭を下げた。

「運動くらいちゃんとさせてます。ホントにもう、怪我でもしたらどうする気なのよ、常識をわきまえてもらいたいわね」

「は、大変失礼いたしました」

黒猫の婦人がぶつぶつ云いながら立ち去ると、轟部長はようやく、悪夢から醒めたようにむっくりと上体を起こした。

「バ、バカモンが、一体こりゃ何の真似だ」

声を嗄らしたが、前ほどの迫力はない。

「この馬鹿バイトめ、お前は何を考えてあんな——」

轟部長は立ち上がろうとしたが、足元で干物の骨を舐めているキジ猫を見て、再び尻餅をつ

いた。

そこへ老婦人がよろよろとやって来て、キジ猫を抱いた。

「ウチの子にこんな下品な物食べさせないでくださいな」

「は、申し訳ありません。お宅の上品な猫ちゃんには、是非フレッシュキャットをどうぞ」

轟部長が中途半端な笑顔を浮かべて云ったが、老婦人はじろりと冷たい一瞥を投げかけただけで向こうへ行ってしまった。

やれやれ、どうやらこれで騒ぎは終わりのようだ——長久手は息をついた。残っているのは、猫丸の抱いているブチ猫一匹。ブチは猫丸に撫でられて、目を糸のようにして顎を伸ばしている。目の上に黒いブチが二つ並んでいて、平安時代の貴族の眉みたいな模様をした猫である。

「おい、こら、お前はコンテストを台無しにするつもりなのか。俺に何の恨みがあるんだ」

轟部長は力なく云って、かろうじて立ち上がった。怒りにぶるぶる身を震わせて、猫丸に摑みかかろうとする。しかしその時、中年の男が一人現れて、

「あの、うちの猫、返してもらえませんか」

猫丸に声をかけた。猫丸は、猫のふかふかの背中に顔を埋めたまま、動こうとしない。

「あのう、それ、私の猫なんですが——」

「バカモン、何やっとるか、さっさとお返しせんか」

轟部長が声を荒げると、猫丸は猫みたいなまん丸な目を上げて、

「でも、部長さん——いいんですか」

「何を云っとるか、こちらのお客様の猫だとおっしゃってるじゃないか」

「返さない方がいいと思うんですけどね——だってこの人、盗難事件の犯人なんですよ」

＊

日向の芝生の上で、のり弁当を食べ終えた猫丸が大きく伸びをした。その仕草も本物の猫によく似ている。平安貴族模様の猫は、猫丸の膝の上で前脚をしきりに舐めていた。のり弁当唯一のおかずである魚フライを、猫丸に分けてもらって猫もご満悦の体(てい)である。

轟部長は割り箸を、ぺきんと音を立てて折って空の弁当箱に放り込んだ。長久手も、のり弁当の最後の一口を口に運ぶ。

会場の一隅の、よく陽の当る芝の上。

三人は、そのまだ固さの残る芝に座って、弁当を食べ終えたところだった。

眼前に拡がる会場でも、参加者達があちらこちらで持参の昼食を拡げていた。猫と人々はうららな昼の太陽の下、春を告げる陽気を楽しんでいる。新たな参加者が続々到着しているようで、会場は熱気に包まれ始めていく。

長久手はまめまめしく、三人分の弁当の空き箱を集めた。轟部長は大捕り物の後で腹が減ったのか、のり弁当を二つ平らげていた。

あれから——猫丸の意外な発言の後——飛び上がって逃げようとした件(くだん)の中年男に、轟部長の一本背負いが炸裂したのだ。痛みと恐怖でしどろもどろになって男は云い逃れしようとしたが、ポケットから問題の指輪が出てきて、これが動かぬ証拠となった。ダイヤは早崎夫人の手に戻り、犯人は奥の空き部屋に閉じ込められている。腕っぷしがありそうなアルバイトを三人見張りにつけてあって、コンテストが終わり次第警察に突き出す予定である。

「しかし、それにしても——」

轟部長が、満腹でとろんとなった目を猫丸に向けて云った。

「どうして君は、あの男が盗っ人だと判ったんだ」

それを聞いて長久手も座り直した。それに関してはいまだに不思議だ。犯人を捕まえたごたごたで聞きそびれていたが、長久手もずっと気になっていた。

「いやあ、別に難しいことじゃありませんよ」

猫丸はふっさりと垂れた前髪をかき上げ、笑顔になって云った。そしてポケットから煙草と、懐中時計の親玉みたいな物を取り出して、ゆっくりと火をつけた。膝の上のブチ猫が、ちょっと訝しそうに顔を上げたが、すぐに丸くなって目を閉じる。猫丸はそれを優しく撫でながら、

「この一件は犯行時間が非常に限定されてましたからね、容疑者を絞り込むのも簡単だったわけです」

そう云って、懐中時計の親玉の蓋を開ける。携帯用の灰皿らしい。片手に煙草、もう片手で猫の背中を撫でて、嬉しそうな猫丸は、

「犯人は盗難のあった頃——早崎夫人がトイレへタオルを洗いに行った時から、盗難を告げに

飛び出して来た時まで――その時間帯に、あの建物付近にいた人物だと判っていました。とりあえず挙げてみましょうか、まず審査員の寒林さん、です。あの人はその時間、ずっと審査員控え室で居眠りしてましたね、僕達三人が窓越しにその姿を見ています。ですから彼にはアリバイが成立して、除外することができます。それから洞ヶ森夫人――この人は論外ですね、犯行時間には受付からこちらへ向かっているところだった。そして、失礼ながら部長さんと長久手さんのお二人。あなた方はあそこで一番出入りが激しかったわけですが、常に二人一緒に行動していたことから、犯行の機会があったとは考えられません」

轟部長が少し険しい顔つきになったが、結局何も云わなかった。猫丸は構わず、煙草の煙を吹き出して、

「それから、早崎夫人自身の狂言の線も考えられなくもありませんけど、タイミングからしてちょっと不自然と云えるでしょう。もし何かの事情で指輪盗難事件を創作するつもりなら、あんな短時間の内に盗まれたと主張するのは変ですから――例えば、コンテストが終了してから騒ぎを起こした方が、犯人も犯行時間も曖昧になって、狂言を疑われる率がぐっと減るはずです。そして、もちろん僕も身に覚えがないことですから、除外できました。これで、僕達が知っている内で、犯行時間にあの辺りにいた人全員が容疑圏外へ外れてしまいます。となると、犯人は第三者――僕らの知らない、何者かだったということが判りますね。犯人は僕達に気づかれないであの建物に入り、指輪を失敬して逃亡した、ってわけなんです」

「しかし、君――」

と、今度は口を挟んだ轟部長が、

「そんなヤツ、どこにもいなかったぞ。俺と長久手が調べたが、消えちまってたじゃないか」

「まあ、その件については後からお話しします、とりあえず犯人の行動を追ってみましょうか。あの男はまず、表の入口からあそこに忍び込みました――これは簡単ですね、僕が持ち場を離れていた時ですから、誰にも見られずに入ることができます」

猫丸はちょっと照れたみたいな笑いを浮かべて、

「その行動からして、あの犯人は多分、窃盗の常習犯だと想像できます。普通の人にはあんなところへ入る用事もないし、この会場にはあれしか建物がありませんから、あそこが偉いさんの控え室になるのは見当がつきますしね。だからあそこにある貴重品を狙って、機会を待っていたんだと思います。さて、忍び込んだ犯人は、使っていない部屋に潜んで犯行のタイミングを計ります。そして、早崎夫人がトイレに行き、廊下に誰もいなくなったのを見すまして賓客控え室に入ったんでしょう。下見のつもりか、それともさっさと仕事を済ませようとしたのか――そこまでは判りませんけど。さあ、すると、そこにお誂え向きに獲物が見つかったじゃありませんか。見るからに高価そうな指輪がぽんと無防備に、テーブルに放り出してあったわけですから――。犯人はまんまと指輪をせしめるのに成功したのです」

「そこまでは、まあいいとして、だな、その後はどうなるんだ、ヤツはどこへ消えたんだ」

轟部長が急かして聞くと、猫丸は静かに煙草を灰皿で揉み消して、

「もちろん外へ、ですよ。早崎夫人がトイレから戻る前に、外へ逃げ出したんです」

「逃げた——って、どこから逃げるんだ。窓には鍵がかかっていたぞ」

「入口の外にはその時、僕達三人がいましたよね、洞ヶ森夫人のお着きを待って——だとすると、裏口しかあり得ないでしょう」

「だが、裏口にも三人、お客様がいらしたでしょう。あの人達は、誰も出てこなかったと証言しています」

長久手が云うと、轟部長は膝を叩いて、

「そうか、あの三人もグルだったんだな。畜生っ、おとなしそうな顔しやがって、あのアマっ子ども、盗っ人の片棒担いでやがったんだ」

いきり立った轟部長を、しかし猫丸は押しとどめて、

「いえいえ、それはありません。四人も仲間がいたらこんな単純な窃盗なんかやりませんよ、もっと大がかりな盗みを企めるはずです。あの三人は関係ありません」

「だったらどうして、あんな盗っ人を庇うようなことを云ったんだ」

「それは、ほら、部長さんの聞き方がいけなかったんですよ」

「俺の——聞き方——?」

「そうです、あの時確か、部長さん、こんなふうに聞いたでしょう、怪しい者が逃げて行くのを見なかったか——って。けれど犯人は、通行手形を持っていたんですよ」

「あ——その猫、ですか」

長久手は思わず叫んで、猫丸の膝の猫を指さした。猫は、我関せずの呑気な顔で、猫丸に撫

でられている。轟部長も思い当ったらしく、大きく目を剝いた。猫丸は愉快そうに、新しい煙草に火をつけて、

「その通りです。今日、この会場は特殊な状況にありますよね。猫さえ抱いていれば天下御免、出入りは自由、うろついて移動していても誰の目にも止まらない――そういう特殊な状況に、です。猫好きの集団の中では、猫を連れていることが格好の隠れ蓑になるんですね。あの裏口にいた女の人達も、『盗難事件があって犯人を追っている』と説明すれば、裏口からこの猫を抱いてぶらぶら出て来るあの男のことを思い出したでしょう。しかしあの人達にしてみれば、あそこからは『怪しい者』など一人も、ましてや『逃げて』なぞ来なかった――とこういうことになるはずです、こいつのお陰で、ね」

猫丸は、膝の猫の顎を小刻みにさすって云った。気持ちよさそうにブチ猫は、体を平べったくしている。猫に対する暴言を聞かれたら袋叩きにされかねないが、猫を賛美する歌でも唄ったらきっと喝采を浴びるだろう――午前中、そんなことを考えていたのを、長久手は思い出していた。

猫丸は、にこにこして猫を撫で続けながら、

「犯人はそこまで計算して、こいつを連れて来たんでしょうね。お祭り気分で浮かれているコンテストの会場で、来賓の貴重品を狙う計画で、ね」

「くそっ、だから猫好きなんて人種は信用できないんだ」

轟部長は独り言を云ったが、その悪態にはいつもの勢いはなくなっていた。

「犯人は、表口から逃げようとして、ドアの外で部長さん達が話しているのを聞いたんでしょう」

猫丸は続ける。

「そこで、なるべく早く犯行現場から離れたい犯人はやむなく、奥の手の隠れ蓑を使って裏口から逃げる方法を取らざるを得なかったんでしょう。犯人が消えてしまって、僕もやっとそのことに気がついたんです。僕が持ち場を離れたばっかりに、みすみす犯人をあそこに忍び込ませてしまったわけでして——だから僕も、ちょいとばかり責任を感じましてね」

大して責任を感じていないような表情で、猫丸は人なつっこく笑って、

「それで犯人を焙り出す計画を立てたんです。ありがたいことに、ここは全体がフェンスで囲まれています。犯人は逃げる時、どうしたって受付を通らなくてはならない。でも犯行後、戒厳令が敷かれて受付がただならぬ気配になっているのを、きっと気づいたに違いありません。何と云ってもプロなんですからね、その辺には敏感でしょうから。そこを抜けるには通行手形は不可欠だと考えるだろうと予測して——だから僕は、犯人から一旦通行手形を取り上げて、それを取り戻しに来たところを取り押さえようとしたわけなんです」

「それがあの干物騒動か——だがしかし、どうしてその猫が犯人の物だと判ったのかね」

轟部長が尋ねた。

「いいですか、今日はコンテストなんですよ。飼い主は、猫を最高のコンディションでここに連れて来ているはずです。美容室でシャンプー、リンスして、爪を切って、ブラッシングして、

食べ物も充分与えて――。しかし犯人はそこまで気を遣う必要はないでしょうね、元よりコンテストに出場させるつもりはないんですから。だから僕は、極端にお腹を空かせていて、なおかつ一番汚れている猫を探すだけでよかったんです。まあ、ちょいと行き過ぎてあんなことになっちゃいましたけど――」

猫丸は、薄黒いままの鼻に皺(しわ)を寄せて、笑いかけてきた。野良猫を撫で回して汚れた、猫おばさんの手と同じように黒光りした鼻先――。そしていとおしむように、膝の猫を抱き上げると、

「それにしてもこの子もかわいそうですよ、悪事に利用されるなんてね。あの男がどこから連れて来たか知りませんけど、きっと前は飼い猫だったんですよ、ほら、こんなに人に慣れてますから」

ブチ猫は、そう云う猫丸の鼻にさかんに顔を擦り寄せている。猫丸の長い前髪が、そのリズムに合わせてひょこひょこと躍(おど)った。

轟部長はしかめっ面で、幸福そうな猫丸と猫を見ていたが、

「そんなことより君、あのコンロと干物、どうしてあんな物を持って来てたんだ」

「いやあ、大した意味はありませんよ」

と、猫から顔を離して猫丸は、

「こういうところでバイトすれば、かわいい猫がいっぱい来ると思いまして――ふるまってあげよう、と。猫は干物、好きでしょう、キャットフードなんてヤワな物より、ずっと」

「あのね、君、こういうところでバイトするんなら、そんなこと云ってもらっちゃ困るんだがね」

轟部長は苦々しく云ったが、さすがに怒鳴りつけはしなかった。それなりに恩義は感じているらしい。それから部長は、ぽんと手を打ち、

「さあ、そろそろ開会準備だ、長久手、行くぞ」

芝を払って立ち上がった。長久手も即座に腰を上げる。しかし、猫丸は動こうとしなかった。気楽そうに眠たげに、ブチ猫を撫でているその横顔も、ますます猫にそっくりだった。

寝ていてください

「木渡(きわたり)さん、検査の時間です」

看護婦の声に名を呼ばれて、誠(まこと)は瞼(まぶた)を開いた。

ちょっと、うとうとしていたようだ。

最初に目に入ってきたのは、病室の天井の白さだった。純白の布団カバーから片手を出し、少しだけ首をもたげる。白い壁。開け放たれた窓辺では、白いレースのカーテンが春の穏やかな風にゆったりと揺れていた。

病室の中では何もかもがまっ白だ。

「検査ですよ、木渡さん」

もう一度呼ばれ、誠は、「あ、はい」と覇気(はき)のない声を喉の奥で上げて、身を起こした。白衣に身を包んだ看護婦の立つ入口。その上の壁の時計は、午後一時ちょうどを示していた。予告された通りぴったりの時刻だ。このクリニックへ入って五時間ほど経(た)ったことになる。

半身を起こしてみて、胸の辺りがむかむかする感覚に気がついた。少なからずびくりとした。おいおい、大丈夫かよ——。嫌な予感がする。

それでもどうにか体勢を立て直し、ベッドの端に腰かけて両足でスリッパを探った。ただ、この後どうしていいのか勝手が判らない。誠はきょろきょろと周囲を見回した。

四人部屋。まっ白なベッドが四つ、かなりゆとりのあるスペースで置いてある。誠のベッドは廊下側、入口のすぐ右手だ。その正面の、入口から左のベッドを占めているのは長髪の青年。MDウォークマンのイヤホンを両耳に突っ込んで、ベッドの頭板にもたれかかっている。目を閉じ、自分だけの世界に浸り込んでいるようだ。その隣――誠の斜め前の男は寝ている。頭からすっぽり布団を被り、身動ぎ(みじろ)ひとつしようとしない。盛り上がった布団の膨らみはベッドの三分の二の大きさしかなく、サイズとしては子供が寝ているようにも見える。そして誠の隣――窓際のベッドの中年男が、読んでいた週刊誌から目を離して誠の方を見た。金歯を光らせて、にやっと笑う。

「兄ちゃん、検査だってよ。看護婦さんについて行きゃいいんだよ」

「あ、どうも」

口の中でもごもご答えて、誠はベッドを離れた。やはり胸がむかむかする。思わず顔をしかめた。

「木渡さん、一緒に来てくださいね」

入口で、看護婦が無表情に云った。画板みたいに大きなクリップボードに視線を落としたままだ。

「他の方は寝ていてください」

そう云い置いて看護婦は、クリップボードを小脇に抱えて廊下へ出て行く。誠は慌ててその後を追った。

廊下は静かだった。

誠達四人の部屋以外は誰も入っていないようで、ひっそりとしたクリニックには何の物音も聞こえない。看護婦はきびきびと、音も立てずに歩を進める。白衣から延び出た、白いストッキングに包まれたふくらはぎがほっそりとして美しい。足首も、片手で摑めそうなくらい細く、華奢(きゃしゃ)である。足音がしないのはどういう仕掛けの靴なのか――誠のスリッパだけがぱたぱたと、間の抜けた音を廊下に響かせていた。

「あの――看護婦さん」

誠は看護婦に歩調を合わせ、そのびっくりするほど整った横顔に声をかけた。

「はい?」

「ちょっと、あの、気分が悪いんですけど」

別に同情を引こうと思ったわけではないが、胸をさすりながら云った誠の語調は、我ながら情けないほどの弱々しさだった。

「問診(もんしん)がありますから、その時先生に云ってください」

事務的な返事が返ってきた。冷たいのではなく、あくまでも職業的なきっぱりとした口調だった。せっかく美人なんだから、もう少し愛嬌があればいいのに――そう誠は思った。

事務的な看護婦の後について、階段を一階まで降りた。

「診察室」のプレートがある、白いドアに入った。恐ろしく太った白衣の医師が、スチールデスクの前で新聞を拡げていた。朝とは違う医師だった。巨大なアメーバか何かが、椅子の上ででろりと溶けたかのように、医師の体型は崩れていた。風船玉みたいに丸々とした顔の上で、眼鏡の蔓がこめかみに食い込んでいる。手持ち無沙汰そうなその態度には、どうもあまり信頼感が感じられない。

「先生、木渡さんです、お願いします」

看護婦に云われ、医師は「うう」と唸って、もそもそと新聞を畳んだ。

丸椅子に誠を座らせ、医師はのそのそとこちらを向く。回転式の椅子が、ぱんぱんに張った体の下で、不景気な音で軋った。

「じゃ、ちょっと見せてね」

ほとんどやる気がないとしか思われない調子で医師は云い、誠の目を覗き込み、舌を眺め、聴診器を胸にくっつけた。

「はい、いいよ」

どうでもよさそうに医師は、カルテに何やらふにゃふにゃと書いた。ドイツ語か何からしくて誠には判読不能だったが、その内容が知りたいと痛切に思った。

「えーと、どこも悪くないね、平気だね」

医師は、まだ何かふにゃふにゃ書きながら聞いてきた。平気だと決めつけているような聞き方だった。

きた。

「いえ、あの、少し気分が悪いんですが」

今度は幾分大げさに眉をしかめて誠は、

「胸がむかむかして――」

「まあ、昼食抜きだったからね、そのせいでしょう」

あっさりと医師は云い、そっけなくカルテに一言書き添えた。読めはしなかったが、その熱のこもらない態度から大体の意味は理解できた。「異常ナシ」――。誠はいささか恐くなってきた。

傍らでは看護婦が、薬の用意をしていた。小さなトレイに水のコップと、錠剤が三粒。ピンクの物が一つと、毒々しい赤が二粒だ。

医師はカルテと時計、そして看護婦の大きなクリップボードを順番に見てから、トレイの薬を誠に突き出して、

「じゃ、二回目ね、呑んで」

誠は反射的にそれを受け取った。しかし白ずくめの診察室の中では、薬の赤い色はとんでもなく禍々(まがまが)しく感じられる。ためらっている誠に医師は、いきなり語気を荒げて、

「どうしたの、早く呑んで。時間が狂うと困るんだから」

眼鏡の奥から睨んできた。それに気圧(けお)されて、誠は思い切って薬を呑み込んだ。

誠がちゃんと呑み下したのを確認すると、医師は再び投げやりな態度に戻り、

「はい、結構。じゃ君、採血、二本ずつ、十五ミリね」

看護婦に気のない指示を出した。

「診察室」を出ると、今度はその正面の「採血室」に連れて行かれた。

美人の看護婦は、ここでもてきぱきと動いている。誠を椅子に座らせると、瞬く間に採血道具を並べ立てた。試験管、脱脂綿、ビニール管、プラスチックの筒、そして鋭い針――。

「はい、それじゃ採血します」

誠の左腕を水平にして、手際よくゴム管を二の腕に巻く。そして肘の内側を消毒。看護婦の細く滑らかな指が腕に触れるのが、誠はちょっとだけ嬉しかった。もちろん、喜びがちょっとだけなのは、不安感が圧倒的に心にのしかかっていたからだ。こんな状況でなく、このきれいな人に腕をいじられたらどんなにいい気分か――と、くだらないことを考えているうちに、腕に針が迫って来ていた。

「親指、中にして握ってください、刺す時少し痛いですよ」

ギラギラ光る銀色の針先が静脈に近づく。誠は思わず目を背けた。奥歯をそっと嚙み締める。ちくり。云われた通り、やっぱり痛い。無論、声を上げるような無様な真似はしない。このクリニック、こういう時泣き言を云うヤツを少なくするために、こんな美人の看護婦を雇っているんじゃなかろうか――。ちらりと見ると、看護婦は真剣な面持ちで血を吸い取っている。透明なチューブをまっ赤な鮮血が通っている。血がどくりどくりと、自分の脈動に合わせて試験管に流れ込んで行くのがよく判る。試験管の中が、赤黒く満たされていく。見ていて気持ちのいいものではない。誠はもう一度目を逸らした。

看護婦は黙々と血を抜き続けた。

大きい試験管に二本と小さいビニール管二本。随分な量のような気がして、誠は少しふらっとした。しかし看護婦の方は例によっていたって事務的に、誠の腕に脱脂綿をテープでぺたんと貼りつけると、試験管を奥の小部屋にしまいに行った。そして戻って来て、画板みたいなクリップボードを抱え、

「じゃ、お部屋に戻りましょう。今日は後、夕食後に一回だけですから」

誠を促し廊下に出る。ますます気分が悪くなった胸をさすりながら、誠はその後に従った。

階段を二階へ上がる途中、くらりと目まいがした。

「あ、あの、看護婦さん」

「はい？」

「今、ちょっと、目まいが——」

美人とはもう少し気の利いた会話を楽しみたいものだが、それどころではなかった。

「くらっと来ました」

「ええ、採血した直後ですからね、誰でもふらっとします」

取りつく島すらない。

二階の病室に戻ると、十五分しか経っていないのが判った。とは云え、問診はほんの五分程度だったから、十分近く血を抜かれっぱなしだった計算になる。なるほど、貧血のひとつも起こしておかしくないだろう。

「木渡さんは寝ていてくださいね」

看護婦が云った。云われなくても誠はもうベッドに倒れ込んでいる。

「次は河原崎(かわらざき)さんですからね、一時四十分に呼びに来ます」

きっちりとタイムスケジュールが書いてあるのだろう、クリップボードに目をやって看護婦が云う。

「四十分ね、判ったよ」

隣のベッドの中年男が答えている。

「じゃ、皆さん、寝ていてください」

そう云って、看護婦は音も立てずに姿を消した。

「兄ちゃん、初めてかい」

河原崎と呼ばれた中年男が、にやにやして聞いてきた。この金歯の男は場慣れしているようで、経験者の優越感が泌(し)み出した様子が癪(しゃく)だったが、この有り様では認めないわけにはいかない。

「はあ、初めてです」

悔しいけれど、誠はそう答えた。

「ふうん、そうかい、初めてか」

案の定、中年男はにたにたと嬉しそうだ。

と、突然、誠の斜向かいの寝ていた男が、がばっとベッドに起き上がった。あんまり唐突だったので、誠も河原崎も驚いてそっちを見た。

「あのう、トイレに行ってもいいんでしょうかね」

その小男は、もぞもぞとそう云った。仔猫みたいな丸い目の、前髪を眉まで垂らした年齢不詳の男だ。ベッドの上に座っていても、ひどく背が小さいのが判る。

「便所くらい勝手に行けばいいだろうよ」

河原崎が呆れたように云った。

「いいんですか」

と、小男。

「当り前だろう、便所行かないでどうするんだよ、我慢してても仕様がねえだろう」

「はあ、そりゃそうですけど、看護婦さんは寝てろって云いましたからねえ」

小男は弁解するみたいに云う。云いつけを言葉通りに取って、トイレにも行けないと思っていたのだろうか。素直と云うか融通が利かないと云うか——少し頭が足りないのかもしれない。

「じゃ、構わないんですね」

小男は河原崎に念押しして、安心したようにベッドから飛び降り——しかし今度はスリッパを履こうとまごまごしている。よほど切羽詰まっているのだろう、スリッパを蹴飛ばしたりして、なかなかうまく履けない。珍妙な踊りを見るようである。

河原崎が笑って、

「よお、あんたも初めてなのかい」

「は？　何ですか」

小男は上の空だ。

「初めてなのかって聞いてるんだよ、こういうところに来るのは」

「え、はあ、はい」

まだスリッパと格闘している。

誠の正面の、ウォークマンの青年もさすがに、何事ならんとイヤホンを外した。

「どうかしたんすか」

長髪の青年は云う。

「いや、ちょっとね、あの、スリッパが、トイレに――」

と、小男はしどろもどろに答える。

「そっちの髪の毛の長い兄ちゃんは何度目だい、こういうのは」

河原崎が長髪に聞いている。自分が経験豊富なのがよっぽど自慢なのだろう。

「あ、オレ初めてっす」

長髪はそう云うと、小男の踊りに興味を失ったらしく、またイヤホンを両耳に突っ込んだ。

ようやく人間らしくスリッパを履いた小男が、あたふたと廊下へ飛び出した。入口の外で左右を見回してから一回転し、「あっちか」と呟いて物凄いスピードで駆けて行った。

「あんなに慌てるほど我慢することないのによ、変な兄ちゃんだな」

河原崎は笑った。

「まあしかし、初めてじゃ緊張するのも無理ねえやな。俺の他はみんな抜きは初めてだってんだからなあ」

「あの、ヌキって何ですか」

誠が尋ねると、河原崎はにやりとした笑みを投げてよこした。共犯者の微笑みだ。

「今、兄ちゃんもたっぷり血を抜かれて来ただろ。血を抜くから抜きってんだ、この仕事は」

*

この話を誠に持ちかけたのは、前のアルバイト先で一緒だった板井という男だった。いや、正確には前の前か――いやいや、その間に三日で辞めた測量助手のバイトが入るから前の前の前、ということになる。とにかくその、十いくつか目のアルバイトは、誠にしては珍しく半年ほど保った。恐ろしく暇な深夜喫茶で、仕事そっちのけで仲間と無駄話をしているだけだったのが長続きの理由だ。もっともそこも、夕方からの出勤が億劫になって辞めてしまったが――。

その時のバイト仲間が板井だった。板井はバンド青年で「いまにビッグになるからよお」というのが口癖だった。何となくふらふらとアルバイト生活を送っているモラトリアム型フリーターの誠とは、目標があるという点で板井は違っていたが、ちゃらんぽらんな仕事態度に互いの共通点を見出して親しくなった。板井がリードギターを務めるバンドのライブチケットを買ってやったことも一度ならずある。ちなみに、板井のバンドは「努出素歌電」というロックバンドで、一度見に行った誠の素人目にも、高校の文化祭レベルの腕前だった。板井が「ビッグになる」かどうかはこれからの努力次第だろう。

そんなわけで、板井は誠のバイト友達の一人だ。誠にはそうしたバイト友達が他にも何人かいて、時々情報を提供し合う。「今のバイトだけどさあ、結構楽だし待遇も悪くないぜ。今度新規のバイト募集があるんだけどよ、お前来ない？」といったありがたい情報をもたらしてくれるのだ。フリーターを長くやっていると、そういう人脈だけは広がる。その日の板井の電話も、その種の情報のひとつだった。

「あのよお、マコト、短期なんだけどよ、やる？」

「やるやる、モノは何？」

「臨床治験」

「何だよ、そのリンショーチケンって」

「薬だよ、薬。薬呑んでモニターになるヤツ」

のけぞった。昔から、噂に聞くヤバいバイトと云えば「死体洗い」と「新薬実験モニター」と相場が決まっている。さすがの誠も、まだどちらもやったことがない。

「よせよ、変な話持って来るなよ」

「何が」

「だってそれ、人体実験じゃないかよ」

「いや、そうでもないみたいだぜ」

「嘘つけ、ヤバいんだろう、体イカレちまったらシャレになんないよ」

「そんなことないって、別に危険はないみたいだぜ。新薬っつっても市販寸前の薬だからよ、危なくないんだってさ。カゼ薬呑んで死んだヤツなんていないだろう」

「調子いいこと云うなよ、お前やったのかよ」

「いや、俺じゃないけど、バンドの仲間がこないだ行ったんだ」

板井の話によれば、メシはうまいし看護婦はキレイ、二泊三日ごろごろ横になっているだけでなんにもしなくていい、ちょっと薬呑んで、後ちょこっと血液検査するだけ、そのくせ金はいいし「ゴキゲンなバイトらしいぜ」ということだ。

自分はやったことがないくせに無責任なヤツだなあ——と思いつつ、誠は思わず、

「それ、幾ら？」

と聞いていた。

正直云って金が欲しい。二週間前、トラックの車庫入れ誘導のバイトを辞めた。ひと月しか続かなかった。立ちっぱなしでキツかったし、巨大なタイヤが撒き散らす砂埃で、頭皮の奥までじゃりじゃりになるのが耐えられなかったのだ。それ以来働いていない。当然収入はジリ貧状態。このままでは来月の家賃もおぼつかない。なんとかしなくっちゃ、と思っていた矢先なのだ。

金額を聞いて、心がぐっと傾いた。まともにバイトしたら、十五日分くらいのバイト料。それも、歩き回り系——居酒屋のホール、レストランのウェイター等、足が棒になる系列——の

時給で、だ。座り客待ち系――カラオケボックスの受付、レンタルビデオ屋等、座っている時間が比較的長い系列――だと、優に二十日分にはなるだろう。悪くない。ついそういう計算をしてしまうのが、フリーターの悲しい性分ではある。

ほんの少し迷った末、誠は承諾の返事をしていた。

体のひとつやふたつどうってことはない。世の中ゼニだ。

*

そして、四月のうららかなある朝、誠はそのアルバイトに出かけた。

私鉄沿線の小さな街。八時までに行かなくてはならないという。日頃怠惰（たいだ）な生活を送っている誠にとっては、驚異的な早起きを敢行し、「中里（なかざと）クリニック臨床薬理研究所」に到着した。

中里クリニック臨床薬理研究所は、小ぎれいな二階建てのビルだった。そのたたずまいは、ありきたりな事務所用テナントビルといった雰囲気で、少なくとも研究所や医院のようには見えなかった。

ビルの入口で誠は、ごく軽い恐怖感に捕らわれた。板井はああ云っていたが、なんといっても体の切り売り。人体実験の印象は拭い切れない。ここで二泊三日するのかと思うと、やはり少し恐ろしい。

しかし約束の八時が迫っていた。

ええい、びくびくするな、こんな東京のどまん中で、ヤバいことなんかあるわけないじゃないか――己を鼓舞して、誠は中里クリニックのドアを開いた。

入ったところは、これも普通の医院とは違っていた。窓口も、待合室も、薬局もない。「成人病予防健康診断のお知らせ」や「老齢医療年金のお勧め」といったポスターの類いも貼っていなかった。ただ、殺風景な受付が、ぽつねんと置かれているだけだった。

だが受付の向こう側には、およそ殺風景ではない人物が座っていた。

入って行った誠は、その人の少女漫画みたいに大きくきらきらした瞳とまともに目が合って、どぎまぎした。白衣の天使――とは手垢まみれなほど紋切り型だが、そうとしか喩えようがない、と誠は思った。

「ええと、あの、昨日電話した木渡ですけど――」

看護婦は、画板みたいに大きなクリップボードを取り上げて、

「ああ、木渡誠さん、ですね。こちらへどうぞ」

と、立ち上がった。声も――月並みに云えば――鈴を鳴らすようだった。しかし人造物めいた整った面には、微笑のかけらも浮かばなかった。

奥へ向かう看護婦の背を追って、誠も歩きだした。

美人の看護婦は無表情で、どことなく機械的な印象だった。取り澄ましてつんとしているわけではないが、何となく近寄りがたい感じである。白衣も似合っているしスタイルも抜群。その上、整いすぎと云っていいほど美しい顔立ち。そのせいで、「人造美人」という、いささか

おかしな言葉が誠の頭に浮かんできた。「人体実験を平気で繰り返す頭のおかしい天才医師の助手・人体を冷静に切り刻む感情のないアンドロイド看護婦」――そんな役でSF映画に出演したら、ぴったり嵌まりそうだ。などと、どうでもいいことを考えていると、

「ここへどうぞ」

人造美人の看護婦が立ち止まった。やはり、声にも表情にも柔らかみがない。もったいないな、もう少し愛想がよければ最高なのに――。

入ったところはロッカールームだった。

六畳ほどの狭いスペースに、背の高い箱型のロッカーが十台ほど、ぎっしり並んでいる。グレーに塗られたスチール製の、ありふれた形の物である。人造美人の看護婦は、事務的な動作でそのひとつを開けた。

「ここで着替えてください、持って来た物は全部この中に置いてもらいます」

「あの――全部、ですか」

ロッカーの中にはシンプルなスリッパと、ぺらぺらのガウンが一枚。よくサウナなどでお目にかかる、安っぽい上っ張りだ。

「ええ、全部です、下着くらいは構いませんが」

人造美人は淡々と云った。

「荷物も、ですか」

「ええ、どちらかと云えばそれが主です。煙草や食べ物を、無暗に持ち込んでもらっては困り

ますから——検査の数値が微妙に狂う恐れがありますので。ここではこちらが提供する物以外、一切口にしてはいけないことになっています」

冷静な口調。ますますアンドロイドみたいだ。

「はあ——」

「ひどい人になると、夜中にこっそり持ち込んだお酒を呑む人もいるんです。アルコールなんか摂取したら、何のために検査するのか判らなくなるでしょう」

「まあ、そうでしょうね」

「本、雑誌、ヘッドホンレコーダー、それに携帯用のゲーム機くらいなら持っていても構いません。退屈するでしょうしね。あ、それから、お財布も置いてください、鍵はかけてこちらで管理しますのでご心配なく」

「随分厳しいんですね」

「ええ、以前、まっ昼間に堂々と抜け出した不心得な人がいまして——探しに行ってみるとその人、散々買い喰いした揚げ句、くわえ煙草でパチンコをしていました。もちろん検査結果は役に立ちません。そんなことがあったものですから、少し徹底させてもらうことにしたんです、ご協力をお願いします」

「はあ、それはいいですけど」

「電話をかけるくらいは構いませんけどね、公衆電話はこの階にありますから。ただ、どんな用事ができても中途外出は認められませんのでご理解ください」

無表情に、看護婦は云う。

えらいことになったな、これじゃ収容所だぞ――誠はうんざりしたが、バイト料のことを考えて、小さくため息をつくだけで我慢しておいた。

「では、急いで着替えてください。外で待っていますから」

と、人造美人の看護婦は出て行った。美人の目の前で、着替えショーを演じなくてはならないのかと危惧していたので――実際彼女は淡々と冷静に、誠の着替えを観察しそうな雰囲気だった――少なからずほっとした。

しかし何だか、思ったよりハードそうだなあ、このバイト――。誠はぶつぶつ云いながら服を脱いだ。板井のヤツ、お気軽お手軽な仕事だと強調していたけれど、結構キツいんじゃないだろうか。不安感が胸の内で、ぐっと頭をもたげてきた。

着替えを済ませ、俗世間への未練をロッカーにしまい込んだ誠は、人造美人の看護婦に連れられて二階へ向かった。薄っぺらなガウンが頼りなく、心許(こころもと)ない気分である。ひどく無防備になったみたいな気がして、何となく落ち着かない。人が見たら多分、人間ドックに入っているか、ラドン健康センターの大宴会場に向かうところか、どちらかに見えるに違いない。どちらも心が油断しているところが共通で、どっちにしても情けない。

二階のその部屋は、病院の病室とよく似た造りだったが、それよりはかなりゆったりとしていた。テレビやら医療器具などのごちゃごちゃした物がないので、病院の部屋よりすっきりした感じだ。しかし、白い鉄パイプのベッドが四隅にでんと置いてあるため、やはり病室と云う他はないだろう。

入った左側のベッドには、すでに若い男がいた。誠と同じぺらぺらなガウン姿。年齢も同じくらいだろうか。丸顔に、長髪、両耳にウォークマンのイヤホンをしている。ごわごわした、肩までかかる長い髪にサウナ風ガウンが全然似合っておらず、少々滑稽ではある。

長髪の青年は、誠と看護婦が入って行くと、「ども」という感じで顎(あご)を突き出すようなお辞儀で迎えた。バンド系バイト野郎だ――誠は一目でぴんと来た。仲間達とバンド活動をしていて、生活費はアルバイトで賄(まかな)っている連中。どこのバイト先でも必ず一人はいる。長髪といい、今の「ども」の軽い挨拶といい、典型的なバンド系バイト男のタイプである。気がよくて、友達になれば付き合いやすいのだが、周囲のことに無頓着で協調性がないのが難点。あの板井もまさにその類いの男で、そういえばどこかちょっと似ている。

「じゃ、木渡さん、どこでも好きなベッドを使ってください」

人造美人の看護婦は、そう云って出て行こうとする。

「あの、えーと、僕は何をすればいいんでしょうか」

誠が聞くと人造美人はそっけなく一言、

「寝ていてください」

＊

何もすることがなく、ベッドに座ってぼんやりしていると、次々とお仲間がやってきた。

人造美人に連れられて、誠の次に入って来たのは小柄な男だった。前髪を子供みたいに垂らしているのと、極端な童顔のせいで若く見える。例のガウンに包まれた身体はいたって貧相だ。しかし仕草にどことなくおっさんくささがあり、ひょっとしたら案外年喰っているのかもしれない——年齢不詳の、何とも得体の知れない小男だった。

小男は、両手を膝に当てて深々と挨拶してから、まん丸の目を見開いて物珍しそうに部屋の中を見回している。にこにこと、無邪気な笑いを浮かべているところは薄ら馬鹿みたいである。バンド男の隣のベッドに落ち着いた小男は、まだ嬉しそうに周囲を見渡している。病室には白い壁と天井、そしてベッドがあるくらいで、大して面白いものがあるわけではない。それでも小男は楽しそうで、こんなところに自分がいる状況自体を喜んでいるふうにも見えた。変なヤツだ。

最後に入って来たのは、痩せた中年男だった。五十に手がかかろうかという年格好で、気味が悪いくらい顔色が悪い。げっそりと痩けた頬に無精髭が目立つ、見るからに不健康そうな男だ。あまりまともな職業に就いている人物とは思えない。まあ、誠も他人のことをとやかく云える立場でもないのだが——。

中年男は金歯を光らせ、にっと誠に笑いかけ、

「俺が最後みたいだな、ちっと遅れちまったか」

誰にともなく呟いて、物慣れた態度で、唯一空いた誠の隣のベッドに向かう。そして抱えて

いた雑誌の束を、どさりと布団の上に投げ出した。各種取り揃えた雑誌がひと山。ちょっと羨ましい。

こうして四人揃ったのが八時半――それからが忙しなかった。

人造美人の看護婦の先導で、ぞろぞろと全員一階へ降りる。

廊下のソファに座らされ、まず順番に「採血室」へ。人造美人が手際よく、てきぱきと四人の血を採る。恐るべき早業で、あれよあれよと云う間に試験管が血液で満たされる。急がされ、急かされ、焦らされ、びくびくしている暇もない。終わった者から一人ずつ、今度は正面の「診察室」。待っていたのは白髪混じりの初老の医師。動作が小鳥みたいに慌ただしい。診察もスピーディで、

「はい上向いて、はい舌出して、はい胸開けて」

まるで何かに追われているよう。落ち着かないことこの上ない。続いてその場で書類の記入。住所、氏名、年齢、電話番号、既往症の有無、アレルギーの有無――それから身長体重血圧を計られる。

初老の医師は、ざっと書類に目を通し、

「はい、結構、いいでしょう」

何だかとても胡散くさい。

次にまた書類。今度は空欄がなく、びっしり何かが印刷されている。

「じゃ、ここに署名して」

早口で医師が云う。一番上に「同意書」とある。「私は中里クリニック臨床薬理研究所に於て行われる臨床治験に参加するに当り――」「――あくまで私個人の自由意思による参加であり――」「――万一被験者に健康上の障害が発生した場合でも――」「――もしくは副作用あるいは後遺症等には自らの責任に於て――」斜め読みしてぎくりとした。何だ？　副作用？　後遺症？　健康上の障害――？　話が違うぞ、おい。

「あ、読まなくていいの、早く署名してね」

追い立てるみたいに医師が云う。有無を云わさぬ迫力で、誠は仕方なく書類にサインした。

「じゃ、これ呑んで」

いきなり薬が差し出された。錠剤が三粒――ピンクが一粒赤が二粒。人造美人の看護婦が水を満たしたコップを手に、無表情に立っている。

どきどきした。こ、これが新薬か、開発されたばかりの薬だ、とすると、人間でこれ呑むのは、俺が初めてってことになるのか、おいおい、本当に大丈夫かよ――。掌に薬を受け取ったものの、副作用後遺症の文字が目の前をちらちらする。

「どしたの、早く呑んで」

脅迫するような医師の目。人造美人の感情のない目。四つの瞳が誠を見詰め、圧迫感を与えてくる。

「さ、早く。次の人がつかえるから」

「あのう、ちょっと聞いていいですか」

おずおずと、誠は口を開いた。

「何？」

「えーと、あの、これ、何の薬なんですか」

「そんなこと聞いてどうするの」

苛立ったように医師が云う。

「いえ、その、やっぱり呑むからには、自分の体だし、どういう成分なのかなと、気になって――」

「そんなこと君が気にしなくていいの」

きっぱりと医師。俺が気にしなくて誰が気にするんだ？

「何やってるの、時間狂ったらデータが不正確になるんだから――早く」

凄い剣幕で医師に睨まれて、誠は思い切って薬を口に放り込んだ。清水の舞台から飛び降りる心持ち。うわー、呑んだ、呑んじゃった、参ったなあ、どうしよう――。もちろん今さらどうしようもない。

悄然(しょうぜん)として「診察室」を出る。入れ替わりに、丸い目の小男が入ってくる。誠は再び「採血室」へ。長髪のバンド男が、ちょうどそこから出てくるところだ。ピストン輸送のようである。誠達四人の動きも慌ただしいが、もっと凄まじいのは人造美人の看護婦。二つの部屋を行ったり来たり――こっちで採血して向こうで血圧を計り、また戻って血を抜いてとんぼ返りで薬を用意する。馬車馬のような獅子奮迅。見ているだけで目が回る。それでもプロフェッショナルは大したもので、動作の無駄や手順の乱れはまったくない。黙々と仕事を捌いて行く様は、あっけに取られるほど見事である。感心するうちに腕に針を刺された。早くも二度目の採血。一日に二度も血を採られるなんて、普通めったにあることではない。だからと云って別に自慢できることでもないけれど――。

そんなこんなで、誠達が病室に戻ったのは十時を少し回った時刻だった。

四人がそれぞれ自分のベッドに落ち着くと、人造美人の看護婦は、

「では皆さん、寝ていてくださいね」

と、クリップボードを見て、

「次の採血は一時ちょうどに木渡さん、四十分に河原崎さん、後の方は順次呼びに来ます。――あ、それから今日は昼食がありません、血糖値に影響が出ますので――済みませんがお願いします」

ちっとも済まなそうでなく、そう云った。

看護婦がいなくなると、途端に暇になった。

隣のベッドの不健康そうな中年男は早速、雑誌の山の切り崩しを始めた。正面のバンド男は、ウォークマンのイヤホンをして音楽に没頭している。時折左手の指先が動くのは、架空の楽器を操っているのだろう。もう一人の丸い目の小男は、布団にくるまって横になっている。神経が図太いのか呑気な性格なのか、本当に寝ようとしているようだ。

誠はすることもなく、ベッドに横たわってぼんやりするしかなかった。ついつい色々考えて

しまう。副作用、後遺症、何だか判らない正体不明の薬——。えらいところに来ちゃったなあ、このバイト、失敗だったかなあ、でも金がいいからな、疲れるわけでもなし、体もキツくないし、けどキツくないの今だけかもな、薬ってどのくらい経つと効いてくるんだろうか——とりとめのないことを考える。

窓辺で、カーテンを揺らす春の風は静かで、柔らかい日差しものどかである。遠くから「毎度お、お馴染みい、チリ紙交換でえ、ございますう」と、ひどく間伸びした声が、風にちぎられて切れ切れに流れてくる。病室はけだるく、全身の力が抜けるような、のんびりした空気で満たされていった。

しばらくして、誰かがごそごそやっているのに気がついた。見れば、バンド男が部屋を出て行くところだった。どうしたんだろうと思っていると、ほんの二、三分で帰ってきた。気楽そうに、テレホンカードを指で弾いてリズムを取っている。なんだ、電話か——。バンド男は何も云わず、すぐまたウォークマンに戻った。その飄々乎としたマイペースな態度は、バンド系バイト野郎に特有のものだ。我関せずの、どことなく超然とした物腰。今までにバイトで出合ったバンド系のヤツは、みんなこんな感じだった。そう云えば板井もそうだったな——いつでもマイペースですっとぼけた、人を喰った態度。畜生、板井のヤツ、うまいことばっかり云いやがって、それほどゴキゲンなバイトなんかじゃないぞ、調子のいいヤツめ——。ぐずぐずと、どうでもいいことを考える。そのうち眠気が襲ってきた。慣れない早起きが応えている。そのまま誠は、少しうとうとした。一時に、人造美人の看護婦が呼びに来るまで——。

血をたっぷり抜くから「抜き」——誰が云ったのか、うまい通称だ。今日もう三度も血を抜かれている誠は、素直に感心した。

それを教えてくれた隣のベッドの河原崎はにやにやして、

「兄ちゃん、初めてならちょっと恐いんじゃないか、なんたって得体の知れない薬吞まされるんだからよ」

「ええ、まあ、少し——」

誠は渋々認めた。さっきからだらしのないところを見られているのだから仕方ない。

「まあ、そんなに深く考えずによ、気楽にやりゃいいんだよ、リラックスしてな」

「はあ、そうですか」

誠はうなずいた。

「たまには浮世を離れてのんびりするのもいいもんだろう、保養に来たつもりでよ」

河原崎が鷹揚(おうよう)に云った時、トイレに行った小男が帰ってきた。火急の懸案が解決されたためか、あの薄ら馬鹿みたいなにこにこ顔だ。

「そっちの前髪の兄ちゃんも、あんまり緊張することねえんだぞ、まだ二日あるんだからよ、気軽にやろうや」

河原崎に声をかけられて、小男は、

「いやあ、どうも恐縮です」

丁寧に頭を下げてからベッドに潜り込んだ。

「あの、河原崎さん――でしたよね、何度目ですか」

誠が聞くと、相手はにいっと金歯を剝き出して、

「何度って、数えきれやしないな」

「そんなにしょっちゅうやってるんですか」

「まあな」

「この中里クリニックで?」

「いや、ここは初めてだ、他の所を転々と、だな」

「他にもあるんですか、こういうところが」

誠がきょとんとすると、河原崎は得意そうに掌で鼻をふいて、そのままその手で顔をごしごし擦(こす)る。どうもあまり品のいい人ではない。

「そりゃ兄ちゃん、考えてもみろよ、日本中にいくつ製薬会社があると思う？　小さいとこも入れりゃ何百だぜ。それが毎月のように新しい薬開発してるんだ、大変な数になるのは想像つくだろう」

「はあ」

「それにゾロもあるしな」

「何ですか、ゾロって」

「ゾロってのは、つまりあれだ——大手の製薬会社が作ってる物を小っちゃなメーカーが真似して作ることがあるんだ。その時に、小っちゃいメーカーじゃ両方を比べて、大手の薬と同じ効き目があるかどうか調べなくちゃいけない。それを調べることをゾロって云うんだ」

「ははあ」

「つまりな、新開発やゾロで、毎月何百って薬が世に出るわけだわ、製薬会社じゃそのひとつひとつに、お許しを頂くためのデータを集めなくちゃいけないんだ」

「お許しって——誰のです？」

「お上に決ってるだろう、厚生省の認可だよ」

「なるほど」

だんだん誠にも呑み込めてきた。

「だからそれだけ、こういうクリニックもたくさんあるんですね」

「そういうこった。都内だけでも数十ヶ所——大抵製薬メーカーと契約しててな——かなりの数の検査機関が必要なんだよ」

と、河原崎はにやっと笑い、

「それとボランティアもな」

「ボランティア？」

「そう、俺達のことだ」

河原崎は何故か自慢げに胸を張った。

「この仕事はな、正式にはボランティアなんだよ、臨床治験ボランティア。医学水準向上のために、身を挺してボランティア活動に従事している――ってわけなんだ、今の俺達は」

「これが――ボランティア、ですか」

「まあ、アルバイトとか臨時雇いって云っちまうと、何か色々ヤバいんだろうな、人道上の問題とか何とか――。ただ、呼び方をそうしといた方が都合がいいんだろう。ま、どっちだっていいやな、ボランティアにしちゃいい金もらえるんだからよ」

河原崎はにたにた笑った。この人の顔色が悪いのは、始終ボランティア活動に従事しているせいなのかもしれない――そう思うと誠は、嫌な気分になってきた。本当にさっきの薬、大丈夫なのだろうか――。

誠の不安をよそに、河原崎はおどけた調子で、

「まあ、腹の減るボランティアだがね。昼メシ抜きってのはたまにあるけど、こいつが一番しんどいな」

腹を押さえて、情けない表情を作って見せる。

「そうですね――」

誠は、力なく笑った。

そこへ人造美人の看護婦がやって来た。

「河原崎さん、採血です」

一時四十分。ぴったりだった。あのクリップボードと人造美人はとにかく正確だ。

河原崎は気軽にベッドを降りる。

「お、それじゃ行ってくらあ」

河原崎が出て行くと、病室はまた静かになった。誠は大きく息をつき、ベッドにひっくり返った。意外な新知識に驚いていた。病院や医院以外にも、医療機関っていうのはたくさんあるわけなんだな。退屈なので、そんなことにも感心できた。

十五分ばかりすると河原崎が戻って来た。腕に、テープで止めた脱脂綿。たっぷりと抜かれてきたのだろう。

「次は猫丸さんです、二時ちょうどにお願いします」

人造美人に云われて、寝ていた小男が「はあい」と答えた。猫丸——変な名前だ。

「あの——今日はこの四人だけなんでしょうかね」

誠は、河原崎がベッドに座るのを待って声をかけた。胸のむかむかと空腹を紛らわすのには、雑談でもしているのがいいだろうし、何より不安感を解消したかった。河原崎は経験豊富なようなので、その口で、危険などまったくないと請け合ってほしかった。できれば、顔色が悪いのはこの仕事のせいじゃないと保証もしてもらいたい。

「そうだな、他の部屋は使ってないみたいだし、今日は四人だろう」

と、河原崎は云う。

「まあ、人数はその時によって違うからなあ、日程や時間なんかもバラバラなことが多いし、今日だって採血の時間はまちまちだろ」

「ええ」

「色々、データの取り方があるみたいなんだよな、人数とか年とか体格とかの差で——まあ、俺達素人にゃその辺のとこはよく判んないけどよ、多い時は二十人いっぺんにって時もあったな」

「じゃあ、今日も他のクリニックでこうして寝てる連中もいるんですね」

そんな仲間が何百人もいると思うと、ちょっと心強い。

「そう、金に目が眩(くら)んだボランティアの連中がな」

河原崎はにやりと、皮肉っぽく笑った。

「随分腹の減るボランティアですけどね」

誠も苦笑した。

「そうだな。で、兄ちゃんも結局、金がいいから来たんだろう」

「そりゃそうですよ、やっぱ金です」

肩をすくめて見せ、誠は云った。

「それに俺の場合、あくせく働くってのは性に合わないんですよね。毎日こせこせ働いて、ちっぽけな地位にしがみついて、みみっちく暮らすなんて御免ですから」

精一杯露悪的に、誠は云った。河原崎がこの危険な仕事に慣れきって、余裕綽々(しゃくしゃく)でいるから、それに対抗したくなったのだ。俺だってその辺の並のヤツとは違うんだ、豪胆な男なんだぞ――と、格好つけてみたい。

「金さえ手に入れば何でもいいんです、太く短くって云うか、その場限りの一発勝負って云うか――体張って真正面からぶつかって行く――そういう生き方しなくちゃ詰まらないですからね」

「ふうん、若いのになかなか頼もしいじゃねえか、兄ちゃん」

河原崎が感心したように云ったので、誠はちょっと得意になった。

「なあ、そっちの前髪の兄ちゃんはどうなんだ」

河原崎に声をかけられ、薄ら馬鹿の小男――猫丸が、ひょっこりと布団から顔を出す。

「は、何ですか」

「どうして抜きなんかやろうとしたかって聞いてんだ、やっぱり金か」

「いやあ、僕はそんな大それたことじゃなくてですね」

もぞもぞ半身を起こしながら猫丸は、

「珍しいバイトで、何となく面白いかなあって思っただけでして――けど、あんまり面白いものじゃありませんねえ、寝てるばっかりで。昼食抜きでお腹も減ったし、禁煙も辛いし――期待したほど面白くないみたいです」

にこにこして云う。変なヤツだ。こんなところに来て、どんな面白いことを期待していたというのだろうか。やっぱりこいつ、ちょっと足りないみたいだぞ――。

と、そこへ人造美人の看護婦が入って来た。

「猫丸さん、検査の時間です」

クリップボードを見ながら云う。

「はい、えーと、検査？　ですか」

猫丸は目をぱちくりさせる。

「採血だよ、朝もやっただろう、下で。看護婦さんについてきゃいいんだ」

と、河原崎。

「はあ、そうですか、また血を採られるんですね——いや、どうも、なんだか採られるばっかりで損みたいですねえ」

訳の判らないことをぶつぶつ云いながら、猫丸が出て行く。

「何だありゃ、ぼーっとした兄ちゃんだな、あの兄ちゃんは」

河原崎が、金歯を光らせて笑った。

「変な人ですね」

誠もうなずく。河原崎は愉快そうに、

「あんなのに登録されたんじゃ、ここも迷惑だろうにな」

「登録——って何ですか」

「この仕事はな、登録制なんだよ。人を集めて、自分のとこのクリニックに登録させて、その中で人をやりくりしてるんだ」

「でも、あんまりそういう募集は見ませんね」

誠は必要上、アルバイト情報誌を定期購読している、いわばバイト探しの玄人だ。それでもこのボランティアの募集記事は見たことがない。

「まあ、あんまり大っぴらにしたくないいんじゃないか、こういうちょっとヤバい仕事だからよ。人集める方も、世間様の目を気にするんだろうな」

「そりゃそうでしょうけど、だったらどうやって集めるんでしょうね」

「今は大抵紹介制だな、一人紹介したら幾らって、紹介料くれるんだ。兄ちゃんも、友達でも誰でもここに紹介すりゃ煙草賃くらい稼げるぜ」

誠は歯嚙みした。あの板井の野郎、やけに熱心に勧めると思ったら、そういう仕掛けだったのか——。

「どこのクリニックも、そうやって登録人数増やしてるんだ。大概学生さん達の間で拡がるみたいだな、今は。昔はよ、これだけで喰ってるヤツもいたみたいだけどな」

「この仕事だけで、ですか」

「ああ、治験ジプシーって云ってな、こういう所、渡り歩いて稼ぐんだ」

「それ、危なくないんですか」

「そりゃ危ないわな、のべつまくなし訳の判らん薬呑み続けるんだからよ」

「うわ、過激な人生だなあ」

「でも今はいないぜ、そんなヤツ。色々うるさくなってきてるからな、治験の間は最低四ヶ月おかなきゃダメだとか、掛け持ち登録はダメだとか——ま、当り前だな、ヘタすりゃ命に関わるんだから」

「命って――まさか、それほど危ないわけじゃないんでしょう」

「いや、判らんぜ。前に一緒になったヤツに聞いたんだけどな、薬で障害が出て、それでも揉み消されちまったって話、たまにあるって云うぜ」

「本当ですか――?」

「いや、嘘か本当か知らないけどな、そんなこともあるって噂だ」

嫌なこと云うなあ、この人――誠は眉をひそめた。ベテランの話を聞いて安心しようと思ったのに、これでは逆効果だ。何となく、胸のむかむかが強くなってきたような気がする。おいおい、本当に大丈夫なのかよ――。

小男の猫丸が戻って来た。出て行った時より、心なしか顔が蒼くなっている。足元ふらふら、目もうつろ。誠達と同量の血を抜かれたら、体が小さい分応えるのは当り前だ。バカだなあ、自分の体格考えてバイト選べばいいのに――そう思いつつ誠が見守る中、猫丸は、雲の上でも歩くみたいな足取りで自分のベッドにたどり着き、くにゃっと布団に倒れ込んだ。病気の猫のように、体がふにゃふにゃになっている。情けないったらありゃしない。

猫丸を送ってきた人造美人の看護婦が、

「次は春日田(かすがだ)さん、検査です」

しかし、誰も動かない。それもそのはず、春日田と呼ばれたバンド男は、イヤホンをしたままである。

「春日田さん」

人造美人はバンド男のところまで歩いて行き、肩を叩く。それでようやく、春日田は目を開いた。人造美人が人差指を立て、腕に突き立てる動作をすると、バンド男は例の「ども」という感じでこっくりうなずく。イヤホンを耳から毟(むし)り取って出て行ったその飄々とした態度は、やはり板井によく似ていた。マイペースでとぼけた雰囲気。板井のことを思い出して、またぞろむかっ腹が立ってきた。畜生、あのお調子者め、これが終わったら絶対奢(おご)らせてやる、少なくとも紹介料分は吐き出させてやるからな――。

「まあ、そんなことはめったにないんだろうけどな、でもよ、兄ちゃん、だからって危なくないとは云い切れんぜ」

河原崎が云った。さっきの話の続きらしい。いくら退屈だからって、なにもこんな話題を続けることもなかろうに――。ひょっとして、この人も案外恐いのかもしれない。経験豊富だから恐くないとは限らない。それでわざと、悪い方へ話を持っていこうとしているのだ。他人を巻き込んで、自分の恐さを紛らわすために――。

「でも、カゼ薬で死んだヤツはいませんからね」

互いに安心できるように、誠は笑い飛ばして云ってやった。しかし河原崎は、

「そりゃカゼ薬で人は死なんだろうよ。けどな兄ちゃん、そんな軽い薬ばっかりじゃないんだぜ」

「重い薬なんてあるんですか」

「あるともさ。なあ兄ちゃん、市販の薬だけ考えちゃダメだぞ、あんなもん薬のほんの上澄みだ。本当の薬ってのはな、病院で使うような薬なんだぜ。そんなのは薬局で売ってるヤツの百倍はキツいんだ」

「百倍――？」

「ああ、メーカーが作ってるのはほとんどそんな薬だよ。云ってみりゃ本物の病人に呑ませる薬だ――カゼなんて甘っちょろい病気じゃなくてな。中には死にそうな重病人のための薬だってあらあな、ほとんど劇薬だぜ」

「じゃ、僕達が呑まされたのは――そういう薬なんですか」

誠は蒼くなって尋ねた。

「それはどうだか判らない、どっちにしろ俺達にゃ教えてくれないんだしな。もしかしたらそうかも知れないってだけで――。だけどよ兄ちゃん、そんなのをどっこも悪くない健康な人間が呑んだら――判るだろう、あんまり体にいいわけないわな」

河原崎の、無精髭のまばらな痩けた頰が無性に気になってきた。不自然に不健康そうな顔色も、必要以上に痩せているのも、やはりこの仕事を長年続けているせいなのだろうか。

河原崎は殊更声を落として、さらに、

「それからな、これも噂なんだけどよ、前に一緒になったヤツに聞いたんだ――検査中にな、死んだヤツがいるらしい」

「まさか――」

「俺もまさかと思うよ、でもそいつは本当だって云ってた」

「どんなふうに、ですか」

「いや、詳しくは聞かなかったけどな、薬呑まされて何時間かしたら、いきなり苦しみだして――そう、ちょうどこうやって、採血の合間にダベってる時にな」

上目遣いに誠を見る河原崎の落ち窪んだ目は、真剣だ。

「げえっと呻(うめ)いて泡吹いて、ばったり倒れてそれっきりだったそうだ――医者やら看護婦が駆けつけた時にはもう手遅れでな、医者が慌てて死んだヤッ抱えてどっか行ったらしい」

「それで、どうなったんです」

「どうもこうもねえや、当然検査は全部中止――お引き取りくださいって云われて、全員追い返すみたいに解散したそうだ」

と、河原崎はまた声を潜め、

「でもな、その後がおかしいんだ。そいつ、どうなったか気になって、新聞隅から隅まで見たんだけどよ、どこにもそんな記事なんか載ってなかったらしい――つまりな、闇から闇、だ」

「そんなバカな――」

「いや、俺、その話聞いた時、なるほどなって思ったもんだ」

「何が、ですか」

「だってよ、なんたって未認可なんだぜ――厚生省の販売許可、まだもらっていない薬なんだ。そんな物呑んで死人が出たんじゃ、製薬会社は大ごとだろう、大スキャンダルじゃねえか。採み消したっておかしくないだろう」

「でも——揉み消しなんて、そんなことできっこないですよ」

「いや、できるだろうよ、きっと。こんな場所は世間と隔絶されてるんだしよ、うまくやりゃ外にはバレないぜ。それに治験会社——こういうクリニックだって所詮一企業だ、製薬会社の下請けみたいなもんなんだからよ、クライアントの面子（メンツ）を最優先したって、ちっとも変じゃないだろう」

「そんなの、まともじゃないですよ」

「まともじゃないことがまかり通るのが今の世の中だろ。どの道俺達は、血を採られるだけのモルモットだ。そんなヤツの命より会社の名誉が大事だって考える野郎がいたっておかしくないだろ。死んだらうやむやにして、ヘタすりゃ死体も隠して——それでおしまい、ってこともあらあな」

そこへ誰かが駆け込んで来た。物凄い勢い——。誠はびっくりして、ベッドの上で跳び上がった。心臓がでんぐり返った。

仰天しながら振り向くと——人造美人の看護婦だ。泡を喰って、端正な顔が引きつっている。この人が、人間らしい表情を顕（あらわ）にするのは初めてだ。そのことも誠を驚かした。

看護婦は誠達の方を見向きもしないで、バンド男が使っていたベッドに突進した。

そう云えばアイツ、検査に行ったきり戻って来ないぞ——。

人造美人はあたふたと、シーツと布団カバーを取り去った。今までの事務的な態度はかなぐり捨てた、見栄も外聞もないほどの慌てぶりだ。シーツとカバーを丸めて廊下にほっぽり出し、人造美人は布団を畳んだ。ベッドはまるで、始めから誰もそこにいなかったかのようになった。それでようやく安心したらしく、人造美人は大きく息をつく。豊かな胸が、慌ただしく起伏している。しかしベッドサイドに、バンド男のウォークマンが置いてあるのを見つけると、電流にしびれたみたいに飛び上がり、それを引っ摑む。こんな物、ここにあってはいけないんだと云いたげな仕草で――。

「なあ、看護婦さん――」

河原崎が訝(いぶか)しげに声をかけ、

「どうかしたのか、あの春日田って髪の毛の長い兄ちゃん、どうしたんだ」

人造美人はゆっくりこちらを振り返った。無表情を取り繕(つくろ)おうとしているようだが、それは明らかに失敗していた。目尻がぴくぴく痙攣(けいれん)し、必死で息を整えようとしている。

「え、あの――別に、どうもしません」

視線が泳いでいる。

「えーと、急用ができたそうで――帰りました」

嘘だ――。今朝ロッカールームで、何があっても中途外出はできないと云ったはずではないか。

「何でもありませんから、気にしないで――えーと、その――次は夕食後まで検査はありませんから――」

人造美人は取ってつけたみたいに云い、背中にウォークマンを隠しながら、ぎくしゃくと出て行った。

誠達三人は、ぽかんとそれを見送った。

「どうしたんでしょう、あの人――」

猫丸がきょとんとした目で云った。

部屋は、どう見ても三人部屋にしか見えなくなった。もう一人の男など、最初からいなかったみたいに――。

そして、春日田はいつまでたっても帰ってこなかった。

*

さっきの看護婦の態度。

どう考えても普通ではない。尋常ではない慌てぶり。突発事態に直面して、とりあえず何かを隠蔽しようとするみたいに、無我夢中で動いていた。そうとしか思えない行動だった。あのバンド男、どこへ行っちゃったんだろう――誠は、白い天井を見上げながら考えていた。

人造美人が出て行ってから、残された三人の頭上を不気味な沈黙が覆っていた。

河原崎、猫丸、そして誠――誰も何も云わず、それぞれのベッドに寝そべっていた。お喋り好きの河原崎さえ、恐い目をして宙を睨んだままである。ベテランのそんな様子を見せられて、誠は無茶苦茶恐ろしくなってきた。

おいおい、待ってくれよ、変だぞ、まともじゃないぞ――。

息苦しい、胸がむかむかする、頭がぼんやりする。誠は自分でも、脈拍が高まっているのが判った。体調が悪くなってきているのだ。

一回目、朝、薬を呑んでうつらうつらした後、少し気分が優れなくなった。二回目、一時の検査の時にまた呑んだ。錠剤を三粒。そう云えば、二回目の薬は朝のとは光沢が違っていたような気がする――。違う薬。あの春日田も、違う薬を呑まされたのだろうか――いや、そもそも俺の呑んだ薬と春日田の物と、同じ薬かどうかも判らないではないか。ひょっとして、春日田は極めてヤバい薬を呑まされたのかも――。

光景がまざまざと浮かんできた。無音の、サイレント映画みたいな映像だ。あの「診察室」で、肥満の医師に薬を渡される春日田。長髪をかき上げ、例の飄々とした態度でそれを呑む。そして「ども」と軽く頭を下げて立ち上がる。採血に向かう廊下で、突然立ち止まる春日田。無人の廊下。春日田の顔が歪む。もがき、苦しむ春日田。ばったりと倒れる。四肢が引きつる。出てきた看護婦が息を呑む。美しい面が蒼白になる。血相を変えて医師を呼ぶ。すっ飛んできた医師、横たわる春日田の上に屈み込み――静かに首を振る。おもむろに、看護婦に指示を出す医師。口をぱくぱく。字幕がなくても意味は伝わってくる。「メーカーの方に知られたら大変だ、隠密裏に処分する。こいつは最初からここにいなかったことにしよう。死体は私が――君は病室を頼む」看護婦、うなずいて走り出す。階段を駆け上がり、病室へ飛び込む。一切の証拠を消し、事故を闇から闇へ葬るために——。

バカな、まさかそんな——。

そんなことがあるはずはないと思う。だがしかし、河原崎も云っていた。なんと云っても認可されていない薬。つまりは、誰一人呑んだことのない薬なのだ。どんな事態が起こってもおかしくはない。製薬メーカーにしてみれば、そんな薬を作ったことが明るみに出るくらいなら、人一人の死をひた隠しにする方を選ぶかもしれない。——おいおい、勘弁してくれよ、俺もそんな薬呑まされたのか。わ、ヤダ、ここでこうしているうちにも、薬はじわじわ効いてきて——ぎゃ、ヤダってば、冗談じゃないよ、こんなところで死にたくないっ。

がばっと、誠は身を起こした。

他の二人と目が合った。

河原崎の目はびくびくしていた。猫丸はおどおどしていた。どうやら二人とも、似たようなことを考えていたらしい。

「あの——俺、気分悪いです」

誠は、蚊の鳴くような声で訴えた。

「実は俺も——気のせいかこの辺が——」

と、河原崎が、胸の辺りを押さえた。

「僕達、何の薬呑まされたんでしょう」

猫丸が心細そうな面持ちで云う。

「俺、ちょっと吐いてきます――」

そう云って誠が、ベッドを降りようとすると、

「もう遅いと思うけどなあ」

と、猫丸が泣き出しそうに、

「とっくに吸収されちゃってますよ、薬の成分」

「じゃ、どうすればいいんですか」

「さあ――逃げますか」

「逃げてどこ行くんだよ」

と、今度は河原崎が云う。猫丸は、世にも情けなさそうに、

「はあ、ですから、どこか他の病院にでも駆け込んで、ですね――」

「薬呑んだんだけど、それが何だか判らんから何とかしてくれって云うのかよ」

と、河原崎は鼻で笑って、

「まだ誰も知らない新薬なんだぞ、どこの病院でそんなのに対処できるんだ」

「はあ、それもそうですね」

猫丸が意気消沈する。誠は横から、

「あの、下へ行って聞くってのはどうでしょう。医者か看護婦に」

「何を聞くんだ」

と、河原崎。

「何の薬を呑まされたか教えてもらうんです」

「意味ないな、危険な物じゃないと云われるのが関の山だぜ」

「だったら春日田って人のことを」

　誠は食い下がったが、猫丸がぼそぼそと、

「死にましたかって聞くんですか——。しらばっくれられるのがオチですよ、さっきの看護婦さんの様子、見たでしょう。それに、もし何かあったとしても、河原崎さんのお話だと、うやむやに握り潰されるに決まってます」

「だったらどうすればいいんですか」

「判りませんよ、そんなこと僕に聞かれても」

　猫丸は拗ねたように云う。河原崎が一言、

「いかん、俺、本当に気分悪くなってきた」

　ばたりとベッドに倒れ伏す。

「僕もです」

　猫丸も、くたりと横になる。

　誠は背中がぞくぞくしてきた。

　嫌でも春日田の、空のベッドが目につく。さっきまでぴんしゃんしていたバンド野郎の、今は無人のベッド——。そこから視線をひっぺがすようにして、誠は乱暴に布団を頭から被った。

　副作用、後遺症、薬禍事件、毒死——。心底、心細かった。胃がからっぽのはずなのに、込み上げてくるのは不快感だけ。空腹感はまるでなくなっている。気分が悪い、胸がむかむかする、頭がぐらぐらする——。ぎゅっと目をつぶった。

病室の中は重く、沈滞した空気で満たされた。

まるで、死ぬ寸前の病人ばかりの部屋のように。——いや、冗談事でなく、そのうち本当にそうなるかもしれない。

誠は布団にくるまったまま、ただ震えるだけだった。

そして、それから数時間は無言のうちに過ぎ去った。恐れと、怯えと、恐怖の数時間——。誰もが、喋る気力すらないようだった。

夕方——。

カラスの声が、窓の外を通り過ぎる。

遠くで、豆腐屋のラッパが鳴った。

その中におかしな、くぐもったような音が混じった。くつくつと、押さえつけるみたいな人の声。気味の悪い声だった。それはいつまで経っても収まらない。誠は恐る恐る、布団から顔を出した。声のする方を見ると——猫丸だ。

猫丸はうつ伏せで、枕に顔を押しつけて泣いて——いや、笑っていた。くすくすと、おかしそうに。笑っているのだ、この期に及んで。誠は寒気を覚えた。こいつ、とうとう恐さが頭に回ったか、それとも薬の副作用か——。

と、誠の視線に気づいたか、猫丸はひょいと頭を上げた。まだ、にたにた笑っている。人の

悪そうな笑顔だった。後頭部に寝ぐせがついた、柔らかそうな髪に細い指を突っ込んで、ぼそぼそと掻きながら、

「いやあ、面白かった――でも、まあ、もういいや。そろそろ晩御飯だろうし、終わりにしましょうか」

間の抜けた調子で云った。何を云ってるんだ、こいつ、何が終わりだ。この薄ら馬鹿、本当に頭に回っちまったのか――。

不審な思いの誠を、猫丸はにたにたして見て、

「ね、ちょっと面白かったでしょう。こんな妙なこと、なかなか経験できませんからねえ」

「え――何が」

誠は二の句が継げなかった。だが猫丸はしれっとして、

「でも、このくらいでいいとしましょう、充分退屈しのぎになったし。――けど、それにしてもお腹空きましたね、御飯、まだですかねえ」

極めて呑気な声で云う。河原崎がそれを聞きつけて体を起こし、

「何バカなこと云ってるんだ、メシどころじゃないだろう、生きるか死ぬかって時によ」

険しい顔で云った。

「生きるか死ぬかって――大げさだなあ、お二人が心配してるようなことなんて、別になんにもないのに」

「なんにもないはずがあるか、あの髪の毛の長い兄ちゃん、本気でヤバいかもしれねえんだ

ぞ」

「別にヤバくありませんってば。帰ったんですよ、あの人は。看護婦さんもそう云ってたでしょ」

涼しい顔で猫丸。誠は呆れて、

「どうしちゃったんですか、あの看護婦の態度、忘れたんですか」

「そりゃ忘れてませんけど——」

と、猫丸はにたにたして、

「春日田さんは帰りましたって云ってましたよ、ちゃんと」

「云ったけど——どう見たって嘘でしょう、あれは」

「いえ、本当ですよ、多分」

「どうしてそんなこと云えるんですか」

「あれ？　判りませんか——。だったらちょいとお話ししますがね」

猫丸は、唖然としている誠と河原崎にお構いなく、ゆっくり座り直してにたりと笑った。そして、

「人間誰しも、ちょっとだけ見栄を張るってことがありますよね——相手に軽く見られないように、バカにされないように——殊に初対面の相手だと、少しでも自分をよく見せよう、格好つけてやろう、と、そういう心理が働くものです。特にこういう、ちょいと危なっかしい、ややこしい仕事なんかだと、初めての人より何度も経験のある人の方が、カッコよく見えるのは

当り前ですよね。そういう時、自分が初めてだと云うのは、何となく抵抗があるものです。なんだこいつヒヨっ子じゃないか――って思われるのは、あんまりいい気分じゃありませんからね。ねえ、そういうことってよくあるでしょう」

それは、まあ、ないこともない――。誠は軽くうなずきながらも、少しだけ顔を赤らめた。河原崎に対抗意識を持って、無頼漢を気取ったことを当てこすられたのかと思って、ちょっと気恥ずかしかったのだ。だがそれが、何の関係があるのだろう。

猫丸は続けて、

「しかし、あの春日田君は、この仕事は初めてだと云ってましたよね――昼間、僕がトイレに行こうとした時のことです。けれど、もし春日田君に少しでも経験があったとしたら、はっきりそう云うはずでしょう――彼だって軽く見られたくないでしょうから。二回目だとか三回目だとかって嘘をつくのは判りますけど、初めてだと嘘をついて得することなんてひとつもないし――だから彼が初めてなのは、きっと本当のことなんでしょうね」

「おいおい兄ちゃん、そんなことがどうしたってんだよ」

河原崎が苛立ったように云うのを、猫丸は手を上げて制して、

「まあまあ、そんなに慌てちゃいけませんや、ここからが本題なんですから、口挟まないで聞いててください」

と、人を喰った調子で云う。

「春日田君は初めてだったにも拘らず、妙に場慣れした感じがしませんでしたか。ほら、ちょ

うど慣れてる河原崎さんが雑誌の山を持ち込んでるみたいに――。例えば午前中、春日田君はふらっと気軽に電話なんかかけに行きましたよね、いかにも物慣れたのんびりした様子で――電話がどこにあるのか、迷った感じは少しもありませんでした。僕なんかトイレの場所さえ判らなかったのに――。それに午後の採血の時も、僕や木渡君は検査って云われてもよく呑み込めずにおたおたしていたのに、あの人、看護婦さんが呼びに来た時イヤホンしていて聞こえなくて――それでも看護婦さんが仕草で表すと、すぐ採血だって悟っていました。まあ、彼は順番が最後だったから、僕達が行くのを見てて察したのかとも思いましたけど――よく考えてみたら彼、ずっとイヤホンした上に大抵目を閉じてて、あんまり周囲の状況に注意を払ってなかったんですね。そんな中でまるでもたつかず、すんなり採血に出て行ったんです。つまり彼は、初めての割には、ここの内部の段取りをよく知っていたんですよね。僕にはそれがちょっと不思議だったんですよ」

と、猫丸は眉の下まで垂れた前髪をふっさりとかき上げ、

「どうしてだろうって考えてて――そこで思い出したのが河原崎さんのお話です。云ってましたよね、この仕事、人数や日程や時間なんか、バラバラなことも多いって――。日程がまちまちなことがあるんなら、同じ二泊三日でもズレがあってもおかしくないってことに気がついたんです。要するにこうなんですね、僕たちにとっては、今日は二泊三日の初日だけど、春日田君には三日目だった――それだけなんです。今日帰る日程で、予定通りさっき最後の採血をして、そのまま帰ったんだ、と。つまり、あの看護婦さんが帰ったって云ったのは、紛れもなく

事実だったんです」

「でもな、兄ちゃん」

河原崎が幾分口ごもりながら、

「それだったらあの看護婦、どうしてあんなにびくびくしてたんだよ。ありゃどう考えたって何かあったみたいに見えたぜ」

「そうですよ、凄く焦ってましたよ」

誠も加勢した。あの慌てぶりは只事ではなかった。今の猫丸の話では、説明がつかないではないか。

しかし猫丸はにやにやと、

「だからね、そこは僕達の空腹が問題なんですよ」

「空腹？　なんだそりゃ」

河原崎が怪訝（けげん）そうに云う。

「僕達、昼食抜きで空腹だったでしょう、そこにポイントがあるんですよ。いいですか、この仕事をやる人で、中には質（たち）の悪いのがいて、こっそり外へ抜け出して買い喰いするような人がいるっていうじゃありませんか。だから僕が思うにあの看護婦さん、僕達が空腹に耐えかねてそんな不届きな真似をするのを阻止したかったんじゃないか——そんなふうに思いますね。恐らく看護婦さんはあの時、春日田君の忘れ物のウォークマンを取りに来たんじゃないでしょうか。最後の採血を終えた春日田君が、帰り支度にロッカールームへ向かう途中、ウォークマンをここに置いてきてしまったのに気がついたんでしょうね、昨日一昨日と、採血のたびにそうしていたから、つい習慣になってうっかり――。そこで看護婦さんは、いいですよ、取って来ますから着替えててください――とか何とか云って、ここに来たんじゃないかと、僕は思うんです。ついでに不要になったシーツも片づけようと――」

あの人造美人のフットワークの軽さ――馬車馬のような働きを思い出して、誠はなるほど、と思う。あの人ならそのくらい気軽にやるだろう。

「そこでこの入口まで来て、河原崎さん達の雑談が聞こえて――咄嗟に一芝居打つことにしたんじゃないでしょうか。その時何の話をしていたか、お二人とも覚えてるでしょう」

もちろん覚えている。抜きの最中に死んだ人の噂話。死亡事故とその揉み消し――。

「雑談の内容から、看護婦さんはある計画を思いついた――あんな態度を取ることで、僕達を怯えさせようとしたんですね。つまり僕達は、それまでしていた話と看護婦さんの芝居で、ありもしない薬事事故の幻を見せられてしまったわけです。看護婦さんが朝からずっと、冷静なところしか見せていなかったから効果は絶大でしたね。現に僕達は午後いっぱい、ここに釘づけになっていました。気もそぞろで、空腹に負けて抜け出すなんてこと、思いつきもしませんでした。彼女にとっては、僕達がおとなしくベッドにしがみついているのが一番いいことなんですからね」

寝ていてください――あの、人造美人の声が、ふと頭に甦った。

「なるほどなあ、こりゃ俺達が一本取られたな――」

河原崎が痩けた頬をさすりながら、

「でもよ兄ちゃん、あんたいつ気がついてたんだよ、あの看護婦の企みってやつに」

「いやあ、実は最初から」

「最初からって――看護婦がばたばたしてた時からかい」

「ええ、まあ」

「なんだよ、兄ちゃんも人が悪いなあ、そうならそうと早く云ってくれりゃいいのによ。俺、すっかりびくびくしちまって、生きた心地がしなかったぜ。寿命が縮んだじゃねえか」

不平を云いながらも、河原崎の口調は安堵のためか、それほど鋭くはなかった。猫丸はにこにこして、

「でもまあ、なかなかスリリングな時間が楽しめたでしょ」

楽しそうに云う。

「僕も布団被って、お二人が何を考えてるか想像すると面白くって――たっぷり暇潰しさせてもらいました」

「あの――だったら、あなた、さっき恐がってたの、あれ芝居ですか」

誠が尋ねると、猫丸はぬけぬけとした調子で、

「ええ、せっかくお二人ともうまく引っかかったみたいだから、ちょいとお手伝いさせてもらっただけで――。どっちにしろ木渡君達も暇を持て余してたでしょう、だったらいっそのこと、めったにできない経験させてあげようと思って――しみじみ自分の命が惜しいと感じるなんて、

あんまりないでしょうしね」

面白そうににたにた笑った。

その、半分前髪に隠れた、あっけらかんとした笑顔を見ながら、誠は思った——もしかしたらこの人、俺達をたしなめようとしたんじゃないだろうか、と。経験豊かなことを鼻にかけて自慢気な河原崎と、それに負けん気を起こして格好つけた俺をからかうために——。そう考えるのは勘繰りすぎだろうか。猫丸は、そんな誠の心中を察したかのように、不思議と柔らかな笑みを向けてよこし、

「ま、そんなこんなで、あの看護婦さんに協力してみたんです。あの人、なかなか鬼気迫る名演技でしたしね、だからつい手伝いたくなったわけで——。それにしても看護婦さん、仕事中だからあんな真面目そうにしてるんだろうけど、案外お茶目でユーモアのセンスがある人なんですね、あんなこと思いついて、瞬発的にやってのけちゃうんだから——味のある人ですよねえ」

と、そこへ、当の看護婦が入ってきた。

例によってその美しい顔には表情がなく、相変わらずの人造美人ぶりである。

看護婦は壁のスイッチを入れ、病室の電灯を点けた。いつの間にか夕闇が、窓から忍び込んで来ていた。蛍光灯の人工的な灯りで、誠はようやく、悪い夢から醒めた気分になった。気のせいか、胸のむかむかが楽になっている。現金なもので、俄かに空腹を覚えた。

看護婦は振り返り、

「もうすぐ夕食です、夕食後にもう一度採血があります、それが終わったら――」

「おとなしく寝ていればいいんですね」

思わず誠はそう云った。

「そうです――寝ていてください」

無表情な看護婦の顔に、悪戯（いたずら）っぽい笑顔が透（す）けて見えたような気がした。

幻獣遁走曲

「従ってェ、諸君らの任務はァ、その幻の珍獣アカマダラタガマモドキを捕獲することにあるのであァる」

アジ演説みたいな口調で「鬼軍曹」が塩辛声を張り上げている。とにかくひたすらテンションが高い。

「最前より云っているようにィ、かのアカマダラタガマモドキは幻の獣であァる、であるからしてェ、これまでその実物を捕らえた者は皆無なのであァる。しかしィ、我々がその捕獲に成功した暁にはァ、本邦初、いや、世界初の快挙となりィ、我々の名はァ、末長く人口に膾炙しィ、歴史の一ページにィ、燦然とその名を刻むことになるのであァる」

興奮して演説を続ける鬼軍曹の声にうんざりし、鼬沢はそっと曇天の空を仰いだ。なんだかひどくバカバカしいことになっているような気がする。

梅雨時の空は、手が届きそうな低い雲でどんよりと被いつくされ、そうでなくても嫌な圧迫感がある。風がないせいで、空気は湿気を孕んでじっとりと重く、途轍もなく蒸し暑い。立っているだけで不快な汗が、身体中からじくじくと湧き出してくる。口の中までねちょねちょしてくるみたいな、不愉快な暑さ――。

　両手を後ろに組んだ立ち姿勢のまま、鼬沢が片足に重心をかけると、地面にじわっと靴が少しめりこんだ。湿地帯なのである。こんなバカ暑いさなかに山の中の湿地に立っている自分が、鼬沢は途方もない間抜けに思えてきた。

「古くはァネス湖のネッシー、ネパール山岳地のイエティ、ヒマラヤの雪男――幻の獣の存在はァいつの時代でもォ、我々人類の夢とロマンを掻き立ててきたものであァる。しかしながら残念なことにィ、人類は未だそれらの幻獣の正体を摑みきれていないのが現状なのであァる。であるがァ、本日我々がァ、その歴史を塗り替えるチャンスに恵まれたことはァ、素晴らしい幸運であると云わねばならなァい」

「鬼軍曹」こと小田川のおっさんの、自分の言葉に陶酔するみたいな演説はとどまるところを知らない。まったく、鬼軍曹のネーミングはどんぴしゃだな――鼬沢は改めてそう思った。今朝初めて顔を合わせた時、一瞬でそのアダ名を考えついたのだ。もう「おっさん」と呼ぶ他はない年らしいのに異様に筋肉質の大柄で、ご面相もかなり厳つい。Tシャツの上に迷彩模様のシャツをだらしなく羽織っているというスタイルも、戦争映画に出てくるステロタイプの「鬼軍曹」そのままである。だいたい「鬼軍曹」でもなければ、人をこんなところに立たせたまま、喜んで演説なんぞするはずもないではないか。

　飽き飽きした鼬沢は、鬼軍曹のダミ声を聞き流しつつ、これといって見るべきものもない風景をゆっくり見回した。殺風景な山の中に広がる、広大な湿地。片側をごつごつした岩の山、もう片方を粘土質らしい丘に囲まれて、広々とした湿地は巨大な瓢簞形をしている。見渡す限りの一面に、鼬沢の背丈ほどもある雑草が生い茂り、恐ろしく不景気な眺めである。他には何もない、面白くも何ともない景色。普通ならばこんな所に足を踏み入れる酔狂な物好きはいないだろう。ましてやこの湿気と暑さの中、繁茂する雑草を搔き分けてここへ入って来たのだから、鼬沢達の頓狂もここに極まれりといったところか。

東京からマイクロバスに揺られて茨城県の山奥へ入り、ここへ着いたのが正午頃。瓢簞形のくびれ部分の草を刈り、そこに小さなテントを張って「ベースキャンプ」に仕立てたのが午後一時。そうして「アカマダラタガマモドキ捜索隊」の面々は、今ここに集結し、隊長たる鬼軍曹から指揮を仰いでいるわけである。

一様にむすっとした不機嫌そうな顔で、隊員達は軍隊みたいに一列横隊。むさ苦しい男ばかりの総勢十二人。鬼軍曹はその列の前を、緩やかに行ったり来たりしながら演説を続けている。合計十三人――縁起がいいったらありゃしない。

「思い起こせば四半世紀の昔ィ、まだ幼な子だった私がァ、この我が故郷の地でェ、古老達に聞かされた昔語りをォ、今なお胸を熱くして思い返すことができるものであァる。老人達は口を揃えてェ、昔はこの瓢簞沼の近くでェ、多くの者がアカマダラタガマモドキを目撃したと語ったものであァる。幼い私はァ子供心にもおォ、いつの日にかその幻の獣を捕らえてみたいと思いォ、夢に思い描くに至ったものであァる。しかし行く年月の無情さよォ、いつしか私は夢を忘れェ、日々の糧を得るのみの都会での無為の暮らしにィ、身を沈めて行ったわけであァる」

とうとう思い出話まで始まってしまった。テントを張って鼬沢達を整列させてから、鬼軍曹の奴、延々三十分も一人で喋っている。この梅雨時の蒸し暑いさなかに、こんな山の中まで連れて来られて、おまけにイカレたおっさんの長話まで聞かされて、これで日給一万円はあんまりじゃないか――鼬沢は後悔に内心臍を噬んだが、後の祭り。この状況では逃げ出せるとは思えない。

横目を遣って鼬沢は、他の連中の顔色を盗み見てみた。案の定、皆辟易している。鼬沢と同じように学生らしい若い男ばかりで、中に二人ほど、異常に体格のいいのが混じっている。黒い袖なしシャツの胸板が脅威的に厚く、筋肉の盛り上がった腕も丸太のようだ。二人とも短い髪で、一方は顔中髭に被われている。ボディビルの全国大会に出せば一位と二位を争いそうなこのごつい二人組を、鼬沢は「マッスルブラザース」と密かにアダ名をつけていた。

マッスルブラザースの二人も他のメンバーも、申し合わせたみたいに不満げな表情を隠しもしていない。このおっさんの長話はいつ終わるんだよ、おい――といった感じか。暑さと、ここまでの道程の疲労もかなり応えている。寄せ集めのアルバイト隊員だから顔見知りが少なく、居心地が悪そうでもある。

そんな中で、鼬沢の隣で直立不動の姿勢を崩さない小男だけは、何やら妙に楽しげだ。

仔猫みたいなまん丸い目を興味津々に輝かせて、鬼軍曹の演説に聞き入っている。鼬沢はそっと、鼻から大きなため息を吐いて、横に立つ小柄な男を眺めた。元はと云えば、このお調子者の口車に乗せられたせいでこんなことになったのだ――。

前髪を眉の下まで垂らした、この年齢不詳の小男とは二ヶ月程前に知り合った。東京の大森で、すわ日本最古の恐竜化石発見か、という発掘隊の仲間だったのだ。その五月の恐竜騒動以来、こちらはともかく相手は鼬沢を「ロマンを追う仲間」だとでも認識したのか、今回この話を持ちかけてきたわけである。こっちの迷惑を顧みずに――。

「イタちゃん、大変だよ、アカマダラタガマモドキを発見できるかもしれないんだぞ」

ひどく高揚した声で、電話をしてきたものだった。この珍妙な小男は、いとも馴れ馴れしく鼬沢を「イタちゃん」と呼ぶ。鼬沢の方は化石発掘仲間に倣って、彼を「猫丸先輩」と呼んでいる。それが本名なのか、仔猫みたいに愛嬌のある童顔に由来するのか、本当のところはよく知らない。しかしもし愛称ならば、名づけた奴は自分と同じくらいアダ名のネーミングセンスのある奴だな――と思った記憶がある。

「何ですか、そのアカマダラなんとかって」

「だから幻獣だよ、幻の獣、伝説の怪物、正体不明の生物――まだ発見されていない新種の動物か何かかもしれない。とにかく凄いんだよ、そいつを捕まえようってんで捜索隊を募ってるんだとよ。なんでもそのアカマダラタガマモドキってのが生息してるらしい地方出身のおっさんがいてね、その人が個人的に捜索隊組織して、アカマダラタガマモドキを捕まえる計画があるんだそうだ。どうだ、イタちゃん、お前さんも来ないか。幻の獣だぞ、そいつを捕まえるんだぞ、わくわくするだろ。しかもな、日当まで出るんだとよ、こんな嬉しい話、他にあるかよ。な、イタちゃん、行こうぜ、どうせ学生さんなんだから、お前さん一日や二日くらい暇作れるだろ」

「そりゃ暇は作れるけど——でも、何なのそれ、アカマダラなんとか」

「アカマダラタガマモドキ」

「そのモドキ——何なのさ、聞いたことないけど」

「さあ、何だろう、僕も聞いたことない」

「知らないの？」

「うん、でもまあ、アカマダラタガマモドキって云うくらいなんだから、赤いまだらがある生物なんだろうな」

「タガマモドキってのは？」

「タガマに似たもの」

「タガマって何？」

「さあ」

「あのね、猫丸先輩——そんな聞いたこともないような訳の判らん物捕まえに行くって云われて、どうしてあなたそんなに興奮できるわけ？」

「だって——面白いじゃないかよ」

「相変わらず呑気な人だな——。けどさ、おかしいじゃない、そのおっさん」

「何が」

「だってそんな未知の生物捕まえに行くんなら、どうして個人で捜索隊なんか集めるのさ。そんなの大学の研究者か何かが公的に調査隊組むのが普通じゃないの」

「いや、そのおっさんってのが何だか個人的にエラく思い入れがあるみたいでね、だから手柄を独り占めしたいんじゃないのかな、ほら、例の恐竜の時もそうだったじゃないか。それにあれだね、イタちゃん、お前さんもまだまだ世の中の仕組みってのが判ってないね」

「どうしてさ」

「だってそんな怪しげな物にちゃんとした捜索隊が出るわけないだろうが」

「——怪しげなの」

「まあ、ちょっとね。本当に捕まるかどうか、半々ってとこじゃないの」

どちらかと云えば思いきり胡散くさい。

「じゃあ猫丸先輩、その半々の奴捕まえようって云ってるおっさんの話に乗っちゃってるわけ?」

「云ってみりゃそういうことかな」

「大胆な人だな——どうしてそんなことができるのさ」

「だって——面白いだろ」

かように、この小男の行動原則は面白ければすべてよしという実に単純なものらしい。それでもその口の巧みさに引きずられて、ついついその気になってしまった己の愚かさを、鼬沢は今日の道中たっぷり味わうことになった。

朝七時の新宿に集合して、マイクロバスで三時間。鬼軍曹の容赦ない号令の下、売られて行く羊さながらに、たっぷり二時間は歩かされた山道。支給された握り飯だけのセコい昼食。休憩もろくに取らずにテントの設営。――暑さに当てられ、目まいに襲われたことも途中何度かあった。挙句に鬼軍曹の長々とした演説。これでうんざりしない方がどうかしている。他の隊員達も、きっと鼬沢と同意見でいてくれるだろうが、兵隊みたいに直立不動を保って喜んでいる猫丸は、やはりどうかしていると云う他はない。

「そしてェ、その幼き日の夢がァ、本日叶うかもしれないのであァる。私はァ、遂にィ、アカマダラタガマモドキが生息しているというゥ、確証を得るに至ったものであァる」

鬼軍曹の口調は、いよいよ軍隊じみたものになっている。新兵を集め、皇軍兵士としての心構えを説いて檄を飛ばすみたいな調子だ。どうやら若い者の前で偉ぶるのが好きなタイプらしい。個人でこれだけの数の人間を雇っているのだから、多少は偉そうになるのも仕方ないのだろうが、限度はあると思う。

「そのォ、確たる証拠というのがァ、これなのであァる」

そう叫んで鬼軍曹は、迷彩模様のシャツの胸ポケットから、何やら折り畳んだ紙を取り出した。捜索隊の面々はまるで無反応。さっきからのふてくされた表情を変えもしない。猫丸だけがまん丸い目を輝かせて身を乗り出す。

「先日亡くなった祖母の手文庫からァ、この報告書を発見した時のォ、喜びとォ驚きをォ、諸君らにどう伝えたらよいのかァ、私はその術を知らぬのであァる。祖母はァ、この山の麓の小学校で教師をしていた関係上ゥ、村人からァこの報告書を受け取ったものとォ、私は推測するものであァる。当時の純朴な村人がァ、祖母に虚偽の報告をして瞞着する必要がないからにはァ、この報告書が真実を語るものとォ、断言するにやぶさかでないと信じるゥ」

まるきり興味を示さない聴衆を相手にしているにも拘らず、鬼軍曹はさらに興奮して唾を飛ばす。そして、黄色く変色した薄い紙を大切そうに拡げると、

「これよりィ、この報告書より重要な箇所を抜粋しィ、読んで聞かせる。アカマダラタガマモドキを目撃したと報告しているくだりであァる」

踵を合わせ、開戦の勅令を読み上げるように背筋を伸ばした。やれやれ、付き合い切れない。

「この部分であァる——さて、先般お話ししましたアカマダラタガマモドキの件でございます、口さがない者共はあれは出鱈目などと申しておるようでございますが、小生は確かに見たのでございます、云い伝えに云う如く、瓢箪沼でございます、夜間しか出没しないというのも口伝にございますが、小生が見ましたのも夜のことでございました、あの赤く光る目に睨まれた時には、正直肝が縮む思いでございました、先生におかれましてはよもや他の者のように、一笑に付されることはないと小生信じております、是非是非先生にもご高覧頂きたくご都合宜しき日にでもご案内させて頂きたく存じます、又、先日都会の買い出し者の置いてゆきました小袖が先生にお似合いの色合いかと存じますので、こちらも是非是非一度ご覧頂きたくご来駕を——この辺はもう関係ないか——と、このようにィ描写こそ少ないがァ、切々たる思いで真実を語る心情がァ、伝わってくる文章であァる」

なんだ、それだけかよ——鼬沢は拍子抜けした。そんなののどこが確かな証拠なんだろう、

と全員が思ったらしく、雰囲気はいよいよ気まずくなってくる。しかし鬼軍曹は一向に気にせず、反故にしか見えない紙を丁寧に、胸のポケットにしまう。

「そしてェ、今の文中にィ都会の買い出し者などという言葉がありィ、さらに他の部分でェ、疎開の子供達もいなくなりお寺も静かになって云々――という文章も見られることからァ、この報告書は戦後間もない頃のものと推測されるのであァる。アカマダラタガマモドキの寿命は百五十年と推定されておるのでェ、まだこの報告書にある個体が生存している可能性もォ捨て切れない。そこでェ、諸君らにはァ、全力をもってこれを捕獲する任務に当ってもらいたいとォ――」

そこまで云った時、鼬沢達の背後で物音がした。雑草を掻き分ける音だ。ぎくりとして振り向く。幻獣はともかく、熊でも出たのではないかと思ったのだ。

しかし、丈の高い草の茂みから姿を現したのは、ダボシャツを着た痩せた老人だった。

「おお、小田川の坊ん、本当に来よったんかい、なんとまあ大人数で、大変なことよのう」

老人はこちらへ近づいて、にこにこして云う。

「あ、これは瀬川さん」

と、鬼軍曹が敬礼――こそしなかったが、それこそ「捧げ銃」でもしかねない丁重さで、老人を迎えた。迷彩模様のシャツを脱ぎ捨ててテントに放り込むと、鬼軍曹は老人を、今まで自分が立っていた場所に導く。視察に来た老将軍に観兵式のできばえをご覧頂く要領である。そして鼬沢達をぐるりと見回し、

「諸君っ、こちらがこの辺りの山の所有者、瀬川さんであァる。今回この土地の使用を快く許可してくださった協力者でもある」

全員、瀬川老人に敬礼っ――とでも云いそうな勢いで紹介する。瀬川老人は、その人当りのよさそうな温顔を綻ばせて、

「いやあ、皆さんご苦労様ですな、こんな遠いところまでわざわざ」

にこにこと頭を下げた。瓢箪仙人――と、鼬沢は命名した。老人はちょっと変わった頭の形をしていて、顳顬の辺りがへこんでいるので、顔が瓢箪形になっているのだ。鼬沢には、人に勝手なアダ名をつける癖がある。

「ここいらは代々うちの山ですけんど、この通り何もないところでしてなあ」

瓢箪仙人は、口の中でくぐもった声で云う。

「ほれ、あの岩山の向こう、あっちの山だと季節になれば山菜や栗なんぞも採れますがな、この辺は元々沼でしてなあ、今では干上がって、こんなじめじめしたところになっておるんです。もう何の役にも立ちませんのでな、こうして放ってあるんですわ。それをまあ、都会のお若い方々が勤労奉仕で草刈りをしてくださるとおっしゃるんですから、ありがたいことでございますわい。ほれ、今流行りのボランチアとかいうやつですかいのお」

のどかな口調で訳の判らないことを云われて、鼬沢達はぽかんとしてしまった。何だ何だ、勤労奉仕のボランティア――そんな話、聞いてないぞ。捜索隊員達の間に不穏な空気が流れる中、鬼軍曹は一人泰然として、

「いや瀬川さん、実は勤労奉仕と申しましたのは方便でして――申し訳ありません」

「はあ――すると草刈りはしてくれんのかいのお」

今度は瓢簞仙人がきょとんとする。

「いえいえ、草刈りはお約束通りちゃんとやります。ただ、その他にもう一つ目的がありまして、他の人達に知られたくなかったのです。手柄を横取りされたらたまりませんので、今まで内緒にしていたんです」

「ほう、草を刈って、それから何をやるんかいの」

老人は、首から下げた手拭いで額の汗を拭って、首をかしげた。重大な秘密を打ち明けるように、鬼軍曹は声を落とし、

「実は、我々の本当の目的はアカマダラタガマモドキを生け捕りにすることなんです」

「何だって――アカマダラ――」

「ええ、アカマダラタガマモドキです、この瓢簞沼の近辺に昔から生息するという伝説の」

「何だいそりゃ、聞いたこともないぞ」

瓢簞仙人が不思議そうに云うのを聞いて、鼬沢は呆れ返ってしまった。どういうことだよおい、話が違うぞ――土地の持ち主も知らないときたら、そんなもの幻獣どころかただの幻覚だ。胡乱(うろん)とか胡散くさいとかの次元を超えている。他の捜索隊員達もあっけに取られている。マッスルブラザースの髭の方が、物凄い目つきになって太い腕を組んだ。

「まあ、草刈りさえしてくれりゃ、後は何をして遊ぼうと好きにしてくれていいからのお」

瓢簞仙人は飄々と云って、興味もなさそうに行ってしまった。その禿げた頭が雑草の中に消えてしまうのを、鼬沢達は茫然として見送った。幻覚を捕まえるためにこんなところまで来たのかよ――そう思うと腰が砕けそうになる。

だが鬼軍曹は、隊員達のそんな士気の低下を物ともせず、

「では、これよりィ、今後の作業予定を説明する」

一層元気に怒鳴った。げんなりした顔を見交わしつつ、鼬沢達は元の一列横隊に戻った。ただし態度はさっきよりも、もっとだらけたものになっている。

「まず草刈りから始める。この湿地の草をすべて排除してェ、アカマダラタガマモドキの隠れ場所をなくしィ退路を断つのが目的であァる」

げっ、この瓢簞湿地の草、全部刈るのかよ――鼬沢はいよいよしゃがみ込みそうになった。十何人かいるものの、この広さに太刀打ちできるとは思えない。何時間かかるか判ったものではない。

「そんなの――暗くなっちゃいますよ、これだけ広いんだから」

と、銀ブチメガネの隊員――「メガネキュウリ」と鼬沢が名づけた青年が、泣きそうな声をあげた。

「暗くなっても構わん。アカマダラタガマモドキは夜行性なのでェ、どの道暗くなってからでないと捕獲は不可能であァる。捕獲作戦は夜になってから行うものであるからァ、その心配は必要ない」

そんな心配してるんじゃないっつうの。

「他に質問のある者はァ今のうちに受けつける」

日当要らないから帰っていいですか――と鼬沢が聞こうとした矢先、隣で大声を出した奴がいた。

「はい、質問であります」

猫丸だ。

「その捕獲作戦はァ、具体的にィどのような方法を取るんでありますかァ」

よせばいいのに余計なことを聞いている。鬼軍曹の真似なのか影響を受けたのか、口調もすっかり軍隊調になっている。明らかにこの状況を楽しんでいるようにしか見えない。こいつ、筋金入りのお調子者だ。

「うむ、いい質問であァる。云い伝えによるとォアカマダラタガマモドキは獣肉を好んで捕食するらしい。そこでェ、草を刈ってさら地になった広場の中心にィ、豚の生肉を餌として仕掛けるのであァる。アカマダラタガマモドキがそれにおびき寄せられたところをォ、周りを諸君らが固めてェ捕獲する作戦であァる」

おいおい、草刈りはともかく、そっちまで人海戦術かよ、罠とか檻とか少しは文明的な物は使えないのか――鼬沢は情けなくなってきた。どうもこの鬼軍曹、戦争映画の軍曹そのままに知能の方がおぼつかない人物らしい。こりゃエラい奴に雇われちゃったぞ――。

「もうひとつゥ、質問であります」

猫丸がまだやっている。とことん調子に乗らないと気が済まない質らしい。

「何だ、何でも云ってみろ」

優秀な部下が登場して、鬼軍曹も上機嫌だ。

「アカマダラタガマモドキのォ、形態を教えて頂きたいであります」

「うむ、全体的にはァ蛇に似た形をしておる。体長は一メートル程で四肢はなくゥ、団扇のような平べったい体をしていると伝えられている。頭部は猿に似てェ、口が耳まで裂けて目がまっ赤に光るのが特徴であァる」

「生態はどうでありますか」

「うむ、それについては不明なところが多い。夜行性であることとォ、肉食であること以外ほとんど判明していないのが現状であァる。ただ、五メートルは軽々ジャンプするという説やァ、走行速度が驚くべき速さであるとの噂もある。また、噛まれるとォ、牛でも即死する猛毒を持っているとも伝えられておるのでェ、諸君らもくれぐれも注意するように」

おいおい、冗談じゃないよ、そんな物騒な――。

結局、猫丸がしゃしゃり出てきたせいで、誰ももう帰るとは云い出しそびれてしまった。予定通り、草刈りをする運びとなる。

鬼軍曹の命令で、その場で段取りが確認された。彼の辞書には休息という文字はないらしい。

アルバイト捜索隊員は総勢十二人――これを二人一組の六組に分け、この巨大な瓢箪形の湿地の、瓢箪底に相当する場所に四組、瓢箪の口の部分に二組、それぞれ配置する。そして全部隊が一斉に、ベースキャンプのあるくびれ部分を目指して草を刈って進軍して行く。全員が再びここに戻って来る時には、すべての草が刈り取られているという寸法である。鬼軍曹はといえば、これはもちろん見回り役。アダ名にこれほど相応しい役回りはないだろう。

しかし、本当にそんなにうまく行くものだろうか、相当な広さだぞ、ここ——と、懸念しているうちに、鼬沢は猫丸とコンビを組まされてしまった。マッスルブラザースも、当然のように一組になる。この二組が、瓢箪の口部分から、残りの四組が底の方からスタートすることになった。

軍手、草刈り鎌、竹箒、そして草を入れる大きな麻袋を数枚——という豪勢な支給品を受け取った。

「それではァ、諸君らの健闘を祈る。作戦の成否は諸君らの奮闘いかんにかかっていると云っても過言ではなァい」

命令するのが楽しくてならないという風に、鬼軍曹は怒鳴り声をあげた。まったくもって元気なおっさんである。

「ではァ、各自持ち場につけっ、作業開始っ」

勇ましい号令がかかり、それと反比例して生気なくだらだらと、鼬沢達は雑草の中へ踏み入って行った。

*

草刈りは延々、遅々として進まない。

周囲には、名も知らぬ雑草が壁のように生い茂っている。湿気をたっぷり含んで青々とした草々が、天に延び、絡み合い、根をはびこらせ、辺り一面むせ返るような草いきれである。鼬沢は這いつくばるような姿勢で、必死になって鎌を使い、立ちはだかる草の壁を薙ぎ払って行く。なんだか熱帯雨林のどこかのジャングルにでも迷い込んだみたいな気分で、山の下に日本の文明的な町があることを忘れそうになってくる。

暑い。どんよりした熱気を孕んだ空気が、体にねっとりと纏いつく。汗がだらだら、顎から滴り落ちる。Tシャツがぺっとりと、肌にくっついてきて気持ちが悪い。喉が渇く。腰が痛い。草の先端がちくちくする。ぜいぜいと息が乱れる。じとじとした湿気。陰鬱に頭上を被う雲。見渡す限りの草の壁。分厚い草の牢獄に閉じ込められたみたいに——。そこから逃げ出すために、とにかく草を刈り続けている——そんな気になる。

ぐずぐずに靴がめり込む地面。ぬかるんだ足元がひどく歩きにくい。沼が干上がった土地だと瓢箪仙人も云っていたが、そのせいで水気がたっぷりあって、雑草は異常な生命力を宿してひどく丈夫だ。軍手の左手で草をひと握り摑む。そこへ鎌の刃先を当てがって、思い切り引く。むっちりとした抵抗感。鎌の刃が滑る。青くさい汁気が鼻先に飛び散る。腰を据え直して、なおも刃を入れる。ぶちぶちと、ちぎれるように切れる雑草。蔦みたいな茶色の草が、絡み蔓延り行く手を阻む。脱出行は一向にはかどらない。作業を始めて小一時間も経っただろうか――しかし、草がなくなって地面が露出しているスペースは三畳間程の広さもない。草原に出現した十円禿。恐ろしく無駄なことをしているんじゃなかろうか――徒労感にため息をつき、鼬沢は額の汗を拭った。暑い――。幻獣のロマンどころか、これではただの作業労働者である。

「どうした、イタちゃん、もうへたばったのかよ」

背後から猫丸が、呑気な声をかけてきた。首筋の汗をタオルで拭きながら鼬沢が振り返ると、猫丸は、立てた竹箒の先に顎を乗っけて、涼しい顔をしていた。

「バテもするよ、さっきからずっと屈んでるんだから」

と、鼬沢は唇を尖らせて、腰を伸ばした。骨の奥で、ぐきっと嫌な音がした。

「だらしないなあ、いい若い者が。これくらいでくたびれてちゃ先が思いやられるね、まったく」

猫丸は気楽そうに、勝手なことを云っている。長い前髪がふさりと垂れた額には、ほとんど汗をかいていない。まん丸な仔猫みたいな目にも、疲労の色は微塵も窺えなかった。だいたい最初から、実質的な草刈りは鼬沢に任せっ放しにしてこの人は、箒で草を集めているだけなのだ。こっちが苦労して刈り取ったものを、箒で軽くさあっと集めておしまい――後は鼬沢が悪戦苦闘するのをのどかに眺めるだけなのだ。楽をしているとしか思えない。労働量がまるきり違う。これでは疲れ加減に差が出るのは当り前である。

「ずるいよ、猫丸先輩、俺にばっかりやらせてさ、俺もそっちの筈の係の方がいいよ」

鼬沢が不平を云うと、猫丸はしれっとして、

「でもな、イタちゃんからお似合いの仕事取っちゃったら悪いからなあ、これでも遠慮してるんだよ、僕は」

「遠慮って、何云ってるの。いいから交替してよ」

「けど、だって、そっちの方がイタちゃん似合ってるから」

「何が似合うのさ」

「その鎌が」

「鎌が――？　どうして」

「うん、鼬沢が鎌を使って――これが本当のカマイタチ――きゃあはっはっはっ」

云うと思った――あまりのくだらなさに、文句を云う気も萎えてくる。

怪鳥じみた奇怪な笑い声を立てる猫丸を、軽蔑の眼差しで睨んで鼬沢は、鎌を乱暴に地面に突き立てた。ずぶりと泥が飛び散り、鎌は簡単に、半分程土に埋まった。

「だあっ、もうやめやめっ、まったくもう、イヤんなっちゃったよ、バカバカしい」

自棄のように云って、鼬沢はしゃがみ込んだ。汗を吸ったズボンがじとっとして、不快感を募らせる。

「付き合い切れないよ。だいたいさ、こんなことして捕まるわけないじゃない、アカマダラだか何だか知らないけど」

鼬沢が云うと、猫丸は丸い目をぱちくりさせて、

「捕まるか捕まらないか、やってみなくちゃ判らないだろうに。もし捕まえたらめっけもんだよ、凄いじゃないか、それこそ日本中大騒ぎだぞ」

「まだそんなこと云ってる――だいいちさ、信じられないよ、平べったい蛇みたいな生き物なんて、それで猿に似た顔してて目が赤く光るっていうんだよ。そんな動物、普通に考えたらいるわけないと思うけど」

「普通に考えたらいるわけないから幻の怪物なんじゃないかよ」

「そりゃ理屈はそうだけど」

「そいつを捕まえようってんだから面白いんだよ、その辺の面白さが判らんのかね。不可能への挑戦、未知への冒険――お前さんもまだ若いんだからさ、そういう向上心忘れちゃいかんよ」

「でもさ、限度あるよ。いくらなんだってそんな変な動物なんて――。猫丸先輩はどうなの、信じてるの、アカマダラなんとかって話」

「信じる信じないはこの際どうだっていいんだよ。この場合、そいつを捕まえようって努力してみるところがいいんじゃないかよ」

「けど、信じられないもん捕まえる努力したって意味ないよ。猫丸先輩はそうやって張り切ってるんだからさ、やっぱりいると思ってるんでしょ」

「いると思ってるって程じゃないけどね、いたら面白いなあって程度で」

「じゃ信じてないんだ」

「そういうわけじゃないんだってば、お前さんも判らん男だね。いるかもしれないって思うところが面白いんだって云ってるだろ」

何を云いたいのかよく判らない。やはりこの男、どこか頭の中の回線が少しややこしくなっているとしか思えない。

鼬沢は、変人との不毛な会話を続ける気力をなくして、土にめり込んだ鎌を引き抜いた。さて、どうにかしてここから逃げ出せないものだろうか——。

そう考えていると、草の壁の向こうで人の気配がした。高い雑草を掻き分け掻き分け、誰かが近づいて来る。悪い予感がした。鼬沢は慌てて、草刈りをするふりをした。

思った通り、草の中から出てきたのは鬼軍曹だった。

「どうだァ、作業の進捗状況はっ」

鬼軍曹は怒鳴った。近くにいるんだから、なにもそんなに大声を出さずとも——鼬沢はその胴間声に背中を向け、仕事に没頭するふりをした。

「はっ、鋭意努力中でありますっ」

猫丸が直立不動になって、軍隊調で答えている。どこまで調子に乗ったら気が納まるのだろうか。

「そうか、よろしい。諸君らのォ、奮闘に大いに期待している。弛まぬ努力を惜しまぬように、頑張ってもらいたいっ」

「はっ、了解しました」

「うむ、アカマダラタガマモドキの捕獲成功の暁にはァ、諸君らの名は栄光と名誉に燦然と輝くことになるっ、そのことを肝に銘じるように」

「はっ、肝に銘じるであります」

「よろしいっ、では作業を続けてくれ」

「はっ、見回りご苦労様でありましたっ」

猫丸が際限なく調子に乗って敬礼するのを満足気に見て、鬼軍曹は草の壁の中へと潜り込んで行った。

鬼軍曹ががさがさと遠ざかってしまっても、猫丸はまだ敬礼をしている。いくら何でもここまでくると、相手をおちょくっているようにも見える。

「猫丸先輩、やめてよ、あんまりあの鬼軍曹乗せるの——ただでさえテンション高いんだからさ、余計悪乗りするじゃない」

鼬沢が鎌を放り出して云うと、猫丸は不動の姿勢を解き、竹箒によりかかって人を喰ったにやにや笑いを浮かべた。やっぱりこの人、面白がって鬼軍曹を煽り立てていたに違いない。傍迷惑な人である。

「鬼軍曹、か——うまいこと云うねイタちゃんも」

猫丸はにたにたしながら、

「ホント、鬼軍曹って感じだよな、あの威張り散らし方といい顔の恐いところといい——ぴったりだね」

「そんなことどうでもいいけどさ——あの人、いい年してちょっと変なんじゃないかな」

「どうして」

「だってさ、こんなふうに自費で捜索隊作って、アカマダラなんとかなんていうるんだかいないんだか判んない物、捕まえようとするなんて、なんか変だよ」

「まあ、変って云えば変なんだろうけど」

と、当人も充分変な猫丸は、ちょっと首をかしげて、

「でもまあ、たまにいるよ、ああいう人は。つまり、ご当地の幻獣オタクってやつだね」

「何それ」

「ほら、日本中どこでも、ご当地で有名な伝説の幻獣ってのがいるじゃないかよ。大きい湖なんかだと、大抵そこに謎の巨大生物が棲（す）んでるとかって云い伝えがあったりしてさ」

「ああ、屈斜路湖（くっしゃろこ）のクッシーとか何とか」

「そうそう、広島の比婆山（ひばさん）のヒバゴンとか池田湖のイッシーとか、あと山形の大鳥池じゃ体長二メートルの巨大魚のタキタロウなんてのがいることになってる——ツチノコなんて一時ブームにまでなったじゃないかよ。そんなふうにね、日本中どこへ行っても、そういう幻獣には枚挙に暇（いとま）がなくてね、もしそういうのが全部実在して、捕まえて剝製（はくせい）にでもしたら、大英博物館にだって納まり切らない数になるらしいんだよ」

「いっぱいあるもんなあ、そういう話」

「うん、それでな、地元にゃ必ずそれを本気で調べてる在野の研究家ってのがいるんだよな」

「ああ、それがご当地の幻獣オタク」

「そういうこと。大概は時間持て余してるご隠居さん辺りが趣味でやってる程度なんだけどね、中にゃなんだか熱中しちゃって、仕事放っぽらかしにしてのめり込んじゃう人もいるらしい」

「ははあ、鬼軍曹もそういう感じだよね」

「だろうね。そういう手合いってのは大抵、子供の頃に聞いた話に取り憑かれて無我夢中になっちゃうってのがパターンでね――トロイの木馬と一緒だな。鬼軍曹もさっきそう云ってたじゃないか」

「けど、そんなことで狂信しちゃうなんて、やっぱどこかおかしいよ」

「まあ、人それぞれさね、私財投げ打って奥州藤原氏の埋蔵金掘り起こそうとしてる人もいるし――けど、そういう人って愉快じゃないかよ、なあんにも拠所がなくってぼんやり暮らしてる都会人なんかより、よっぽど味があって、僕は好感持てるけどね」

猫丸は悠長な顔つきで云う。そう云えばこのあいだテレビに、日本でピラミッドを発掘すると云い張って独力で頑張っているおっさんが出ていた。そのおっさんがあまりにも依怙地に日本ピラミッドの存在を主張するので、鼬沢はげらげら笑って観たのを覚えている。あのおっさんも頑冥ではあったが、なるほどどこか無邪気に見えた。猫丸の云うように、なんだか一所懸命で憎めないような気がしたのだが――。

しかし、それとこれとは話が別だ。今のこの暑さはどうにもならん。喉が渇いたのはどうし

てくれる――と、鼬沢は顎に滴る汗を払って、

「でもさ、そんな連中に付き合わされるこっちはいい迷惑だよ。だいたいこの草刈り、本当に夜になっても終わるか判ったもんじゃないし」

「まあ、そりゃそうだけど」

と、猫丸はにやりと人の悪い笑顔になって、

「けどお前さん、そんなふうに反抗心持ってるってバレたら、軍法会議にかけられて銃殺にされるぞ、なにせ相手は鬼軍曹なんだから」

「まさか、いくらなんでもそこまでは」

「少なくとも鎌の柄で殴られるくらいは覚悟した方がいいな」

確かにあの鬼軍曹ならそのくらいやりかねない。

「それが嫌ならイタちゃん、ちゃんと草刈りしなさいね――まあ、反抗心持ってるのも僕が云わなきゃバレないだろうからさ、ほら、いつまでも休んでるんじゃありませんよ、さっさと始めなよ」

猫丸はにたにたして云う。脅かしてやがる――箒を奪って鎌の係を押しつけたら、告げ口するという含みなのだ。どうあっても、交替する気はないらしい。エゲツない人である。情けない思いでいっぱいになりながら、鼬沢は鎌を手にした。

屈んで、草刈りを再開すると途端にまた汗が噴き出してきた。暑い、しんどい、水が飲みたい――休憩というものを知らんのか、あの鬼軍曹は。目に汗が入り、頭がふらふらしてくる。

このバカげた茶番が今中断してくれるのなら、何をしたっていいという気になってきた。

猫丸は、竹箒を片手に、のんびり煙草に火をつけている。

「猫丸先輩、煙草なんか吸って――火事になっても知らないよ」

「大丈夫だよ、風もないいんだし地面だってこんなに湿ってるんだから――あれ」

「どうしたの」

「イタちゃん、火事だ――」

「ほら云わんこっちゃない、早く消してよね、燃え拡がったりしたらそれこそ鬼軍曹に――」

「そうじゃないって、ほら、あれ」

ぼんやりした猫丸の声に、鼬沢は顔を上げた。猫丸が茫漠としたまん丸の目で、あさっての方角を見上げている。鼬沢もつられてそっちを見た。

本当だ、煙が立っている。

草の壁の遙か彼方に、黒い煙が一筋、立ち上っていた。誰かが草の向こうで呑気に秋刀魚でも焼いているみたいな、緊張感の感じられないしょぼい煙だった。それでも火事は火事である。こんなところで魚を焼く奴はいない。ベースキャンプのある辺りだった。

「大変だ――」

鼬沢は鎌を投げ出して、草の壁に突進して行った。後ろで猫丸が、

「軍曹どのっ、一大事でありますっ、火事でありますっ」

この期に及んでまだ遊んでいる。

体に絡みつく雑草を払いながら進んで行くと、向こうでマッスルブラザースの二人と鬼軍曹が、血相を変えて走って行くのが、草の隙間からちらりと見えた。

＊

火事はやはりベースキャンプの近くだった。

小さなテントから少し離れたところで、山盛りになった雑草のてっぺんから、煙がふよふよと上っている。テントを張った時に刈った草だった。水気をこれでもかと含んでいるせいで、火勢はあまり上がらなかったらしい。燻したような煙は、もうほとんど途切れかかっている。どうやら小火ですんだようだ。

鼬沢は、その活動停止寸前の火山みたいな草山の脇で、ほっとして吐息をついた。これならばもう消火などの必要はなさそうだ。自然に立ち消えてくれるだろう。焦げくさい匂いも、次第に薄れていく。

横では、鬼軍曹とマッスルブラザースの二人が鼬沢と同様、消えて行く火山を言葉もなく眺めている。遅れて駆けてきた猫丸が、勢い余って鼬沢にぶつかりそうになりながら立ち止まり、

「あれ、もう消えちゃってるのか、つまんないな」

と、恐ろしく不謹慎なことを呟いた。幸い鬼軍曹には聞こえなかったようだった。

マッスルブラザースの髭のない方が、魔人のような形相で、

「誰だよ、こんなところで火遊びなんかしやがったのは」

呻くように云った。そういえば、こいつが喋るのを初めて聞いた。外見にマッチした、洋画の吹き替えの悪役みたいな声だった。

鬼軍曹も、厳つい顔をしかめて、

「どういうことだ、どうして火がついたりしたんだ」

草の小山を睨んだ。その時、草の壁を突き抜けてどやどやと、他の捜索隊員達が飛び出して来た。瓢簞の底部分担当の連中だ。こいつらも煙を見つけて駆けつけて来たらしい。汗と泥で斑になった顔で、隊員達は口々に、

「あ、もう収まってる」

「よかった、延焼はしてないみたいだな」

「草が燃えてた煙だったのか」

「何の火だったんだよ」

「さあ、知らない」

「でも、たいしたことなくてよかった」

「うん、よかった」

全員が、小火ですんだことより作業を中断できたことを露骨に喜んでいる。

「よかったよかった」

「うん、本当によかった」

鬼軍曹は、喜色を隠そうとしない隊員達を見回して、

「おいっ、誰かこの近くで火を使った者はいないかァ、まさか煙草を吸った者はいないだろうな」

返事はなかった。そっと猫丸を窺うと、煙草などという物は生まれてこのかた見たこともないという態度で、何喰わぬ顔をしている。厚顔もここまでくると芸だ。

「おかしいぞ、誰かがわざと火をつけなくてはこんなふうになるわけないのに」

鬼軍曹がぶつぶつ云っていると、

「あのう――」

隊員の一人がおずおずと声をかけた。長髪で小太りの男だった。

「何だ、どうした」

「えーと、これ、落ちてましたけど」

長髪は恐る恐るといった感じで、片手を差し出した。指先に何かを摘んでいる。

「何だ、それは」

「はあ、あの、もしかしたら、大事な物なんじゃないかと――」

ごにょごにょと云って、長髪がそれを目の高さに上げた。古い紙の切れ端――陽に焼けて黄色く変色した薄汚い紙――見覚えがある。鬼軍曹は弾かれたように、紙片をひったくった。

「こ、こ、これ――どこにあったァ」

目を皿のようにして紙切れを睨む。

「はあ、えーと、この辺です」

長髪はおぼつかない手つきで、煙の消えかけた草の小山の麓を示す。

鬼軍曹は顔色を変えて、テントに向かって身を翻（ひるがえ）した。そして迷彩模様のシャツを引っぱり出すと、ポケットを探る——そう、確かさっき、鬼軍曹はあそこにしまっていた。

愕然とした表情でシャツを放り投げ、鬼軍曹は今度は、粗忽者の焚火の跡みたいな草の小山に突進する。鼬沢達が呆気に取られて見守る中、鬼軍曹は軍手をはめた手を草の山に突っ込んだ。そして、燻（くす）ぶりが収まりかけたその中から、燃え残った紙切れの破片を摘み上げた。間違いない、さっき自慢気に見せびらかしていたあの報告書とやらだ。鬼軍曹の顳顬（こめかみ）に、血管が一本ぷっくりと盛り上がった。

「だっ、誰がやったんだ——大切な報告書を——」

血走った目で、ぐるりと鼬沢達を睨（ね）めつけてくる。

「こ、こ、こんなところから勝手に火が出るわけはない、そ、それに、この報告書はテントの中にあったんだ——誰かが燃やしやがったんだ、おいっ、誰がやったんだっ」

凄まじい形相で詰問する。全員おどおどと下を向く。肝の据っていそうなマッスルブラザースの二人でさえ、さすがに目を逸（そ）らしている。

「貴様らの中の誰かがやったんだなっ、この近くには人家もないし、人も近づくようなところじゃないんだ——貴様らの中に犯人がいるに決まってるっ」

鬼軍曹は叫ぶ。

「畜生っ、奴らのスパイかっ、やっぱり紛れ込んでいやがったんだな」

「何のスパイ——ですって」

思わず鼬沢は聞いてしまった。火を含んだみたいな目で睨まれて、首をすくめる。

「敵対勢力のスパイに決まっとるだろうっ。いいかァ、アカマダラタガマモドキはァ、貴重な生物であァる、我々の鼻を明かしてェ先に捕まえようと考える輩がいるに決まっているっ。これはそいつらの卑劣な妨害工作に違いなァい」

そんなアホな——。いくらなんでもそんな物好きは世の中に何人もいないと思う。しかし、それを口に出して反論するほど鼬沢も愚かではない。曖昧に下を向く反応を見せるに留めておく。

「畜生っ、泥棒野郎共めが、卑怯な手を使いやがって——。作業は一時中断するっ、これよりィスパイを捜し出しィ、その造反分子を徹底的に追及しィ、粛清(しゅくせい)することにするっ」

鬼軍曹はもはや昇格してゲシュタポの将校みたいな顔になっている。これなら銃殺はともかく、拷問くらいはやりかねない。心底身の危険を感じて、鼬沢は額の汗を拭った。

それにしても——と鼬沢は考えた——確かにおかしなことになった。鬼軍曹の云う通り、湿気の多い雑草の山が自然発火するはずもないし、まして報告書はテントの中、シャツのポケットにしまってあったのだ。それがひとりでに飛び出してきて燃えるわけもなし、誰かが火を放ったに違いない。何者かが、放置してあった鬼軍曹のシャツから報告書を抜き出して、草と一緒に火をつけた——。誰がそんなことをしたのだろうか。犯人を特定しようにも、この辺りは作戦会議に使った場所だから、足跡なども踏み荒らされていて証拠などは残っていそうもない。

だいいち、何のつもりで報告書に火をつけたりする必要があるのだろう。鬼軍曹の怒りを買うに決まっているのに、わざわざそんなことをする意味があるとは思えない――。

鼬沢が頭を巡らせている間も、鬼軍曹は悪鬼のごとき表情で、隊員達を睨み回している。さて、これからどうやって、こいつらをいたぶってやるか――そう考えているらしい顔つきだ。

そんな抑圧の中、瓢箪底部分担当組の連中が、さっきから何やらつつき合っていたが、やがて一人が恐々前に進み出た。銀ブチメガネのひょろっとした「メガネキュウリ」だった。

「あの――小田川さん」

「何だっ」

嚙みつくような鬼軍曹に、首を縮めながらもメガネキュウリは、

「えーと、ここに火をつけた奴、捜すんですよね」

「もちろんそうだ、絶対暴き出してやる」

炎を吐きそうな語気だったが、それでもメガネキュウリは、

「だったら、その――僕達は省いてくれた方がいいと思うんですよね」

「何だとっ」

「あの――ですから、僕達――瓢箪形の底の方にいた僕達は、ここに火をつけるなんてこと、できなかったはずなんです」

少し開き直ったのか、メガネキュウリは真正面から鬼軍曹を見据えて云った。こいつ、なよなよした外観に似合わず、案外豪胆な奴らしい。

「何だ、どういうことかァ、はっきり云ってみろ」

「はい――あの、作業が始まって、僕達向こうの奥の方へ――瓢箪の底の方へ行きましたよね、それで、その時にはまだ火はついてなかったはずです、煙も出てませんでしたから」

「貴様っ、云いたいことがあるのならァ、しゃきっと云わんか」

「はあ――で、作業が始まって、小田川さんがすぐ見回りに来ましたよね、それで三十分くらい僕達のところ交替で見て行きました――その時もまだ火事は起きていなかったはずです」

「うむ、その後俺はこいつらの方を――」

と、鬼軍曹は鼬沢を顎で示して、

「見回りに行った。その時ここを通ったが、何事もなかった」

「ですよね――それで、小田川さんが行っちゃった後なんですけど――」

メガネキュウリは少し言葉を詰まらせてから、

「僕達みんな、一ヶ所に固まってたんです、煙を見つけるまで、ずっと――。八人みんな一緒にいたんです。だから僕達の中の誰も、ここへ来て火をつけることなんかできなかったはずなんですよね」

「一ヶ所に固まってただとォ」

鬼軍曹の声がひっくり返った。

「貴様らにはァ、拡がって草を刈るように指示したはずだ、何をやってたんだっ」

「はあ、ですから――サボってたわけで――」

「何だとォ、貴様らァ、作業を怠けるとは何事だっ」

貴様らそれでも帝国軍人かァ――とまでは云わなかったが、鬼軍曹の怒りは心頭に発したようである。頭から湯気が立つのが見えそうだった。

「まあまあまあ、お怒りはごもっともですが――」

と、割って入ったのは猫丸だった。猫丸はへらへらと、太鼓持ちみたいに相手のご機嫌を取る調子で、

「軍曹殿、ここはひとつお静まりを。今は規律を正すより間諜（かんちょう）を発見する方が先決ではありませんか、そっちの方が重要でしょう。で――君達、君達は八人全部まとまってサボってたんだね」

問われたメガネキュウリは不満そうに、

「ええ、だって休憩とか全然ないし、暑くて喉もからからで――けど小田川さん、働け働けってそればっかりで、こんなの人権無視ですよ。僕達、奴隷じゃないんですから」

「何をォ、生意気なっ」

「まあまあまあ、その件に関しては後でやり合って頂くとして――とりあえずスパイの方を片づけちゃいましょうよ」

猫丸はあくまで低姿勢で鬼軍曹を宥（なだ）める。そして、

「それじゃ君達、煙が出てるのを見つけた時もずっと八人一緒だったんだね」

「ええ」

「見つけたのは誰」

さっきの長髪が手を挙げて、

「あ、俺っす」

「なるほど、君か――。でもまあ、君達もなかなかやるねえ、全員まとまってサボるなんてさ。軍曹が見回りに来たらどうするつもりだったんだい」

「その時は直談判して、待遇改善を要求するつもりでした。いくらなんでもキッすぎますよ、こんなの」

メガネキュウリはぶすっとして云った。鬼軍曹の腕がわなわなと震えている。今にも飛びかかって行きそうだ。

「そのことはまあいいですけど――これで僕達八人は火なんかつけていないって判ってもらえましたよね。全員一緒に向こうにいたんですから、できっこないんですから」

メガネキュウリは云う。

「時限発火装置みたいな物も仕掛けてないみたいだし、リモコンなんかも持ってる人はいないし――だから僕達は無関係ですからね」

なるほど、実に判りやすい。八人全員が互いに証人になっているのだから間違いないだろう。瓢箪底組の連中は放火犯ではありえないことになる。とすると、残っているのは――。

嫌な目で見られていることに気がついて、鼬沢は顔を上げた。さっきまで仲間だと思っていた瓢箪底組の八人が、こっちを見ているのだ。確かに連中が犯人でないとすると、残っているのは、瓢簞の口部分を割り当てられた二組――マッスルブラザースコンビと、猫丸と、鼬沢――。おいおい、勘弁してくれよ、何だよその疑いの目は――。

鬼軍曹まで鉾先(ほこさき)を変えて、こちらを睨みつけてきた。マッスルブラザースの二人がそれに反応して、気色(けしき)ばむ気配がした。

「貴様らァ、途中で離れ離れになった組はどっちだ、誰がやったんだっ」

「バカ云うなよ、俺達ずっと二人一緒にいたぜ」

マッスルブラザースの髭の方が、むっとした声で云った。髭に被われて表情は定かではないが、充分怒りのこもった声だった。

「ではそっちの貴様らかっ、どっちかが途中で作業場所を離れたんだろうっ」

鬼軍曹に難詰されて、鼬沢はぶるぶると首を振った。

「いえ、こっちもちゃんと二人一緒でしたよ、ねえ、猫丸先輩」

同意を求めると、猫丸もうなずく。

「しかしそれではァ、おかしいではないかっ、貴様ら四人のうちの誰かに決まっとるだろう、正直に云えっ、どいつだァスパイのバカ者はっ」

「冗談じゃねえよ、おっさん、あんたかもしれないだろう」

マッスルブラザースの髭が吠えた。

「俺達より自由に動き回れるあんたが一番怪しいとは思わねえのかよ、おっさん、あんた手前でやっといて、俺達のせいにしようってんじゃねえだろうな」

「なっ、何を云うかっ、無礼な。貴様ァ、俺を愚弄するのかァ」

　鬼軍曹がまっ赤になる。髭も負けじと、

「おお、愚弄でも嘲笑でもしてやらあ、だいたいおっさん、あんたおかしいんだよ、幻の怪物だか丸干しの獣だか知らねえけどよ、そんないるわけない物に目の色変えやがって」

「何を云うかァ、貴様ァ、アカマダラタガマモドキはいるに決まっとるだろうっ、俺の積年の夢を何だと思っとるのかっ、たわけたことをぬかすなっ」

「どっちがたわけだよ、変な妄想に取り憑かれて頭イカレちゃってるくせしやがって、バカおやじが」

「バ、バ、バカとは何だァっ、貴様こそ無職のアルバイトの社会不適合者の役立たずのくせをしおってっ、若僧が生意気な口を叩くなァ」

「云いやがったな、このキ印おやじっ」

「なにをっ、筋肉バカの青二才めっ」

　一触即発。摑み合い寸前。もはや暴力沙汰になるのは時間の問題だ。マッスルブラザースの片割れも腕組みを解いて、のっしと歩を進める。

「いや、まあまあまあ、どっちも押さえて押さえて、ただでさえ暑いんだから暴れたりなんかしたらもっと暑くなりますよ、まあまあまあ、ここはぐっとこらえて無意味な諍いはなしにしましょうや」

　止めに入ったのは、またしても猫丸だった。気勢を削がれて鬼軍曹も、マッスルブラザースの二人も猫丸を睨みつける。デカいの三人に囲まれた小柄な猫丸は、プロレスのリングに紛れ込んだ小学生のように見える。一撃で踏み潰されそうだ。危なっかしいことこの上ない。

やめときゃいいのに、余計なことを――と鼬沢は、はらはらしたが、当の小男はいつものあっけらかんとした調子で、

「まあとにかく、火をつけた犯人を見つければいいんでしょ、それさえ判ればこんな喧嘩する意味ないんだし――ひとつ平和にいきましょうよ」

ゆっくりと、いきり立つ三人の側を離れて、余裕綽々で云う。小火の跡まで来ると、猫丸は自信たっぷりに振り返り、

「さて、この件のポイントは、犯人が例の文書を焼いたことにある、と僕は思います。破棄ではなく焼却――ここにミソがあるんですね。もし仮に、犯人の目的が小火騒ぎを起こすことにあったと考えたら、わざわざテントから文書を引っぱり出してくる必要はありません。それに、ここは岩山と粘土の丘に囲まれた湿地です、周りに何もないし今日は無風ですから、延焼の心配もいりません。こんな草の山ひとつじゃなくて、もっと盛大に火をつければよかったでしょう。ですからやはり、犯人の目的は小火を起こすことではなく、文書を焼くことにあった、とそう僕は考えます」

突然始まった演説に、鬼軍曹はお株を奪われた塩梅でぽかんとしている。マッスルブラザースも他の捜索隊員達も、何事が始まったのかと呆気に取られていた。もちろん鼬沢も、このおかしな小男が何をしようとしているのか判らない。ひょっとして、この場で犯人を当ててしま

うつもりなのだろうか——。しかしそんなことができるとは思えない。変なこと口走ったりしたら血の雨が降ることは必至だ。俺、知ーらないっと。

「犯人の目的は、あくまでも文書の焼却にあったわけです」

猫丸は、鼬沢の気も知らないで喋り続ける。

「いいですか、破棄ではなく焼却——つまり文書を軍曹の手から奪うことが目的ならば、ただ持ち去ればいいだけです。ところが犯人は、わざわざこの場で火をつけている——文書を盗み出した後もここに留まって、人に見つかる危険を冒してまで、わざわざこの場で火をつけている。不自然ですよね。だから犯人には、ただ奪うだけでも火をつけるだけでもなくて、この場所で文書を燃やしてしまうことに意味があったとしか考えられないのです。この場所で文書を燃やす意味——文書が置いてあった場所でそれを焼いてしまう意味。こう想像するしかないように思います——要するに犯人は、文書をこの場で焼いてしまって、それがもうなくなってしまったことを示したかったんじゃないか、と。切れっ端が焼け残っていたことからも、これが妥当な解釈じゃないかと僕は思いますがね——この場で火をつけて、おまけに切れ端を残しておくことで、確かに文書を燃やしましたよ、と公言したわけなんです」

「でも、コピーの可能性は考えなくていいんですか」

誰かが口を挟んだ。メガネキュウリだ。おいおい、あんたも余計なことに嘴(くちばし)を突っ込むととばっちりを喰らうぞ——。鼬沢の心配をよそに、メガネキュウリは、

「本物を焼いてなくしてしまっても、コピーを取ってあれば犯人の目的は意味をなさなくなり

ますよね。犯人はそれを考えてなかったんでしょうか」

「いいところに気が回るね、君は――」

猫丸は嬉しそうに、まん丸い仔猫みたいな瞳を和ませる。

「そう、文書を燃やしてもコピーがあるかもしれない。文書は燃やしちゃったよ、もうありませんよ――とそう示しても、コピーが取ってあったら意味がなくなる。確かにそうですね。だからこれは、それほど深い考えがあっての行動ではない、と僕は思うんです。とりあえず今ここにある文書を燃やしたい、そういういたたまれない情熱からの行動――後先顧みない、コピーのことなんか気にとめもしない――ただ、目の前の文書を燃やしたと知らせたい――そういう行為なんじゃないかと僕は思うんです。つまりそれほど信念のある行動ではないわけなんです」

「貴様のォ、云っていることはァ、要領を得んっ。何を云いたいのかさっぱり判らんではないか、もしや貴様ァ詭弁を弄して自分の犯行を隠匿するという――」

鬼軍曹が詰め寄りかけたのを、猫丸は押しとどめて、

「まあまあ、最後まで聞いてくださいよ、ここからが本題なんですから」

あくまでも無邪気に云う。

「では、具体的に誰がやったのか――それを考えてみましょうか」

猫丸ののどかな声が、熱っぽい湿地に響き渡る。天真爛漫な笑顔で喋る猫丸は、灼熱の地平に降り立ったイカサマ預言者のようだ。

「まず、瓢箪底部分を担当していた八人の隊員諸君の犯行と考えるのは無理があります。今、そこのメガネのお兄さんが話してくれたように、放火がなされた時には、全員同じ場所で一息入れていた——つまりアリバイが成立するわけですね。八人全員共犯の線も考えられなくもないですが、みんな寄せ集めのアルバイトで初対面なんですから、そうまで八人の気が揃うことはまずありえないでしょう。何の目的があるにせよ、人が大切にしているものを勝手に燃やしちゃうなんて無茶なことに、短時間のうちに八人全員の合意がなされると考えるのは不自然ですしね。ですからメガネ君の云った通り、そちらの八人は犯人ではない、と決めつけてもいいと思います」

メガネキュウリが、当り前でしょうと云いたげにうなずいた。他の連中も揃ってほっとしたような顔になった。

「となると、残っているのは五人ですね」

と、猫丸は、鬼軍曹達の方を向き直って、

「軍曹本人と、瓢箪の口部分を担当した二組——僕とイタちゃんの組と、そこのガタイのいいお兄さん達の組——この五人の誰かの犯行という可能性がでてきます。しかし、ここでちょいと寄り道して、動機について考えてみましょう。どうして犯人は軍曹の大事な文書を焼いたりしたのか——。たとえば、僕達四人のアルバイト隊員の中に犯人がいるとしたなら、理由は二つほど考えられると思います。その一、このシンドいアルバイトを中止にしたかったから——。アカマダラタガマモドキ実在の証拠となっている文書を燃やして、軍曹の熱を下げる、もしくは、文書焼失騒動にかこつけて作業を中断させる——そういう目的ですね。そして二つ目は、純然たる嫌がらせ目的、です。犯人が、軍曹の居丈高な態度が鼻について意地悪をしてやろうと考えた——そういう線です」

鬼軍曹があからさまにむっとしたが、猫丸は構わない。

「しかしながら、第一の理由はちょっといただけないでしょう。たとえこの場で燃やしてしまって、文書がなくなったことをアピールしても、そんなことくらいで軍曹が諦めるとは思えません。むしろもっと躍起になって、アカマダラタガマモドキ捜索に熱を入れるから、僕達アルバイト連はさらに酷使されて前以上にキツくなることくらい想像がつきます。今朝からの軍曹の様子を見ていれば、そういう性格であることくらい犯人にも容易に判るはずでしょう。現に今も、敵対勢力が現れたと云って、前よりもっとややこしいことになってますから——これじゃ文書を燃やしても藪蛇です。だから、アルバイトを中止させるために文書を燃やしたという、第一の可能性は捨てるべきだと思います」

「だったらァ、俺に嫌がらせをしたと云うのかっ、そんなつまらんことのためにあの報告書をっ」

鬼軍曹が興奮して云ったが、猫丸は即座に手を振って、

「いいえ、実はそれも考えられないんです」

「何だとォ」

「いいですか、文書を燃やすなんて、嫌がらせにしてはちょっと中途半端だとは思いませんか。

もし犯人が、軍曹にとって大切な物を損壊して意地悪してやろうと考えたのなら、こっそり隠してしまった方が効果的なはずなんです。燃やしてなくなってしまうより、行方不明にしておいて心配させる——それこそ、敵対勢力の手に渡っていたらどうしよう、とやきもきさせた方が心理的ダメージは大きいでしょう。仮にそこまで悪意がなくて、軽い悪戯だったのなら、こっそり隠してそうやってやきもきさせてから、後でこっそり返してあげる——それで充分溜飲は下がるはずです。燃やしたりなんかしないでしょう。そして本当に悪意のある嫌がらせだったら、こっそり隠してさんざん心配させた挙句、さらに燃やしてダブルパンチを見舞う——そうした二重攻撃の方がショックも深いですからね、いきなり燃やすなんて甘い手口に出るわけはないんですよ。そう考えてみると、こうやって突然文書を燃やすなんてのは、嫌がらせ目的としては中途半端すぎて、何となくしっくり来ないように僕は思うんです。嫌がらせならば、悪意があってもなくても、一旦隠すというプロセスを取る方が自然なはずですから。それにわざわざ時間をかけてこの場で燃やす必要もないですし——。従って僕は、この文書焼き討ち事件は、嫌がらせでもなく、作業を中止するためでもない——そう思うんですよね。アルバイトの僕達が文書を燃やす理由は、この二つ以外にはちょっと考えられません。しかし、今お話ししたように、二つとも目的からするとどうもしっくり来ないんです。だいいち、こうして草の壁に遮られて視界が悪くては、いつ軍曹が見回りに来るか判ったものじゃないわけで、そんな中で持ち場を離れてここまで来て火をつける、というのは現実的じゃありません。ですから僕達アルバイト隊員四人——イタちゃんと僕、そしてガタイのいいお兄さん達も犯人ではない、とそんなふうに僕は思うんです」

「な、何だとォ」

鬼軍曹は目を白黒させ、マッスルブラザースの髭が、

「じゃやっぱり、このおっさんの狂言だったんじゃないか」

両手の拳を組み合わせて、太い指をぽきぽき鳴らした。

「自分でやっといて、俺達の誰かが犯人だなんて騒ぎやがったんだな、このおっさんは」

「バカなっ、どうして俺が」

鬼軍曹があたふたと云うと、猫丸は、

「いえいえ、ちょっと待ってください、実は軍曹でもないんですよ」

「何をっ、お前、俺達をからかってるのかよっ」

髭が怒鳴ったが、猫丸は頓着(とんちゃく)なしに、眉の下まで垂れた前髪を軽く掻き上げて、

「だって考えてもみてくださいよ、軍曹はこの場でのいわば独裁者で、いつでも強権発動できる立場にあるんですよ。そんな軍曹がこんな真似する必要なんてないじゃないですか。もし何かの理由で文書の消失を演出したいのなら、わざわざ火なんかつけなくても、『失くなった、誰かに盗(と)られた』って勝手に騒げばいいだけです、自分の持ち物なんだから——。それに作業開始前にあんなに自慢たらたら見せびらかしてた物を、急に燃やしてしまう理由もないでしょう。軍曹は見回りしていただけなんだから、あの短時間にいきなり気が変わるような原因が起こったはずもない。だいたい作業が中断して困るのは本人なんだし、火なんかつけて得するこ

となんかひとつもないし――だから軍曹も犯人じゃないんですよ」

「ちょっと待ってくださいよ、そうなると誰も残らなくなるじゃないですか」

メガネキュウリが不思議そうに云った。マッスルブラザースの髭のない方も、

「俺達じゃない、このおっさんでもない――それじゃ誰がやったんだよ」

少し怒ったように云う。猫丸は、仔猫みたいな丸い目を悪戯っぽく笑わせて、

「いるじゃないですか、僕達の他にもう一人、ここに来た人が」

「あ――瓢簞仙人、あのジイさん」

鼬沢は思わず云った。鬼軍曹もびっくりして、

「瀬川さんが――まさか」

「いえ、そのまさかなんですよ」

と、猫丸はにやにやして、

「僕達の中に犯人がいないんですから、あの人がやったと考えるしかないじゃないですか。あの人が来た時、ちょうど軍曹はシャツのポケットに文書をしまってテントに入れてましたよね――僕達以外であそこに文書があるのを知ってたのは他にいないんだから、もう確定的です」

「あのジイさんが火をつけたのか」

マッスルブラザースの髭が云うと、猫丸は軽くうなずいて、

「ええ、だってあの人、瀬川老は初めっから噓ついてたしね、怪しいのは初手（しょて）から判ってるじゃないですか」

「嘘――？」

「ほら、軍曹の話によれば、アカマダラタガマモドキの伝説は土地の古老達によって語り継がれてきたはずでしょう。それをさっき、瀬川老はいともあっさり知らないと云い放った――土地の古老が知っている伝説を、代々の土地の持ち主が知らないはずないじゃないですか。これは嘘をついてるとしか思えませんね。でもまあ、それほど大した意味のある嘘じゃありません。なぜなら瀬川老は、軍曹が事前に勤労奉仕と称して土地使用を求めた時はちゃんと許可してくれました。最初っから何かわけありなら、僕達がこの土地に入るのを許さなかったでしょうね。ですから瀬川老には、今日までは特に嘘をついたりする必要はなかったと思われます。そして今日初めて、僕達の目的がアカマダラタガマモドキにあると知ったら――ほら、あの文書を朗読してた時ちょうど、瀬川老は来たでしょう――あの時、急に嘘をつく気になったんです。だから瀬川老の嘘は、あの文書に原因があったと考えるしかありませんね」

「けど、どうして――」

鼬沢が聞くと、猫丸は初めて云いにくそうに、前髪の奥の眉をしかめて、

「それなんだけどね、何だか云いづらいなあ、身も蓋もないもんな――まあ、ここまできたから云っちまうしかないけど」

と、ぶつぶつ呟いて云う。そして、

「あの文書、ね――あれって報告書って云うより、どっちかって云うと手紙って感じがしませんでしたか。書き方からして、何だかしきりに相手の気を引こうとしてるみたいな――ほら、

あの、着物があなたに似合いそうだから見に来てくれ、とかなんとか――。それに、アカマダラタガマモドキは夜しか出ないから一緒に見に行こう――って、これって夜中に人気のないところに行こうと誘ってるみたいにも読み取れませんでしたか。アカマダラタガマモドキを口実にして、暗黙のうちに夜の外出に誘ってるみたいな――。ねえ、軍曹、あの手紙、お祖母さんの持ち物の中から見つかったって云ってましたよね」

「猫丸先輩――それってもしかして」

鼬沢が愕然として云うと、猫丸は興醒めしたみたいに、

「そう、恋文、色文、付け文――若い頃のあのジイさんから軍曹の祖母へ――。ねえ、軍曹、もしかしてお祖母さんって戦争で後家さんになったりしませんでしたか、それでもって戦後は再婚の誘いが引く手あまただったとか」

軍曹は呆けたような顔で、力なくうなずいた。猫丸はそれをつまらなそうに確かめてから、

「つまりね、ジイさんにしてみれば、若気の至りで書いた、とうに忘れてしまった古い手紙を、こんな白昼堂々朗読されて面喰らっちゃったわけなんです――昔のラブレター、人前で朗々と読み上げられるなんて、こんな恥ずかしいことはめったにないでしょうからね。あの時のジイさんの心中を察してみてください――昔、思いをかけていた人の孫が、勤労奉仕だと云って草刈りを申し出てくれた、それで様子を見に来てみれば、赤面ものの手紙を大声で朗誦してる、それもこんなに大勢の若い者の前で――ジイさんさぞかし魂消たでしょうね。おまけに問題の手紙が、伝説の幻獣生存の証拠に祭り上げられちまってる――こりゃ、恥ずかしくって、そん

な生き物の話は聞いたこともないって嘘のひとつもつきたくなりますわな。それでまあ、いたたまれなくなってジイさん、とにかく恥ずかしい物件を取り戻そうと考えたわけです。僕達が草刈りに散ってから、こっそり戻って来て火をつけた――。手紙がなくなっているだけだったら、その辺を捜し回って大騒ぎになるかもしれない、近所の民家を訪ね回って、手紙の内容を吹聴される恐れもある――だからこそ、『焼けてしまって捜しても無駄だ』ということをはっきり示すために、わざわざこの場で放火したりしたわけですね。みっともない証拠物件はもうこの世に存在しない、焼けちゃったんだから捜さないでくれよ――という心情でしょう」

「じゃ、あの手紙の内容も――嘘――？」

メガネキュウリが口をあんぐりさせて聞く。猫丸は、面白くもなさそうに首を振り、

「多分、ね。幻獣が夜行性だという伝説にかこつけて、夜中のデートに誘うための――。『これは逢引きなんかじゃなくて幻獣探索の誘いだから』って、夜中に二人っきりで出かける云い訳を、自分にも相手にもする――互いの心理的負担を軽くする、そういう材料だったんじゃなかったのかな、僕はそう想像するんだけど。つまり、幻獣は相手を誘うための餌だったというわけで――」

「そんな――」

鬼軍曹が、天を仰いで嘆息した。

「アカマダラタガマモドキは――そんなバカな、俺の夢が――どうしてくれるんだ――」

へなへなと座り込んでしまった鬼軍曹を、マッスルブラザースも他の隊員達も、白け切った

顔で眺めている。猫丸も肩をすくめて、つまらなそうに煙草に火をつけた。気が抜けたせいか、蒸し暑さが一段と厳しくなったように感じられた。

その時、鼬沢の背後の草が、がさりと小さな音を立てた。何気なく振り返ると、丈高い雑草の絡み合った根本に、何かがいた。平べったい体で、頭をもたげて、耳まで裂けた口元で長い舌がちらちらと躍（おど）り、目がまっ赤に爛々（らんらん）と輝いている——。

その溶岩のように燃える目と、一瞬目が合った。

息を呑んだ鼬沢の気配に怯（おび）えたのか、それは音も立てずに草を揺らし、姿を消してしまった。

鼬沢は茫然としたまま、ゆっくりと首を巡らせ、皆の様子を見た。

誰も気づいていない！

鬼軍曹はへたり込んでうなだれ、隊員達は所在なげに突っ立ち、猫丸もぼんやりと煙草をふかしている。

見たのは俺だけだ。さあ、どうしよう——。鼬沢は躊躇していた。話せば、またあの辛い作業が待っている。しかし、放っておくのももったいない。延々終わらない草刈りか、今世紀最大の発見か——どうしよう、どうしよう——。

熱気と草いきれでむせ返る山の中で、鼬沢の考えはなかなかまとまらずにいた。

たたかえ、よりきり仮面

♪うなれ裂帛(れっぱく)　さけろ大地
いまこそたたかいの時
叫ぶ怪人　悪魔の手先
八面六臂(ろっぴ)の悪い奴
倒せ平和の名のもとに

爆烈　爆烈　ぶちかませ
爆烈　爆烈　ぶちまけろ

ぼくらの戦士　爆烈戦士
たたかえ正義のために
たたかえ　たたかえ　よりきり仮面

主題歌の終わりと同時に、夏樹(なつき)はステージに飛び出した。

とたんに、真上からの太陽の洗礼に襲われる。脳天を、がつんと平手打ちされるみたいな、激烈とも云える直射日光だ。

一瞬、ふらりとする。

このところの猛暑は飽きることを知らず、寒暖計を鰻上(うなぎのぼ)りに上がらせて、連日三十九度だの四十度だのと、風邪をひいた人の体温計とでも間違えたかのような気温が続いている。

ステージの中央に立った夏樹の頬には、早くも、こめかみから吹き出した汗が伝い始めた。自分の影が短く、濃い。それでも夏樹は笑顔を客席に向け、手にしたマイクで元気いっぱいに叫ぶ。

「みなさーん、こんにちはー」

返事はない。

「スーパーマルエー北船橋店にようこそー、暑いのにたくさんのお友だちに集まってもらって、お姉さんとっても嬉しいでーす、ありがとう」

もちろん、これにも反応はない。それもそのはず、安っぽいプラスチックのベンチを並べた質素な客席には、客がほとんどいない。この三日間で、夏樹にはすっかり見慣れた光景である。後ろの方に幼児を連れた若い母親達がちらほら、あとは小学生らしい数人の子供のグループが二組。そして——あ、あの子また来てる——客席の隅に目をやって、夏樹はそう思った。小学校の低学年か幼稚園かという年頃の男の子。前から三列目のはじの席に一人ぽつんと座って、男の子はいつものように、熱心な目つきでこちらを見詰めている。このショーが始まってから三日――少年はそこが自分の指定席だと信じ込んでいるみたいに、毎日欠かさず日参しているから、夏樹の方も顔を覚えてしまった。

それにしてもひどい入りである。合計集客数二十人にも満たない。もっとも、いかにタダとはいえ、この凄まじい炎天下を屋上まで上がってくる超人的気力の持ち主も少ないだろうから、仕方がないだろう。

「みなさーん、今日はね、このスーパーマルエー北船橋店に、みんなが大好きなよりきり仮面がやって来るんですよー。みんな、よりきり仮面は好きかなー」

マイクで目一杯叫んでも、客席からは何の声も返ってこない。

「お姉さんはねえ、よりきり仮面が大好きなんだよー。強くてカッコよくて、正義のために一人で戦ってるんだから、とってもステキだよねー。みんなもそう思うでしょう」

やってて悲しくなってくる。

「みんな、よりきり仮面の活躍はテレビで見ててくれてるよねー。だから、よりきり仮面の歌はみんなも知ってるよね。お姉さんもちゃんと全部唄えるよー」

滴る(したた)汗をさりげなく手で拭って、夏樹は叫ぶ。騒ぐ子供は一人もいない。小学生のグループは暑さでうんざりしているようだし、幼児はぐったりしている。

「じゃあね、みんなで一緒に唄いましょう。曲はもちろん『たたかえ爆烈戦士よりきり仮面』のテーマだよー」

勇ましいイントロが流れ始める。熱でだらりと弛緩した、無気力な雰囲気の屋上にはそぐわない軽快さ――余計に情けなくなってくる。

「♪うなれ裂帛　さけろ大地――」

夏樹は大きな声で唄い始めた。無論、唱和する声はない。白い日傘を差した子供連れの母親が「あらまあ、大変ねえ」と云いたげな、あからさまな同情の視線を送ってくる。

「♪いまこそたたかいの時　叫ぶ怪人悪魔の手先――」

それでも夏樹は、メゲずに更なる大声を張り上げる。何事にもくじけないのが夏樹の取り得だ。

「♪爆烈　爆烈　ぶちかませ――」

歌詞カードなどなくても宙で唄える。この仕事が決まった時、張り切ってテープを何度も聞いて覚えたのだ。大勢の子供達と大合唱するつもりで――。それがまさかこんな、ほとんど晒し物のように唄うハメになるとは思わなかった。

熱唱する夏樹の眼下には見飽きた風景――屋上から眺める、千葉の住宅街の家並。絵の具を溶いたみたいにくっきりと青い空、もこもことした小さな雲が一つ二つ、どこまでも拡がる甍の波――暴力的にまで照りつける灼熱の太陽の下、すべてがハレーションを起こしたように、白っぽく輝いている。今日も暑い。途轍もなく暑い。

「♪ぼくらの戦士　爆烈戦士　たたかえ正義のために――」

夏樹はひたすら唄う。熱気が直接肺に入って、時折むせそうになる。首筋に、自分の髪から落ちた汗の粒がぽたぽた当る。せっかくベリーショートにしたのに、これでは何にもなりゃしない。

「♪たたかえ　たたかえ　よりきり仮面」

フルコーラスしっかり唄いきった。頭の血が下がってふらふらする。壮絶な日光の下で大声を出し続けるのは、本当に辛い。

勇壮な主題歌の終わりとクロスフェードして、今度は重々しい音楽が流れた。悪役登場のテーマ曲である。夏樹は客席を向いたまま、目の端でそれを捉えた。ぶくぶくに丸い醜悪な肉の塊が、ステージに出て来るところだった。

丸い体に丸い頭、薄気味悪く醜い瘤（こぶ）が全身を覆っている。膿（う）み爛（ただ）れたような色合いも気持ち悪くて、小さな子供が見たら夜中に目覚めて癇（かん）の虫を起こしそうな怪物だ。大きな頭部に長い角が一本突っ立っている。

「げはははは、俺様はビートルデビル、世界征服を企む悪の秘密結社ブラックワーストの怪人だ。今日はこのスーパーマルエー北船橋店にやって来たのだ。げはははは、世界征服の手始めとして、このスーパーマルエー北船橋店を乗っ取ってやろうという計画だ。げはははは、悪企みだろう、恐いだろう、げはははは、スーパーマルエー北船橋店を乗っ取るなんて誰も思いつかない計画なのだ、俺様は頭がいいのだ、げはははははは」

怪物は下品な声で笑いながら、大きな声で独り言を云う。何度もくどく「スーパーマルエー北船橋店」と連呼するのは、もちろんスポンサーの意向である。

「げははははは、スーパーマルエー北船橋店はお客様のニーズを第一に考える良心的なスーパーなのだ。安くて豊富な品揃えで地域のお客様に愛されるスーパーマルエー北船橋店を乗っ取ってやれば、人間どもはきっと困るのだ。新鮮な産地直送朝採り野菜や独自の流通システムで鮮度が自慢の肉や魚が手に入らなくなって困るのだ。ナウなセンスで若いお嬢様がたにも超人気のファッショナブルな特選衣料品も買えなくなるから着る物がなくなってパニックになるのだ、げはははは」

物凄い台本もあったものである。

怪人ビートルデビルはこの後も延々、さりげない宣伝を織り込んだ大きな声の独り言で、悪事の計略を喋り続けた。それでも、派手な身振り手振りを交えて、いかにも悪役という雰囲気が出ているので、見ていて飽きないのが救いである。声はテープ録音したものを使っているから、怪人は動きだけ――いわばあてぶりだ。この全身を覆う「着ぐるみ」というのは、顔の表情も手足の細かい動きも見えないので、感情を観客に伝えるのがとても難しい――と夏樹は聞いている。だがビートルデビルの中身の人は実にうまい。体形すら判然としないほどぶくぶくに着膨れしていても、一つ一つの大きな動きだけで怪物の力強さや残酷さ、果ては自己顕示欲といった内面すらきっちり表現できている。相当に器用で、確かな演技技術がないとここまではできないだろう。中身の人は、本職の役者さんではないと自己申告しているけれど、多分それは嘘だろうと夏樹は踏んでいる。

「げはははは、このスーパーマルエー北船橋店乗っ取り計画が成功すれば、俺様もビッグサタン様に認められて幹部になれるのだ、げははははは、どんな汚い手を使ってもスーパーマルエー北船橋店を乗っ取ってやるのだ、げははははは」

ようやく、だらだらと長い怪人の台詞が終わりに近づいた。この間、一緒にステージに立っている夏樹は何をしているかというと――実は何もしていないのだ。ただぼけっと客席を向いてバカみたいににこにこしているだけ――間がもたないし、不自然この上ないけれど、そう台本に指定があるのだからどうにもならない。唯一客が詰めかけた三日前、初日の第一回公演の時などは、親切な子供達から「おねーさん、後ろ後ろ」などと声がかかったりして、なかなか微笑ましい場面だったのだが、今となっては昔日の夢。

「げははは、お、あんなところにお姉さんがいるぞ、よおし、手始めにあのお姉さんを人質にしてやろう」

怪人はそう云って、夏樹の方へ歩き出す。しかしそれにしても、世界征服を企てる悪の秘密結社がどうして千葉の片隅のスーパーを乗っ取ったり若い女性を人質にしたりするのか、まったく意味が判らない。

「げはははは」

不気味な笑い声を上げながら、怪人が夏樹に近寄って来る。そこでやっと、夏樹も怪人出現に気づく段取りである。

「きゃあ、大変っ、怪人ビートルデビルだわ、この平和なスーパーマルエー北船橋店にブラックワーストの手先が現れるなんて、どうしましょう。みんな、大変よ、怪人ビートルデビルが現れたのよ」

大げさに客席に語りかけても、無論まばらな観客席は凪の海のように静かなまま。

「げへへへへ」

怪人はよたよたと近づいて来た。暑さと自分の重みでふらふらになっている。一度転びそうになったのは、熱に当てられて一瞬気が遠くなったに違いない。

「きゃあ、恐いわ、来ないでえっ」

悲鳴を上げて、夏樹は逃げ回る。怪人がよろよろと追いかけて来る。

「へへへへへ、待て待て、お姉さん」

ほとんど酔っぱらいの変質者みたいだけど、これは中身の人が調子に乗ってわざとそういう動きをしているのかもしれない。

「嫌っ、恐いわあっ」

「げへへへへ」

狭いステージの上を夏樹は逃げ惑い、怪人が追いすがる。逃げるスピードは、当然手心を加えながら——。なにせこっちはキュロットスカートに、セーラー服風の肩当てのついた上着だけという軽装。対する向こうはぶくぶくの着ぐるみ。これでは競走にも何にもなりゃしない。

手加減しつつも逃げ回る。動けば余計に暑くなる。まったくの無風状態だから、じりじりと焙られるみたいな暑さ。汗が体中から湧き出して、あっという間に全身汗みずく。

「えーい、ちょこまかと逃げ足の速いお姉さんめ、これでは捕まえられんではないか」

地団駄踏んで、怪人は悔しがる。苛立ちと怒りを体いっぱいに表現して——やっぱりうまい。

「俺様一人では埒があかん——よし、手下ども、戦闘クローンども、出て来い、あのお姉さんを捕まえるのだ」

怪人の合図で、全身黒ずくめの男が二人登場する。二人とも背が高い。黒いタイツで頭から爪先までぴったり包まれ、無表情の黒い仮面をつけた二人は、くるくると何度かとんぼ返りをした。きれいな回転でステージを数往復すると、まったく同じ格好なのでどちらがどちらかもう判らない。設定では、悪の組織に作られた「戦闘クローン人間」なのだそうだから、これでちょうどいいらしい。

黒タイツの男二人は、くるくる回りながら夏樹を追いつめてくる。さすがに速い。たちまち夏樹は捕まってしまった。

「あれえ、助けてえっ」

「げはははは、やっと捕まえたぞ、手こずらせやがって」

黒タイツ達に両腕を摑まれた夏樹に、怪人がふらふらと近づいてくる。

「きゃあ、大変、捕まっちゃったわ。このままじゃお姉さん攫われてしまうわ、どうしましょう」

説明的な台詞を云って夏樹はもがく。だらだらと、大粒の汗が顎から滴っていくのが、自分でも判る。

「そうだ、よりきり仮面を呼びましょう。よりきり仮面は正義のヒーローだもの、助けを呼べばきっと駆けつけてくれるはずだわ。でもお姉さん一人で呼んでも、よりきり仮面に聞こえないかもしれないわ。みんな、お願いよ、お姉さんと一緒によりきり仮面を呼んでちょうだい、いいわね、一、二の三で呼ぶわよ。せーの、一、二の三、よりきりかめーんっ」

夏樹の声だけが、青々とした大空に虚しく突き抜けて行く。本来ならば「みんな、声が小さいわよ、それじゃよりきり仮面に届かないわ、さあ、もう一度元気よく、せーの」という台詞になるところだけど、さすがにそれはカットした。そうでもしないと、喉が嗄れるまで一人で叫び続けることになる。

夏樹の「声きっかけ」で、頼もしい音楽が鳴り響いた。正義の味方の登場だ。スマートな長身で、ぴっちりとした銀色のゴム製コスチュームをまとったヒーローが、ステージに駆け出して来る。正義の味方は大きく一回、ダイナミックに空中回転した。ちなみに、出演者全員がみんな同じ場所から出てくるのは、この「特設ステージ」の機構上そこしか出入口がないためである。セットもセコい。

正義のヒーローよりきり仮面は、ステージ中央で仁王立ち。片手を腰に当て、もう片方の拳をぐいと前方に突き出して決めのポーズを取った。銀色の仮面が、照りつける陽光にぎらぎら輝く。

「そこまでだ、悪の怪人ビートルデビル、お前達の悪事はこのよりきり仮面が見逃さぬ、さあ、そのお姉さんを離すんだ」

録音の声が流れ、よりきり仮面はそれに合わせて動く。ヒーローらしく、メリハリの利いたきびきびした動作。すらりとした長身と相まって、一つ一つのポーズがサマになっていて格好いい。

「このよりきり仮面が来たからにはお前達の悪企みもこれまでだ。スーパーマルエー北船橋店を乗っ取るとは許せない、観念しておとなしくするがいい」

「えーい、ちょこざいなよりきり仮面、また俺様の計画を邪魔する気か」

怪人が、駄々をこねるみたいに両足を踏み鳴らす。

「こうなったら貴様も片づけてやる。クローンども、あの生意気なよりきり仮面をやっつけてしまえ」

怪人の台詞で、二人の全身黒タイツ男達は夏樹の腕を放す。そして、くるくるととんぼを切りながらステージの前方へ進み出た。左右から、銀色のヒーローを挟むポジションに立ち、闘いの構え。

怪人はその間に夏樹を羽交(はが)い締めにして、彼らのアクションの邪魔にならぬよう、ステージ後方に下がる。実際には、着ぐるみの腕が短くて羽交い締めなんかできないから、夏樹自ら怪人に寄っかかるようにして後ずさりしただけなのだが——。

よりきり仮面と二人の戦闘クローン人間の立ち回りが始まった。雄々しい音楽に乗って、激しい動き。クローン人間が空中回転しながら空手チョップ。よりきり仮面はそれを片手で捌(さば)いてパンチを見舞う。後方宙返りで倒れるクローン。その隙にもう一人のクローンがハイキック。ひらりと身をかわすよりきり仮面。そのまま大きく回し蹴り。たまらずふっ跳ぶクローン人間。

最初のクローンはもう起き上がっていて、ジャンプ一閃ダイビングソバット。肘打ちで迎え討つよりきり仮面。凄まじいテンポの、息をもつかせぬアクションである。

夏樹は、怪人ビートルデビルに寄りかかったまま、それをぼんやりと眺めている。こうして並んでいると、頭に角があるので大きく見える怪人も、案外小さいのがよく判る。頭頂部は夏樹の目の高さまでしかない。中身の人が極端に小柄なのだ。マイクに入らぬように、夏樹は抑えた声で、

「ねえ、ホント暑いね、今日は特に日差しが強くない？」

背後の小柄な怪人に囁きかけた。怪人も着ぐるみの中からくぐもった小声で、

「あのなあ、お前さんはそんな涼しげな衣装着てそういう文句を云うんじゃありませんよ。こんなアホみたいな物被ってるこっちの身にもなってほしいよ、まったく」

ぶつぶつと不平を云う。暑さで声に張りがない。

実際、この着ぐるみというのは並大抵の暑さではないそうだ。ウレタンを幾層にも重ねて成形してゴムでびっちりコーティングしてあるものだから、気密性が極めて高い。ほとんど完全な密閉状態で皮膚呼吸は不可。蒸発した汗が内側にこもった熱と共に内部を循環するばかりで、まるでサウナをそのまま着ているようなものだという。加えて、臭い――内側のスポンジが汗を吸って、もちろん外部に水分が出ることがないから、それがじゅくじゅくに溜ってひどく汗くさいらしい。おまけに、その汗の水気がカビの格好の繁殖場になるようで、生ゴミ箱に体を浸しているみたいに、とんでもない匂いに全身を包まれている。着ぐるみは、見た目の格好よ

さとは裏腹に、そうした暑さと悪臭とのせめぎ合い――なのだそうだ。

「まったくもう、暑いよ――あのな、夏樹ちゃん、汗がね、汗が下の方に溜ってさ、ぐしゃぐしゃしてね、田んぼのぬかるみの中に立ってるみたいな感触がするんだよ、どうだ、凄いだろう」

　怪人は、まだぶつぶつ云っている。しかし、声の調子にどことなく自慢めいた色合いが含まれているのは、この炎天下にサウナを着て立っている自分の状況を面白がっているふうにも感じられる。

「ヤだなあ、その表現気持ち悪いよ、私だって体中汗でねとねとなんだからね」

「ねとねとくらいでぶうぶう云うんじゃありません、こちとらずるずるのべちょべちょだ。ついでに内側の酸素が足りなくなってるんだろうな、時々すーっと意識が遠のくんだ、わはははは、凄いだろう。妙な気分だよ、本当に」

　やはり明らかに楽しんでいる。変な人だが、この精神力は尊敬に値する。

　ステージ中央では、アクションシーンが続いている。よりきり仮面の連続攻撃。パンチ、キック、跳び膝蹴り。二人のクローンはその都度もんどり打ってひっくり返り、何度も何度も起き上がっては立ち向かう。迫力はあるものの、やられ役が二人しかいないからどうしてもいささかちゃちに見える。それでも三人は、必死でアクションを続けている。

　それを眺めているうちに、ふと夏樹は奇妙なことを発見した。つやつやのリノリウムのステージの上に、点々と小さな水たまり――それも、よりきり仮面が動いた位置に、次々と新しくできていく。ヒーローの足跡を追いかけるみたいにして――。うわあ、汗だ――思わず目を丸くしてしまう。よりきり仮面は全身をびっちりゴムで覆われている。そのどこかに穴が開いていて、発散できない多量の汗がそこからまとまって漏れているらしい。主役の着ぐるみすらボロなのだ。予算をケチったに違いない。このショーを主催しているイベント企画会社を、最初からセコい会社だとは思っていたけれど、やっぱりろくなもんじゃないようだ。

それにしてもあの大量の汗――二ノ宮クン、大丈夫かな――夏樹は心配になってきた。

水たまりができる発汗量とは、尋常ではない。脱水症状か何か起こさないといいんだけど――銀色のマスクに隠された端正な顔立ちを思い描いて、夏樹はやきもきする。クローン人間の方は、同じ全身スーツといえども布製だから多少の通気性はある――それでもびっしょりかいた汗で全身がグレーっぽく変色しているけど――でも、やはり一番心配なのは、ゴムでぴったり体を包まれている二ノ宮の方である。いや、個人的なヒイキとかじゃなくて、実際問題として――。

夏樹の気遣いも知らずに、三人はダイナミックな動きでアクションを繰り広げている。少しの手抜きもなく。あんな物を着てあれだけ動けるのだから、やはり彼らも大したものだ。だから夏樹も負けないように、元気いっぱい大きな声で唄うように心がけている。

「うー、暑ー、もう倒れる寸前だよ、僕は。とっとと終わらせて、早いとこ冷たい物でも飲みたいよな」

背後で、怪人がまたぼやき始めた。

「あいつら、さっさと切り上げりゃいいのにさ」

「仕方ないよ、リハでああいうふうに決めたんだから」

「まったくもう、あの連中ときたら真面目なんだからな、もうちょいと融通ってもんを利かせられんもんかね、こう暑いんだから適当に端折ってさ」

ぶつぶつ云いながらも、怪人はさっきからずっと羽交い締めのポーズを取り続けている。口ではああ云ってはいるが、この人も意外と律義なのだ。夏樹はちょっとおかしくなった。

*

「ちびっ子に大人気！　スーパーマルエー北船橋店に『爆烈戦士よりきり仮面』がやって来るショー」は、八月の最終週、一週間の興行である。客寄せのためのアトラクションだから、入場料は無料。子供の夏休み最後の週に合わせて、一日三回、一時、二時半、四時にスーパーマルエー屋上特設ステージで上演される。

この日で三日目——だから夏樹達はあと四日間、異常な暑さと入場者不足という、二重攻撃と闘わなくてはならない。うんざりしないでもないけれど、共演者がいい人達ばかりだから、都内から総武線に揺られて千葉まで通うのも、夏樹としてはそれほど苦痛に感じてはいない。

「爆烈戦士よりきり仮面」とやらは、テレビで絶賛放映中、ということらしいけど、夏樹はこの仕事を受けるまで聞いたことすらなかった。本当に「ちびっ子に大人気」なのか、こんなマイナーなショーで実際に人寄せ効果があるのか――主催者側の姿勢に首を傾げてしまったが、多分、誰もが知っている人気キャラクターの着ぐるみのレンタル料が高いことと関係があるのだろう。いずれにせよ、集客が悪いのは夏樹達の責任ではない。そのせいでギャラが減ることもないだろうし、元々一週間の契約だから途中打ち切りなどという事態も起こらないだろう。精一杯、楽しみながら仕事をすればいいだけだ。司会者という、自分の仕事を――。

夏樹がこの仕事を始めてから数ヶ月になる。この春短大を卒業してすぐ、司会者のプロダクションに入った。元来人前で大きな声を出すのは好きな方だし、在学中にボランティアで、幼稚園や老人ホームでの演芸会で司会の真似事をして、拍手を受ける快感に取り憑かれてしまったのだ。だから何の迷いもなく今のプロダクションの扉を叩き、この世界に身を投じた。昼のワイドショーで全国的に有名な、のっぺりとした顔の司会者も所属している、業界では大手の事務所である。他の先輩達にも、大きな仕事をしている人は大勢いる。テレビのクイズ番組の司会で人気のある人や、芸能人の盛大な結婚式の司会を任される実力者、NHKホールでの歌謡ショーの司会をしているのも夏樹の先輩だ。

ただし、夏樹のような一年生はまだまだ下積み――。

これまでやった仕事と云えば、商店街のカラオケ大会の司会に商店街の福引の司会、商店街のビンゴ大会の司会や商店街の特売キャンペーンの司会――やたらと商店街づいている。今回やっと商店街からスーパーに格上げになったと思ったら、「爆烈戦士よりきり仮面ショー」なのだから、内心忸怩(じくじ)たるものを感じないわけではない。それでも修業期間中なのだから、不満を云える立場ではない。まだまだ一人前ではない――云ってみれば、司会者の卵として孵化途上――何事も勉強だ。

卵と云えば、このイベントに携わっているのも卵の人が多い。よりきり仮面や怪人の声を吹き込んだのも、声優プロダクションの研究生のアルバイトだと聞いている。つまり声優の卵だ。立ち回りを演じる三人も、アクションスターを輩出するので有名なジャパンアクション株式会社――「JAK」の若手。香港映画にも主役級で出演している高名なアクション俳優が主催する事務所で、二ノ宮達三人も明日のアクションスターを目指して修業中らしい。

今回のイベントの出演者は、JAKの三人に司会の夏樹、そして怪人の役をやっている人――と、たったの五人だけ。スーパーのアトラクションとしても異例の小人数編成だそうで、これも主催会社がギャラを渋ったとしか思えない。

もっとも頭数が少ないことで――同じ炎天地獄を闘う者同士という連帯感があるせいもあって――夏樹達五人はリハーサルの時にたちまち仲よくなれた。お陰で仕事そのものは楽しい。大人数だとこうも親密になることはなかっただろう。同じ「卵」の立場としての、仲間意識があるのも大きな理由――いや、怪人役の人だけは、そういう意味では少し立場が違うようだけど――。

＊

夏樹がビートルデビルと小声で無駄話をしているうちに、アクションシーンも終わりに近づいた。よりきり仮面のひときわ大きな動作のジャンプキックが、次々とクローンに炸裂する。クローン二人はきりきりきりと回り、両手を上げて引っ込んで行く。よりきり仮面は勝利のポーズでそれを見送る。そろそろ夏樹達の出番である。

「やったあ、強いわ、よりきり仮面」

「畜生っ、俺様の戦闘クローンを倒すとは、よりきり仮面め、なかなかやるな」

怪人は、どたばたと両腕を振り回す。

「だがよりきり仮面、お前の活躍ももうおしまいだ、どうだ、そこから一歩でも動いてみろ、俺様の自慢の角で、このお姉さんを突き刺してやる」

「あれえ、助けてえ」

夏樹も脚をばたつかせる。

「むむ、人質を取るとは、卑怯だぞ、怪人ビートルデビル」

「げははは、卑怯と云われても勝てばいいのだ。俺様はきっとこのスーパーマルエー北船橋店を乗っ取ってやるのだからな、どんな汚い手を使っても絶対にやってやる、げははははは」

「うむ、なんという卑劣な怪人だ、人質を取られてはどうすることもできない」

よりきり仮面は、メリハリの利いた動きで頭を抱える。

「げははは、どうするどうする、よりきり仮面、手も足も出ないだろう、げはははは」

「ううむ、これは困った」

悩むヒーロー、勝ち誇る怪人。それをきっかけに夏樹は、

「大変、よりきり仮面が困っているわ、どうしましょう——ええい、もうこうなったら破れかぶれよ」

と叫び、怪人の腕に噛みつく——フリをした。あくまでもフリだけ——直射日光をぎんぎんに浴びたゴムの表面がフライパンみたいになっているので、とてもではないが本当に顔を近づけることなんかできやしない。おまけに——申し訳ないけれど——着ぐるみから猛烈な臭気が熱にあおられて立ち上ってくるから、この噛みつく場面はお芝居だけで勘弁してもらっている。だって本当に臭いのだ。カビと汗をブレンドしてこってり煮込んだみたいな発酵臭、と云うかすっぱい刺激臭。うう、気持ち悪い。

「いでででで、畜生、お姉さんめ、俺様に噛みつきやがったな、あいてててて」

怪人は、夏樹を放してぴょんぴょんと跳びはねる。コミカルな動きをさせても達者な人なのである。

「今よ、チャンスよ、よりきり仮面」

夏樹が叫ぶと、正義の味方は大きくうなずいて、

「うむ、ありがとう。よし、いくぞ怪人ビートルデビル、必殺技っ、よりきりアターックっ」

ファイティングポーズを取ってから、力任せに体ごとぶち当って行く。よりきりと云うよりがぶり寄りだ。

「うげげげげ、や、やられたあ」

体当りを食らった怪人は、ひとしきり全身をびくびく痙攣させると、大げさにふらつきながらステージから消えて行った。さんざん偉そうな口を叩いていた割には、恐ろしくあっけない。しかし着ぐるみで立ち回りをするなんて芸当は、鍛え抜いたJAKの人達にしかできないことだから、これは致し方ない。

それを見届けてよりきり仮面は、

「君、大丈夫かい、恐かっただろう、でももう安心さ、怪人は倒した」

びしっと決まったポーズで、夏樹に手を差しのべてくる。

「ありがとう、よりきり仮面」

夏樹はヒーローに駆け寄った。

「これでスーパーマルエー北船橋店も安心ね、悪人達の計画も水の泡ね、本当にありがとう、よりきり仮面」

「君の勇気のお陰だよ、怪人に噛みつくなんて、なんて勇気のあるお姉さんなんだろう」

よりきり仮面はがっしりと、夏樹の肩を抱く。中身が二ノ宮だと知っているから悪い気はしないけど、しかし申し訳ないが、やっぱりこっちも臭い。

「さあ、会場のちびっ子諸君もいざという時にはこのお姉さんのように、勇気を出して戦うんだ。勇気を持って立ち向かえば、きっとこのよりきり仮面が助けに行ってあげるぞ。いいかい、約束だよ」

なんだか取って付けたような台詞を客席に向かって喋ると、

「困った時はいつでも呼んでくれたまえ、きっとまた会えるよ、では、さらばだ」

　よりきり仮面は走って引っ込んでしまう。拍子抜けするほどのあっさり具合だ。それでも夏樹は誠心誠意手を振って、

「ありがとう、よりきり仮面、強いぞボクらの爆烈戦士、本当に本当にありがとう」

　と、マイクを持ち直し、

「さあ、みんな、よりきり仮面の活躍はどうだったかな、やっぱり強くてカッコいいよね、お姉さんもますますよりきり仮面のファンになっちゃいました。みんなはどうかな」

　じわっと蒸れて熱された、静かな空気だけが屋上全体にのしかかる。遙か遠くで蟬の声だけが、夏樹に応えてくれた。

「ではみんな、よりきり仮面との約束、忘れないでね。じゃあ、よりきり仮面がいつかきっとまた、みんなのところに来てくれるように、最後にもう一度、みんなでよりきり仮面の歌を唄いましょう」

　さっきも唄ったあの主題歌のイントロが流れ始め、夏樹はぐっと額の汗を拭った。「最後に――」と云ったのはもちろん比喩でも冗談でもない。本当にこれで終わりなのだ。ショーの中身など、ほとんど何もないに等しい。しつこく主題歌を繰り返し唄うのも無論時間稼ぎだし、アクションシーンが異様に長いのも、あまりの台本のひどさに、ＪＡＫの人達がせめてなんとかしようと工夫した結果に他ならない。

「♪うなれ裂帛　さけろ大地　いまこそたたかいの時――」

夏樹は唄う。

子供騙し――と云うより、今日日子供だってこんなことで納得するとは思えない。企画会社の、明らかなやっつけ仕事。こんなのに付き合わされる、夏樹やＪＡＫのメンバーこそいい面の皮である。もっと悲惨なのはわざわざ観に来た子供達だろうけれど――。しかし口コミというのは恐ろしいもので、案の定、初日の二回目以降ずっとこの客入りなのだ。

「♪倒せ平和の名のもとに　爆烈爆烈　ぶちかませ――」

それでも夏樹は一心不乱に唄う。二ノ宮達ＪＡＫ連もあんなに一所懸命アクションを演じているのだ。演出や台本がどんなにひどくたって、夏樹達現場の出演者までが投げやりになってしまったら、数少ないとはいえせっかく観に来てくれたお客さんに申し訳が立たない。

「♪ぼくらの戦士　爆烈戦士　たたかえ正義のために――」

だから夏樹は唄う。大きな声で、一途に唄う。

「♪たたかえ　たたかえ　よりきり仮面――」

ステージの上から、例の毎日来ている常連の男の子が、口を動かしているのが見える。少し俯き加減に恥ずかしそうにして、それでも夏樹の歌に合わせて、小さな口を動かしている。もちろん声は聞こえないけれど――。

「♪たたかえ　たたかえ　よりきり仮面――」

夏樹の歌声が、どこまでも深く白熱した大きな青空に、くっきりと吸い込まれて行く。

＊

ステージを降りると、そこは小さなプレハブ小屋の中――夏樹達出演者の控え室だ。舞台の唯一の出入口と、控え室が直結している――いい加減に作ったようで、どうにも妙な構造ではある。

タオルでごしごしと、びしょ濡れになった頭を拭いながら夏樹が入って行くと、

「夏樹ちゃん、お疲れ」

「お疲れさん」

仲間達から声がかかった。

「お疲れさまー」

と、夏樹もタオルの端を振って応える。四人とも、もうすっかりくつろいでいた。申し合わせたように、短パン一枚という極度にラフなスタイルで、手にスポーツドリンクの缶を、これも揃って持っている。きっとみんなそれが二本目だろう。二時半開演の、本日二回目のショーが始まるまで、しばしの休憩タイム。安普請のプレハブには、もちろん冷房装置など望むべくもないけれど、それでも突き刺すような直射日光が当らないだけでもありがたい。

四人は焚火を囲むみたいにして、車座になって座っている。無論中央に火を焚いているはずもなく、置いてあるのは円形の、子供用ビニールプールである。それに水を張り、大きな氷の

塊をごてごてといくつも放り込んであって——そこに全員足を突っ込んでいるから、自然円陣を組む形になっているわけだ。変な表現だけれども、「逆こたつ」とでも云えばいいのだろうか——夏場のこうしたイベントの仕事が多い、ＪＡＫの古くからの伝統だと聞いている。二ノ宮達が先達から引き継いできた知恵。必要に迫られてとはいえ、うまいことを考える人がいたものである。

満々と湛えられた氷水にベリーショートの後ろ髪を引かれながらも、夏樹はとりあえず、裏口のドアから外へ出た。

屋上の、プレハブに阻まれたデッドスペース。一般客は寄りつかない片隅のその場所には、異様な光景が展開されている。さっきまでステージで暴れていたよりきり仮面やクローン人間の表面だけがぶら下がっているのだ。ふにゃりと力なく垂れ下がったそれらは、なんだかだらしがなくて、なかなかに間の抜けた情景である。怪人ビートルデビルなどは背中がぱっくり割れて、蟬の抜け殻みたい。陰干し——こうして、少しでも汗を飛ばしておかないと、次のショーではべたべたに湿ったままの衣装を着るハメになる。

夏樹も、セーラー服風の上着を脱ぎ捨ててＴシャツ一枚になると、衣装をプレハブの軒に吊した。そしてすぐに、部屋の中へ取って返す。氷水が待っている。休憩だ、休憩。

男達四人は、プールの水を足で跳ね上げたりタオルを濡らして裸の胸を拭ったり、と氷水の恩恵をたっぷり満喫している。夕涼みよくぞ男に生まれけり——といった風情。夏樹も思わず、ぐしょぐしょのＴシャツを毟り脱ぎたい衝動に駆られたけど、まさかそうするわけにもいかず、ぐっと我慢。

「夏樹ちゃん、ここ空いてるよ」

二ノ宮が、腰の位置をずらしながらそう云って、手招きしてくれる。整った顔立ちに、短く刈り揃えた髪が爽やかだ。

「うん、ありがと」

サンダルを脱ぎ捨てるのももどかしく、夏樹は早速座らせてもらった。それから素足を氷水の中へ――。ぞぞっと、全身に鳥肌が立つような冷たさ。衝撃にも似た、冷たさの爆発みたいなものが、足元から頭のてっぺんに向けて駆け上がってくる。身体中の汗腺（かんせん）が、きゅっと音を立てて一斉に引き締まるのが判るくらいの、

「うう、気持ちい、冷たー」

ため息をつきながら呻（うめ）いてしまうほどの、心地よさ。

半裸の男達が輪になっているところに混ざるのは、最初の頃こそ抵抗があったけれど、もう慣れっこになってしまった。何よりこの冷ややかな気持ちよさに較べたら、恥ずかしいなどと云ってはいられない。

そして夏樹は、プールの中央に手を延ばした。氷水の中心にはバケツが突っ込んであって、中にスポーツドリンクの缶がぎっちり詰まっている。こうしておけば、足を浸した水が直接缶に触れないから衛生的で、周囲の氷のお陰で飲み物もよく冷える。これもＪＡＫ伝統の知恵だそうだ。

涼やかな水滴がついた缶を、火照った額に当ててから、まずは一気飲み――。狂暴なまでに冷たい液体が、ぐいぐいと体の中心に流れ込んでくる快楽。頭蓋骨の裏側まで突き抜ける、痺れるような冷感。

「うはあ、おいし――」

「よ、夏樹ちゃん、いい飲みっぷり」

正面から、横田が冷やかしてきた。

「夏樹ちゃんってドリンクもビールも、本当にうまそうに飲むもんな」

「ひと仕事終わった後だもんね、喉渇くよ」

夏樹は、最後の一滴を飲み干しながら横田に云った。横田は、戦闘クローン役の一人で、JAKの一員。丸顔を通り越して、顔が横に長いのが特徴である。

「何でもおいしく頂くのが私の主義なの。ドリンクもビールもね」

夏樹が云うと、

「もう、ビールビールって云わないでほしいな、呑みたくなっちゃうよお」

横田の隣で、馬場がぼやいた。もう一人の戦闘クローン役で、横田とは対照的に馬面の男だ。

「何が呑みたくなっちゃう、だよ。お前はすぐ酔っぱらうくせして」

横田がからかうと、馬場はいつものののんびりした調子で、

「んなことないよお、昨日はしっかりしてたじゃないかよお」

「昨日だけだぜ、しっかりしてたのは。一日くらい酔い潰れなかったからって自慢すんなよ

な」

「自慢なんかしてないよお、ちゃんとセーブして呑んだって云ってるだけで」

「バカタレ、それが自慢なんだよ」

おっとりした馬場と早口の横田は、同じ役をやっているせいでもないだろうけど、いいコンビなのである。

「けどさ、馬場クン、一昨日のは凄かったよね」

と、夏樹は茶々を入れて、

「JAK名物天然踊り——だっけ？　あれ見せてくれて座ったと思ったら、一瞬後にはもう死んでるんだもん。びっくりしちゃったよ、私」

ショーが終わってから連日連れ立って呑みに行っているから、馬場の自爆とも云える壮絶な呑みっぷりは夏樹もよく知っている。

馬場は馬面を伏せて、情けなさそうに、

「あれは、ほら、踊ったから急に回っただけで——横田が踊れ踊れってうるさく云うからさ」

「俺のせいにするなって云うの」

「そうそう、俺も勘弁してほしいな、毎晩お前担いで帰るのは」

と云って、二ノ宮が笑った。こぼれる歯が白い。馬場クンや横田クンには悪いけど、やっぱりアクションスターとして成功するんだったらこの人よね——と、夏樹が常々思っている、眩しい笑顔だ。

「それは、まあ、悪いと思ってるよお」

と、馬場がもごもご云う。すると横から、横田以上の早口で、

「だいたい馬場ちゃんは自分の適量ってもんをわきまえないからいけないんだよ。過ぎたるは何とやらって云うだろうに。だからお前さん、後からビールなんぞガブ呑みしなくていいように今のうちにそのドリンク、バカ飲みしときなさいよ、十本か十五本くらい、があっと飲んどきゃ腹膨れて、ビールなんて呑まなくてすむだろうが」

仔猫みたいな丸い目をした男が、まくしたてた。

怪人ビートルデビル役の小柄な男。猫丸（ねこまる）だ。プールに突っ込んだ短い足を軽く組んだその小男は、呑気そうに煙草をくわえている。短パン一枚の体は色白で、少年みたいに華奢（きゃしゃ）――他の三人がよく鍛えた逞しい体つきをしているから、その貧弱さが一層引き立っていた。

初め夏樹は、この子供っぽい顔立ちで前髪を長く垂らした小男を、同世代だと信じて疑わなかった。今回の仕事は同年代の人達ばっかりだな――と思っていたので、なんと夏樹達より一回りも上だと聞かされた時には仰天したものだ。だって、こんな若々しい――と云うより、子供みたいな三十男がこの世にいるとは信じられないではないか。なんだか、悪い魔法でもかけられて年を取らない特殊体質になった人みたいで、ちょっと気色悪い。だいいち、いい年をしてこんなぬいぐるみショーのアルバイトをしているのだから、何者なのか正体不明である。本人の云う通り、本当にプロの俳優さんではないとしたら、それこそあまりまともな人間とは思えない。しかしながら、躁病（そうびょう）の気があるんじゃなかろうかというくらい明るいし、話も楽しい

から、こうして夏樹達に混じっていても違和感がまるでない。すっかり馴染んで溶け込んでいる。なかなか面白い人なのだ。無理して若い世代に合わせているふうでもなく自然体――もっとも外見の童顔同様、ただ精神年齢が低いだけなのかもしれないけど――。

「もう、猫さんまでそんなこと云う――ひどいなあ。ウーロン茶専門のくせして」

馬場がおっとりとした口調で唇を尖(とが)らせると、猫丸はにやにやして、

「だからこそ、だよ。外野にいた方が物事よく判る場合の方が多いんだから。下戸(げこ)の僕が呑んべの馬場ちゃんに、酒のことで忠告するのは正しいんだ。だからいいからお前さん、とっとと飲めよ、ドリンク飲め。十本くらいいっぺんに――。あ、何だったら競争にしようか、よーいドンで、十分間に誰が一番多く飲めるかっていう」

「やめてくださいよ、猫さん、小学生みたいなこと云うの」

と、横田が苦笑して、

「それにドリンクなんかいくら飲んだって無駄っすよ、水分補給する端から汗になって出ちゃうんだから」

「それもまあ、もっともだね、こう暑くっちゃ仕様がねえか。確かに何て云うか、汗製造機械にでもなった心持ちだもんな」

猫丸は、眉の下まで延びた前髪を引っぱりながら云う。

「汗の元と判ってても飲んじゃいますよねえ、これ」

と、馬場は新しいドリンク缶を手に取る。二ノ宮がそれに倣(なら)って手を延ばし、

「体冷やすだけでも違うからな。まあ、今のうちに熱冷まししておこうよ」

「賛成、私もお代わり」

夏樹も缶を取ろうとすると、

「ほい、夏樹ちゃん」

二ノ宮が先に取った分を渡してくれる。

「あ、ありがと」

夏樹は微笑んで、冷たい缶を開けた。この顔で、しかも優しいんだから困っちゃうよなあ
——などとお気楽なことを考える。休憩時間は本当に楽しい。

「そうだ、二ノ宮、さっきのとこだけどよ」

と、横田が急に真顔になり、

「ちょっとタイミング遅れなかったか、ほら、三度目のチョップ捌くところ」

「ああ、そうだった、すまん。馬場の方の蹴りがちょっとズレ込んだんだよな、それでタイミング計り切れなかった。次から注意するよ」

二ノ宮が云うと、馬場が長い顔をしかめっ面にして、

「あ、ごめん、あれ俺のせいだ。起き上がりのきっかけ読み間違えた、半テンポくらいズレちゃって」

「何だよ、やっぱりそうか、二ノ宮にしちゃ珍しいミスだと思ったら、またお前かよ」

横田は、馬場の長い頭をこづいておいて、

「いっつもお前だもんな、間が悪いんだよ、お前は。このこの、こうしてやる」

「だからごめんって云ってるのにい、痛いよ、やめてくれよお」

じゃれ合っている。夏樹は笑ってしまった。体格の異常にいい男どもがふざけているのは、何だか見ていて微笑ましい。

それにしても、この人達はこんなイベントでも手を抜かないで、こうしてアクションのチェックを怠らない。本気でアクションが好きなんだなあ――と、夏樹はいつも感心する。その真摯な態度にはとても好感が持てる、とも思う。

そこへ、ノックの音がした。

プレハブのドアを開けて、太った男が顔を覗かせた。

「よ、お疲れさん」

太った男は、横柄な態度で声をかけてきた。目つきが陰湿そうで、口元に締まりがない。

「あ、お疲れです」

JAK連が、いかにもおざなりといった感じで応え、夏樹もそれに倣う。猫丸に至っては見向きもしない。

ねちねちした口調で、デブが云う。

「あのさ、ちょっと気がついたんだけどさ」

「クローンのお二人さんさ、登場の時、今日ちょっと前へ出すぎてなかったかな、あれだとよりきり仮面より前に立ってるみたいに見えちゃうんだけど」

「そうっすか、いつもと同じですけど」

横田が気のない返事をする。

「立ち位置なんか間違えないっすよ、俺ら」

素人が生意気に一丁前な口を叩くなよ――とでも云いたげに。

「あ、そう、それならいいんだけど――だったら私の気のせいだな、きっと」

太った男は、なおも粘着質の声で云った。だらしない口元をにやにやさせている。ただでさえ暑いのに、見ていて気持ちのいいものではないから、夏樹は早々にそっぽを向いた。

「ちょっとね、さっきそう見えたから注意しておこうと思ってね、前に出すぎてるように見えたから、うん、まあ、気のせいだったらいいんだけど」

まだ云っている。

しつこいデブは福地山といって、このイベントを企画した会社の社員だ。確か猫丸より年齢は下のはずだけど、童顔で愛嬌のある小男と違って、早くも中年の脂ぎったいやらしさが泌み出している。夏樹達を雇った側の立場という傲りがあるせいかどうか、何かというと知ったかぶりをして口を挟んでくるのがうっとうしい。知ったかぶりをするような人間にろくな男がいるためしはないし、ちょっと言葉を交わしただけで、スケールの小さい卑屈な人物だということはすぐに判ってしまったから、夏樹達は誰もまともに相手にしていない。

これがこの現場の責任者なのだから情けない。もっとも責任者とは名ばかりで、こんな場末のイベントしか任せてもらっていないわけだから、会社の中での地位も自ずと知れようというもの。仕事と云えば、本番中に客席後方のテントで音響の操作をしているだけ――つまり唯一のスタッフだ。ＪＡＫの人達が現場慣れしているからどうにかうまくいっているものの、もし経験の浅い出演者ばかり集まってしまったら、このデブはおろおろするしか能がないことだろう。

「それからさ、何か問題点とか、他にない？」

福地山が聞いてくるのを、横田は、

「大丈夫です、特にないっす」

けんもほろろに答える。

「あ、そう、だったらいいけどね、もし何かあったらすぐに私に云ってよね、問題が起こった後だと困るから――それじゃ、二回目もよろしく」

にたにたといやらしく笑いながら、福地山はドアを閉めた。その前に、夏樹の剝き出しの脚にねっとりとした視線を這わせるのを、もちろん忘れない。身震いが出た。気色悪いったらありゃしない。

デブが行ってしまったのは、どこかで涼みながらお茶でも飲もうという算段なのだろう。最初からこっちのメンバーを見下して、一線を引いているらしく、仲間に入ろうともしない。夏樹達がいいチームワークを発揮しているのに、そこに入れてもらえないのを僻んでいるようにも感じられる。仲よくしたいんなら、気取ってないで素直にそう云えばいいのに――まったくいけ好かないデブだ。

「今月さ、俺、テレビの仕事全然やってないんだよな、来月は何かないかなあ」

横田が、プールの氷水を手でかき回して云った。もう福地山が来たことなど忘れてしまったように、自然な雑談口調に戻っている。あんなデブなんて眼中にないのがよく判る。

「TXテレビの秋の新番組、撮りが始まったみたいだぜ」

二ノ宮が云うと、馬場もゆっくりと、

「ああ、聞いた、刑事モノだろう――真木さん達が行ったって。ヤクザ十人、立ち回りあり」

「いいなあ、刑事モノの格闘シーン」

と、横田は心底羨ましそうに、

「暴走族のチンピラ役か何かないかな。まあ、子供向けの特撮モノでもいいけど」

「横田クン達はテレビのよりきり仮面には出ないの？　戦闘クローンか何かで」

夏樹が尋ねると、馬場はのんびり手を振って、

「俺達じゃまだまだだよ、クローンだってもっとずっと上の先輩じゃないとやらせてもらってないもん」

横田もうなずいて、

「そうそう、テレビだと時間の勝負だからさ、やっぱ経験豊富じゃないと制作サイドが安心して使ってくれないんだよな、もたもた打合わせしてられないし」

「ふうん、お前さん達みたいにウデがあっても簡単にはいかないんだな」

と、猫丸はまん丸い目で感心したように、

「大変だなあ、お前さん達の世界も」

「まあ、年功序列ですからね、これからですよ。これからバリバリやりますから」

と、二ノ宮は笑う。横田が思いついたみたいに、

「あ、猫さん、なんだったらテレビの仕事もやってみますか、紹介しますよ、着ぐるみだけど」

「うひゃあ、何だ、テレビかよ、そんなの出してもらえるのか、本当かよ」

猫丸はいきなり、足でぴちゃぴちゃプールの水を跳ね上げる。本当に子供みたいだ。横田はそれを苦笑いを浮かべて見ながら、

「ホントっすよ。――ほら、前にモービルレンジャーの時、着ぐるみ小さすぎて誰も入れなくて困ったことあったろう」

「あったあった、あれで小林さん腰痛めたんだよなあ」

馬場が長い顔をうなずかせる。二ノ宮も、

「そうだな、猫さんだったらサイズも楽々だし、うまいしな――素人さんとは思えないくらい。今度そんなことがあったら連絡しますよ」

「してくれしてくれ、うひゃあ、いいねえ、テレビってのは前にちょこっと出たけど、あの時は人間の役だったもんな。着ぐるみで出るのも面白そうだね、やるやる、紹介しとくれ」

仔猫が親猫の尻尾に飛びかかる時みたいに目を輝かせて、猫丸ははしゃいでいる。とても三十過ぎの大人には見えない。

「猫さんは呑気だねえ、何でも喜んじゃって」

夏樹が呆れ半分で云うと、当の三十男は浮き浮きした様子で、

「何云ってるんだよお前さんは、面白そうなことにはとりあえず唾つけとかなきゃ、後で困るじゃないかよ。人間何ごとも経験しとけば損はないんだよ」

と、一層の能天気顔で煙草をくわえた。

その時、またノックの音が響いた。

夏樹は一瞬、反射的に顔をしかめてしまう。福地山が戻って来たと思ったのだ。初日のうちはスーパーの店長さんだの営業主任さんだのがやって来たけれど、客足がさっぱりになってからは、このプレハブを訪れる人なんかあのデブ以外にはいやしない。

けれども、ドアは開かず、あの脂ぎった丸顔も覗かなかった。不思議そうな表情になった横田が、

「どうぞ、開いてるよ」

と、怒鳴ると、ドアはゆっくり、おずおずといった感じで少しだけ開いた。

そして現れたのは、ちょこんとした小さな頭――あ、あの子だ――夏樹は少し驚いてしまった。あの常連の、毎日欠かさず客席の隅で、熱心にショーを観ている幼稚園くらいの男の子。青いシャツと半ズボンの、痩せっぽちの姿が、ドア口におどおどしたように佇んでいる。

「――」

何やらこちらに聞こえない小さな声で、ごにょごにょ云ったきり、男の子は目を伏せ体を硬

くしてしまう。どうやらひどく緊張しているらしい。夏樹達は思わず顔を見合わせる。

「どうしたの、ボク」

夏樹が声をかけても、男の子は微動だにしない。困ったみたいな戸惑ったみたいな、何事か決心がつきかねている様子で、じっと床を睨んでいる。

ざばりと氷水を蹴立てて、立ち上がったのは猫丸だった。女の子みたいにほっそりした背中を見せながら入口に近づき、猫丸は少年の前にしゃがみ込んだ。

「どうした、何か用事かい」

まるで友達に話しかけるように、猫丸は自然な調子で云う。それに釣り込まれるみたいにして、男の子はやっと顔を上げた。

「うん――」

遠慮がちだけど、少しは聞こえる声に、猫丸は天真爛漫（てんしんらんまん）な笑顔になった。無邪気さ加減では目の前にいる少年とおっつかっつ――なんだか子供が二人で内緒話でもしているように見える。一回りも年上の人にこんなことを云ったら失礼かもしれないけど、妙にかわいらしい。

「――ええと」

「うん、何？」

猫丸に促され、男の子は、

「あの――よりきり仮面は、もう、いませんか」

猫丸の丸い目がきょとんとなった。しかしすぐににんまり笑うと、

「ああ、そうか、君はさっきのよりきり仮面の活躍を見ててくれたんだね」

「うん——」

「判ったぞ、よりきり仮面がビートルデビルをやっつけて、こっちへ引っ込んで行ったから、それで君はよりきり仮面がまだここにいると思ったんだ、そうだろう」

「うん——そう」

男の子は、話の判る相手の出現に安心したらしく、ようやく顔のこわばりが薄れていく。

「ねえねえ」

と、夏樹は隣の二ノ宮の肘をつついて、

「あの子、毎日来てるんだよ、ショーを観に」

耳打ちすると、二ノ宮は目を見開いて、口笛を吹くみたいに唇を尖らせた。それは嬉しいね——と。

「だとすると君、よりきり仮面に会いに来たのかい」

猫丸の問いかけに、男の子はこっくりうなずいた。

「うん、そう」

もしかしたら、この子は今時珍しいくらい純真な子なのかもしれない——夏樹は半ば驚嘆混じりに、少年を見ていた。サンタクロースの正体がお父さんだとしっかり知っている子供が多い昨今、あんなセコいショーを見せられても正義のヒーローの実在を信じてくれているなんて——ちゃんと真面目にやっていてよかった、とも思った。

「そうか、それはよく来てくれたね」

と、猫丸は真面目くさった顔つきで、

「けどな、残念だけどもうここにはいないんだよ——ほら、テレビでもそうだろう、よりきり仮面は悪人を倒したら、すぐどこか判らないところへ去っちまうじゃないか。だからもうここにはいない、な、テレビと同じだろう」

「あ——やっぱり」

がっかりするかと心配したけれど、男の子は妙に納得したふうにうなずいた。大人の秘密を明かすみたいに喋る猫丸の言葉に、説得力があったからかもしれない。

「けどな、せっかく来てくれたんだから、君には特別にいいことを教えてあげよう」

猫丸は、さも重大事のように声を落とし、

「僕達はよりきり仮面の知り合いなんだよ。ほら、さっきよりきり仮面に助けてもらったお姉さんもあそこにいるだろう」

男の子の視線が素早く動くのを察して、夏樹は手を振ってあげた。

「だからね、よりきり仮面に何か伝言——云いたいことがあったら、僕達が間違いなく伝えといてあげるよ」

「本当——?」

「もちろん、絶対、約束する」

猫丸は力強く請け合う。男の子は少しだけ不審げに、プールに足を突っ込んでだらしなくつろいでいる夏樹達を一瞥（いちべつ）した。まさかヒーローや怪人の中身がこの兄ちゃん達だとは思いもしないのだろう。

「どうだい、何か伝えようか」

猫丸に云われて、男の子は意を決したように、

「だったら――あの、これ」

青いシャツの背中に回した右手を差し出した。

「これ――よりきり仮面も、きっと暑いと思うから――これ」

短い棒のような物を、猫丸に手渡す。

「よし、判った。必ず渡しとくから安心したまえ」

重々しく、猫丸は云う。血判状でも書きそうなくらいの真剣さ。いささかオーバーですらある。調子に乗りだしたら、とことんまでやらないと気がすまない人なのだ。横田が下を向き、吹き出しそうになるのを堪えている。それでも少年には効果があったようで、重要な任務を遂行し終えたみたいにほっとした顔つきになり、

「じゃ――ええと、さようなら」

「うむ、ありがとう」

「あの――よりきり仮面は――」

「うん？」

「また来る？」

「もちろんだとも、君が呼んでくれたらきっとやって来るさ」

「うん」

はにかんだような笑顔で男の子は、少し名残惜しげに部屋の中を見渡してから、そっと後退りしてドアの向こうに消えて行った。

「それじゃ、ね」

と、猫丸は手を振ってドアを閉める。そして振り返った小男は、いつもの人を喰った年齢不詳の不審人物に戻っていた。

「ほれ、色男、小さなファンからプレゼントだぞ」

にやにやと猫丸は、男の子から受け取った短い棒を二ノ宮に放ってよこした。

「何貰ったの？」

二ノ宮が片手でキャッチしたその赤い棒を、夏樹は覗き込んだ。

「へえ、懐かしい物貰ったね」

氷アイス——ビニールのチューブに色水が入っていて、それを凍らせた物だった。細くなった先端を歯でちぎり取って、色つき氷をがりがり齧るアイス——。夏樹も子供の頃はよく、夏休みなどに齧った覚えがある。確か十円か十五円くらいだったろうか——たいして甘くはないけれど、本物のアイスクリームなんか高価でめったに舐められない子供にとっては、暑さをしのぐ貴重な夏のアイテムだった。

「しかし珍しいなあ」

と、横田が目をぱちくりさせて、

「ヒーローに名指しで差し入れなんてさ、純情だなあ」

「あんまり来ないの？　差し入れって」

夏樹が聞くと、馬場はおっとりと首を振り、

「いや、差し入れってのは珍しくないんだけどね。今の子供はよく判ってるからなあ、大抵、JAKのお兄さん達へ、って貰うんだ」

「お兄さん達、お疲れ様――なあんていっぱしの業界人みたいなこと云ってさ」

と、横田が補足する。二ノ宮も楽しそうに、

「そうだね、名指しってのはあんまり覚えがないな。きっと熱烈なファンなんだぜ。ほら、暑さを心配して氷ってのも泣かせるじゃないか。半分溶けてるのも子供らしいって云えば子供らしいし」

と、赤いチューブをそっと、飲み物のバケツに差し込んだ。二ノ宮の云う通り、チューブの中の色水は半分がた色水に戻りかかっている。家からわざわざ持って来たのか――一回目のショーをあの気温の下で観た後なのだから、溶けてしまうのは無理もない。その辺がやはり子供のすることだ。

「お前さん達もこういうとこはなかなか悪くない商売だね、色々貰えてさ」

戻って来た猫丸が、にやにやしながらプールに足を入れる。横田は苦笑して、

「色々ったってそんな大した物じゃないっすよ、子供のことだから飴とかスナック菓子くらい

で」

「でも何にせよ物を貰えるってのはいいもんだよ、僕は好きだね、貰うってのは。人間何でもロハで貰えりゃこんなにありがたいこたあない」

猫丸が妙なことを云っている横で、夏樹は、

「ねえねえ、女の子からの差し入れってないの？」

二ノ宮に聞いてみた。

「うん、あんまりないね、イベントって大概ヒーローモノだからさ、やっぱりファンは男の子が多いから」

真面目に答えてくる二ノ宮。そんなつもりで聞いたんじゃないのに——夏樹ははぐらかされた気分になった。女の子って云っても、もっと大きいコって意味だよ、お弁当作って来たりとか——。せっかくカマかけてみたのに——それとも、これってうまくゴマ化されたのかな——。

＊

「おっと、そろそろ支度の時間だ」

と、横田が立ち上がった。喋るのが早い横田は、時間に関してもせっかちだ。

楽しい雑談タイムが終わり、本日二回目のショーが間もなく始まる。

「よっしゃあ、一丁気合い入れていくか」

横田は、馬場の裸の背中をぴしゃりと叩く。

「痛いよお、もう」

馬場がぶつぶつ云い、男性四人は連れ立って裏口から出て行った。陰干ししておいたそれぞれの衣装を取りに行ったのだ。

その間に、夏樹は軽く化粧を直す。ファンデーションなんかこの灼熱発汗地獄の下では意味がないから、あっさりとしたアイラインを入れて淡く口紅を指す——この程度でも大抵は汗で流れてしまうのだけれど、ステージに上がるのだから最低限はしないといけない。

口紅の加減を確かめている夏樹の背後で、戻って来た二ノ宮達が、ばたばたと着ぐるみに身体を入れ始めた。開演前の賑やかさ。なにしろ一度腕を通してしまったら、自分で背中のジッパーを締めることすらできなくなるのだから、毎度大騒ぎになる。

「げっ、何だよ、これ」

二ノ宮の、常にない大きな声に夏樹は振り返った。銀色に輝くよりきり仮面に、下半身だけもぐり込ませた二ノ宮が、口をへの字に、不快そうに曲げている。

「何だよ、どうした」

馬場が訝しげに聞くと、二ノ宮は長い脚を引き抜きながら、

「いや、よく判らんけど——何だかねちょっとしたんだ、足の底のところで」

「ねちょっと？」

全員が首を傾げ、二ノ宮の周囲に集まる。

き込む。

「どれ、貸してみろよ」

横田がそう云って、背中のぱっくり開いたヒーローの下半身に手を突っ込んだ。夏樹達も覗

「うげ、本当だ、ねちょっと——うっ、臭い」

顔をしかめて、横田は手を引っ込め、

「ガムだ、内側にガムがべっちょり——足の底のとこ」

「本当だ——匂うな」

馬場が云うより早く、夏樹も気がついていた。ブルーベリーの匂い。それも、人工的なべたっとした甘さの——熱でむっと蒸れて、汗のすっぱい匂いとカビ臭さが渾然一体となった——どろっと甘ったるくて吐き気をもよおすような、途轍もなく嫌な匂い。

馬場が、よせばいいのに自分も片手を入れてみて、

「うわあ、何だよこれ、べったりくっついてるじゃんかよ」

気味悪そうな悲鳴を上げた。

「おいおい、こりゃまたエラい匂いだね、胸が悪くなるよ」

と、猫丸も半分身を引いて云う。横田は歯ぎしりしそうな顔で、

「あ、さっきのガキだぜ、きっと。こんな悪戯しやがったんだ、畜生、おとなしい顔して、質の悪いガキだ」

「え、あの子が——」

夏樹は絶句してしまう。まさか——こんなひどい悪戯をするような子には見えなかったけれど——。

「とにかく困るよ、ただでさえ暑いのに、こんな気持ち悪い中に閉じ込められるのかよ——」

二ノ宮がうんざりした顔で云った。猫丸はもう半歩、体を引きながら、

「とりあえずそのガム、取らなきゃダメだ、そのまま密封したら二ノちゃん確実に死んじまうぞ」

「そうだよ、それに早くしなくちゃ間に合わないよお」

馬場もうろたえる。夏樹は咄嗟(とっさ)に、

「氷で冷やした方が取れやすくなるんじゃない」

「そうだ、冷やそう——畜生、あのガキめ」

と、横田が、よりきり仮面を引っ摑んでプールに走る。

大騒動になった。

みんなで寄ってたかって、べったりとしたガムの除去作業に取りかかる。急がないと時間がない。氷を当てて、ガムをこそげ落とす——熱気で蕩(とろ)けかかったぐにゅぐにゅのガムは、なかなか取れてくれない。

そしてそんな大童(おおわらわ)のさ中、ふと顔を上げた夏樹は気がついた。一人だけ作業に参加していない猫丸が、ぼんやりと突っ立ったまま、何とも形容し難い表情を浮かべるのを。猫が欠伸(あくび)をする時みたいに目を細めて——まるで、何か途方もなく面白いことに思い当った、というように

——満面の笑みで——。

＊

毎度馴染みの主題歌の終わりと同時に、夏樹はステージに飛び出した——と、一瞬足が止まったのは、ぎらりと照りつける激しい日光のせいではない。

さっきの、あの男の子を見つけたから——いつもの前から三列目の隅——指定席みたいに決まっているあの席に。

「みなさーん、こんにちはー」

相も変わらぬガラ空きの観客席に叫びながらも、夏樹の意識は少年から離れない。

ひょっとして、自分の悪戯の成果を見届けに来たのだろうか、よりきり仮面がどんなに困るか、それを見物に——。

「今日はね、このスーパーマルエー北船橋店に、みんなが大好きなよりきり仮面がやって来るんですよー」

だとしたら、なんて悪い子なんだろう——チューブのアイスを差し入れに来た、あの純真そうな顔つきも、みんなお芝居だったのだろうか——。

「みんな、よりきり仮面の活躍はテレビで見てくれてるでしょう。だからよりきり仮面の歌はみんなも知ってるよねー」

だが、だけどしかし――夏樹はだんだん考えが変わってきた。普段より注意して、男の子の様子を観察しているうちに――。この子じゃない――そう思うようになってきた。横田クンはあの子の仕業だって云ってたけれど、違う、そうじゃない――なぜなら、一心にステージを見詰める男の子の目は、いつもと変わらぬ真剣な目だったから――。そう、この子じゃない。

やがて、ブルーベリーの不愉快な匂いをさせてよりきり仮面が登場する頃になって、夏樹の思いは確信になった。

あの子の悪戯じゃない――熱心に、一途にショーに見入っているあの様子は、悪戯の成果を確かめに来たものとは、到底思えないから。本気で、心から大好きなヒーローの活躍に胸躍らせているように見えるから――子供らしい、素直な心で。だから――あの子ではない。

けれど、それならば、あのガムの悪戯は誰がやったんだろう――よりきり仮面が戦闘クローンと闘うのを見守りながら、夏樹は考えを巡らせる。

黒タイツの悪役が、二人交互に、銀色のヒーローに襲いかかる。正義の味方は、それをばったばったと叩き伏せる。

夏樹は、考える――。戦闘クローン人間――悪の組織に作られた、戦闘複製人間。複製――横田と馬場は、顔立ちはまるきり正反対だけど、こうして同じコスチュームを着て仮面で顔を隠していると、どちらがどちらか区別がつかない。鍛え上げ引き締まった肉体の、長身の二人――。そして、スマートで背の高い、いかにもヒーローといった体格の二ノ宮。

夏樹は、はっとした。

どうして今まで気がつかなかったのだろう。多分、ヒーロー役は「やられ役」とは別格だという先入観が働いていたに違いない。そしてまっ黒と銀という、衣装の違いも目くらましになっていた。

クローンの二人もヒーロー役の二ノ宮も、アクションスターを目指すJAKのメンバー——そう、三人とも逞しい身体つきと長身。一人だけ貧弱な猫丸が、より貧相に見えるくらい背の高い三人——似た背格好。

だとしたら——ということは——真夏の太陽に脳天を焼かれながらも、夏樹の頭の中で徐々に考えがまとまっていった。

＊

二回目のショーが終了し、全員が二本目のスポーツドリンクを飲み干した頃、夏樹は思い切って云ってみることにした。例によって控え室のプレハブで、プールを囲んだ円陣を組みながらの休憩時間である。

「ねえ、みんな、今のショーも観てたんだよ」

「見てたって——誰が」

二ノ宮が、ぐったりとした様子で聞いてくる。あのブルーベリーの気色悪い甘ったるさに当てられたのか、二ノ宮は普段の三倍疲れているようである。

「ほら、さっき来た子。いっつも観に来てるって云ったでしょ」

「え、あのガキか」

と、横田が色めき立って、

「よし、まだその辺うろうろしてるかもしれないな、とっ捕まえてやる」

立ち上がろうとするのを、夏樹は慌てて押しとどめ、

「ちょっと待ってよ、横田クン、あの子捕まえたってどうにもならないよ」

「どうしてだよ、あんな悪戯しやがったんだぜ、一丁ガツンと云ってやんないと今度は何するか判んないだろ、あんな悪ガキは」

「そうじゃないよ、あの子の悪戯なんかじゃないんだってば」

夏樹の主張を、馬場がぽかんとして受け止めて、

「どうしてなのさ——あの子の悪戯に決まってるだろう、あれは」

「そうだよ、決まってる」

と、横田も勢い込んで、

「普通の客は、この暑い中わざわざ屋上まで上がって来ないしさ、こんなプレハブの裏なんか誰も見に来やしないんだぜ。だから、あそこに着ぐるみ干してあるのなんて、よっぽどの物好きでないと見つけられないだろ。あのガキだったらさ、よりきり仮面に関心あるみたいだし——ほら、毎日観に来てるのがその証拠じゃないか。だからあっちこっち覗き込んで着ぐるみ干してあるの発見して——な、筋が通ってるじゃないか」

「けど違うんだよ。さっきのショーだって、あの子、凄く真剣に観てたんだよ、いつもよりずっと熱心に」

「それはきっと、愉快犯とかと同じ気持ちなんだよ、放火魔とかさ——。よく刑事ドラマなんかで云ってるぜ、犯人は現場に戻る、って」

横田が云うのを、夏樹は遮って、

「違う違う、みんなは仮面つけてるからよく見えないだろうけど、私は客席ちゃんと見えるんだよ。あの子の真剣さはそんな感じじゃなかったんだってば。本当によりきり仮面の大ファンで、一緒に唄ってくれるのもあの子だけだし——あんなファンの子が大好きなヒーローにあんなことするはずないよ、私はそんなの絶対信じられない」

云いつのる夏樹の語気の強さに、横田は困惑したように口をつぐんだ。二ノ宮も不思議そうに頭を掻いて、

「だったら——夏樹ちゃんの云う通りだとしたら、あれ、誰の仕業なのかな」

「そう、それでね、私ちょっと考えたんだ」

と、夏樹が身を乗り出すと、猫丸は煙草の煙を吐きながら丸い目を大きくし、

「ほほう、何か思いついたんだ」

好奇心丸出しにして聞いて来る。夏樹はうなずいて見せると、

「うん、だからちょっと聞いて。あのさ、着ぐるみってのは全身を覆う衣装なわけでしょう、それにみんな仮面も被ってるから顔も見えないし——その上、声も録音で、ステージの上だと

みんな動きだけ——だから、外から見ただけじゃ、中に本当は誰が入ってるかなんて全然判らないわけよね。私は今まで、よりきり仮面は二ノ宮クン、クローンは横田クンと馬場クン——って、てっきり頭から信じ込んじゃってたけど、よく考えてみれば、中の人が入れ替わっても私は気がつかなくてもおかしくない——ね、そうでしょう」

「そんなこと云ったって、僕は無理だよ」

と、猫丸が、短くなった煙草を空き缶に突っ込んで消しながら、

「二ノちゃん達とは較べものにならんサイズなんだからな、よりきり仮面なんか着ようもんなら手足ぶかぶかで殿中松の廊下みたいになっちまう。それにだいいち、みんながアクションやってる最中、僕、お前さんと小声で喋ってるじゃないかよ」

「ううん、だから猫さんだけは別。立ち回りだってプロじゃないんだから、いくら猫さん器用だからって、馬場クン達みたいにきれいな宙返りなんかできないでしょ。私が云ってるのはJAKの三人——横田クンと馬場クンと二ノ宮クンのことだよ。三人とも同じように背が高いし、体つきもよく見れば似てるし——入れ替わったって顔が見えないんだから、一緒にステージにいる私や猫さんが見破れなくたっておかしくないでしょ」

「けどさ、俺達が支度してるとこ、夏樹ちゃんだって見てるじゃないか」

と、横田が口を出してきて、

「いつも夏樹ちゃんがお化粧直してる時、俺達その後ろで着ぐるみ着てるだろう、ちゃんと自分の役のヤツを」

「そう、支度の時はね――。でも、その後に着替え直す時間はちゃんとあるよ。私が出て行ってトークがあってフルコーラス唄う、それから猫さんのビートルデビルが出て長台詞――ね、一度脱いで着替える余裕は充分あるでしょう」

夏樹が確信を込めて云うと、馬場はぽかんとしながら、

「でもさあ、俺達、それ、何のためにするのさ」

「他人事みたいに云わないでよ、もうバレちゃったんだからとぼけなくていいよ――理由はもちろん決まってるじゃないの、誰だってやられ役の戦闘クローンよりヒーロー役の方がいいでしょ、カッコいいし、気分いいし――だから三人で交替によりきり仮面をやることにしたわけよ。きっと横田クン辺りが云い出したんじゃないの――二ノ宮ばっかりヒーローなんてズルいよ、俺達にも交替でやらせろよ――とか何とか」

啞然としている横田に、ちょっとだけ笑いかけてあげて夏樹は、

「みんな技量はあるんだから、どの役でもちゃんとこなせるだろうし、だから交替したって大勢に影響はないよね。けど、それってリハと違う役なんだから、大げさに云えば契約違反ってことになるからね、バレたら福地山のおデブちゃんにどんなイヤミ云われるか判らないし、後後マネージャーに叱られるかもしれないし――だから黙ってたんでしょ、私にも内緒にして、ね。どう、図星でしょ」

「うーん、凄く判りやすいけどさ」

と、馬場は長い顎をさすって、

「だったらガムの悪戯は何なのさ、誰がやったと思うの？」

「それはきっと順番か何かで揉めたんじゃないの——次は俺がヒーローのはずなのに、それを飛ばしてあいつが——とか、さ。次回によりきり仮面に入る順番の人に軽い嫌がらせをした、そんなとこでしょ。だからね、順番のローテーションがどうなってるか私は知らないから、誰が悪戯の主かなんて判らないけど——でも三人のうちの一人なのは確かね。つまりこれはJAKのみんなの内輪揉め——それだけのことなんだよ、ね、そうなんでしょう。でもね、それをあの子のせいにするのだけは——そういうのって私、すっごくイヤなんだよね。横田クンなんてしきりにあの子の悪戯だって云ってたけど、それでもし本当は横田クンがやったんなら、私凄く軽蔑しちゃうから」

半ば本気で夏樹が睨みつけると、横田の横長の顔が少し歪んだ。そして見る見る口元が震えてくる。

おっと、これは本気でビンゴだったのかな——と、夏樹が思いかけた時、

「だあっはっはっはっはっ」

当の横田がひっくり返って笑いだした。

「うっひっひっひっひっ」

ちょっと遅れて、馬場も笑い転げる。仰向けに倒れ込んだ二人は、足をばたばたと、プールの水を蹴散らかしながら、

「うっはっはっはっはっ」

腹をよじって笑っている。二ノ宮も、両腕で顔を覆っているけれど、肩の辺りが笑いで引きつって痙攣している。猫丸などはぺったりと前屈の姿勢でずっこけて、長い前髪をプールに浸して笑っていた。狭いプレハブを揺るがす大爆笑の渦。夏樹は何が起こったのか判らずに、

「な、何よ——何なの、私、そんなおかしいこと云った？」

けれども馬鹿にされていることだけは明らかなので、むっとしながら叫んでも、男性陣の笑いは収まらない。

「げっはっはっはっは、ひー、腹痛え」

馬場はごろごろ転がり回る。

「いっひっひっひっ、うー、苦しい」

横田が身悶えしている。

「あの——ねえ、何がおかしいの、ひどいじゃないの」

憤然として夏樹が云うと、馬場が寝っ転がったまま苦しげに息をついて、

「ふー、ひー、ごめんごめん、くっくっくっ、いや、夏樹ちゃん、大マジな顔であんまりとんでもないこと云い出すから、つい——うっくっくっくっ」

「どうしてよ、ちっともおかしくないでしょ」

「あのさ——くっくっくっ、そんなに簡単に軽蔑しないでもらいたいよな」

まだ腹部をひくひくさせながら、横田が云う。目に涙までためている。

「あのね、入れ替わりなんてしてないよ、俺達。だってさ、クローンの方がタイツだからまだ

涼しいんだぜ、頼まれたってあんな全身ゴムなんか着たくないよ」

まだ、笑いが残った顔で云う横田に続いて、馬場も、

「そうそう、ヒーロー役の方がカッコいいなんてさ、そんな子供みたいなこと云わないよ、普通。夏樹ちゃんって結構子供っぽいこと考えるんだねえ」

二ノ宮もようやく顔を上げて、

「それに、嫌がらせにしてはシャレになってないよ、あれは――ひどい匂いで死にそうだったんだから。いくらなんでも、ウチのメンバーだったらあんなことしないよ、それこそ子供じゃあるまいし」

「まったくもう、傑作だよな」

と、猫丸も、

「だいたいお前さん、肝心なこと忘れてるぞ。この連中が入れ替わりなんてことをしてるのなら、悪戯の犯人もいずれはよりきり仮面を着る道理だろうに。三回に一回はブルーベリー悪臭地獄に自分まで陥るのが判ってて、あんなことするバカのいるはずないじゃないかよ」

「えーと、だったら、みんな、入れ替わりは――」

とどめを刺すようなことを云う。夏樹は思わず赤面しながら、

「してないってば」

三人揃って、きっぱり否定されてしまった。

「だったら――えーと、なら、例えば横田クンだとかが、ヒーロー役の二ノ宮クンを妬(ねた)んで、

それで意地悪を――」

引っ込みがつかなくなって、夏樹がなおも粘るのを、横田は一笑に付して、

「勘弁してよ、テレビの本物の主役なら嫉妬くらいするかもしれないけどさ、こんな地味なイベントでそんなこと思わないって。ねえ、俺ってそんなこと考えるガキみたいに見えちゃうわけ？」

「ご、ごめん――そういう意味じゃなくって――。けど、でも、ヒーロー役の方が勉強になるから――」

もはやしどろもどろの夏樹に、二ノ宮は真顔で、

「専門的なことを云わせてもらえばね、クローンの方が訓練になるんだよ。動きが大きくてアクションの手も多いから」

「じゃ――私の考えたことは――」

ほとんど呟き声になってしまう。

「全然ハズレ、残念賞にもならないね」

と、横田がにたにたして云った。馬場も面白そうに、

「いやあ、意外だよな、夏樹ちゃんってそういう幼い考え方するんだなあ、笑わせてくれるよなあ」

まだ云っている。横田も、

「俺なんか軽蔑されかけたぜ」

「うう、ごめん——私、バカみたい」

再度赤面して、夏樹は小さくなる。みっともないったらありゃしない。ピント外れの推測を自慢気に滔々と喋り散らした挙句、幼稚だと云われて、おまけに二ノ宮にまで大笑いされてしまって——うう、恥ずかしいよお、どうしよう。

「もしかしたら、あいつかもしれないな、悪戯の犯人は」

突然、猫丸が云った。

「へ、誰ですか」

馬場が聞くと、猫丸はいつものとぼけた調子で、

「ほら、あの福地山」

「え、あのデブが」

横田が目を丸くし、みんなの注目から逃れられた夏樹も顔を上げた。

「どうして——あの人が——?」

「それこそ嫌がらせ、だよ」

と、猫丸は涼しい顔で煙草に火をつけて、

「夏樹ちゃんの説もそこんとこだけは当ってたわけだ。いいか、さっき横ちゃんも云ってたけど、このプレハブの裏なんか一般の客が紛れ込んで来るようなところじゃない。だから、熱心なファンを含めて、関係者の中に悪戯犯がいるのは間違いないだろう——この辺は僕も横ちゃんの説に賛成だ。だけど、僕達はステージの暑さと着ぐるみのしんどさが並大抵なものじゃな

いことを身をもって知っている。二ノちゃんも云ってたけど、この上あんな気色悪い匂いまで追加されるんだから、ちょいとした悪戯や洒落で済まないことは、僕達出演者はみんなよく判ってるんだ。ヘタしたら、やられた二ノちゃんは殺意でも抱きかねないくらいなんだからな。そんなハードな悪戯なんて、誰がするもんかよ。だから僕達の中には犯人はいない――となると、あそこに着ぐるみを干していることを知ってる残りの一人は――」

「あのデブしかいない」

と、横田が唸った。

「でも、どうしてそんな――何で嫌がらせなんかするんですか」

馬場の質問に、猫丸はまん丸い目でちらりと夏樹の方を示して、

「理由はお前さん達も気がついてるだろ――あいつが夏樹ちゃんのこと、助平ったらしい目つきで見てること」

「あ、なるほど」

と、横田はひとつ手を打って、

「俺達が夏樹ちゃん交えて和気藹々(あいあい)とやっているのに、自分だけ仲間外れだから――」

「でも、なんでよりきり仮面だけなんだ？　俺達のクローンは無事だぜ」

馬場がおっとりと聞くのを、横田が後頭部を平手ではたき、

「バカヤロ、そういうことは鏡見てから云えよ。お前や俺が夏樹ちゃんにモテるとでも思ってるのかよ」

「へ――？」

茫洋とした顔つきで、馬場は、夏樹と二ノ宮の顔をしばらく交互に見較べた。やめてよ、そんなことされたらまた赤くなっちゃうよ――夏樹がそっと顔をそむけると、馬場はようやく、

「あ――そうかあ、そういうことね」

「そういうことだよ、お前さん達にゃ悪いが、夏樹ちゃんのことで福地山が焼き餅焼きそうな二枚目と云えば、一人しかいないだろう」

にんまり笑って、猫丸は云う。

「いや――そんなこと、ないですけど」

二ノ宮が困ったように照れるのを、夏樹はどきどきして見詰めてしまった。そんなこちらの思惑を見透かしたみたいに、悪戯っぽい視線を投げてよこして猫丸は、

「あの兄ちゃんなら、なんとなくそういう陰湿なことしそうじゃないかよ。直接的じゃなく、じめっとこっそり、な」

「畜生、あのデブ野郎め」

横田が憤然と、拳を固めた。

「一人だけ涼しい日陰でテープ操作して、俺達の苦労も知らないくせに」

「何かさ、最初っから嫌な感じだったもんな、人を見下したみたいでな」

馬場も、恨みがましく云う。横田が憤（いきどお）りも顕（あらわ）に、

「そう、やることが陰険だよ。仲間外れだってこっちがそうしてるんじゃないのに、手前がお

高くとまって入って来ないんじゃねえかよ、ふざけやがってあのデブが」

「逆恨みだよね、だいたい気持ち悪いんだよ、あの目」

と、夏樹も、つい尻馬に乗って云ってしまう。人の悪口なんか好きじゃないけれど、あのなめくじが這うみたいな視線だけは我慢できない。

「よおし、あのデブ、この仕事が終わったら一丁シメてやるか」

横田が、腕を振り回す。

「ところがね、違うんだよ」

と、いきなり猫丸が、夏樹達の盛り上がりに水を差すように云った。煙草をのんびりくわえながら、何だか妙に愉快そうだ。

「何が違うのよ、猫さん」

夏樹が聞くと、小男は眉の下まで垂れた前髪をひょいと細い指先で掻き上げて、

「だからさ、今のは嘘なんだよ、福地山が悪戯犯だってのはデタラメだよ」

「へ――デタラメ」

ぽかんとした馬場を、面白そうに眺めて猫丸は、

「そう、デタラメ。お前さん達はホントにもう、すぐ人の云うこと信じるんだから――何でもかんでもそうあっさり鵜呑みにするんじゃありません。ちょいと夏樹ちゃんの真似して珍説を披露してみただけの話だ。夏樹ちゃんほどはウケなかったけど」

「何それ、ひどーい」

夏樹が頬を膨らませても、相手は何事もなかったように、

「だいたいさ、あの福地山が悪戯するんならあんな手は使わないって、それくらいちょいと考えてみりゃ判りそうなもんじゃないか。いいか、あいつは唯一のスタッフで、このイベントの責任者なんだよ——まあ、あくまでも名目だけだけど——でも、とにかくあいつはイベント企画会社の社員なわけだ。もしイベント終了後、着ぐるみにガムのカスや匂いなんかが残ってたら、管理不行届きってことで、会社の上役に怒られるのはあいつ本人なんだよ。そんなリスク背負ってまで、あの方法を取る必要なんてどこにもないじゃないか。嫌がらせをするんなら、ガムだなんて後々困るようなことしないで、もっと別のやり方を考えるはずだろう。どうだ、子供にだって判る理屈だ、簡単だろう」

猫が欠伸をする時みたいな、お得意の人の悪そうな笑顔になって、猫丸はそう締めくくった。まったく、高校生じみた童顔のくせして喰えない人だ——夏樹は毒気を抜かれて、何も云い返せないでいる。馬場も横田も、茫然として顔を見合わせていた。

「ひどいな、変なふうにからかわないでくださいよ」

と、二ノ宮が頭を掻きながら、

「だったら結局、あの悪戯は誰がやったんでしょうね、猫さんも判ってないんですか」

「いや、判ってる——と思うよ」

と、あっけらかんと云って猫丸は、新しい煙草に火をつけた。

「マジに知ってるんすか」

と、横田が不審そうに聞く。

「多分、ね」

「今度は嘘じゃなくて」

「もちろんさね——まあ、どうせ暇だから話してやろうか、三回目まではまだ時間もあるようだし」

と、猫丸は煙草の煙をゆっくり吐いてから、

「単純なことなんだよ、最初からお前さん達も判ってたことなんだから——いいか、ガムをくっつけたのはあの子供——最初に横ちゃんが騒いだだろう、あの子だって——正解は一番初めにもう出ちまってたんだ。だいたい何かにガムをひっつけるなんて、子供の発想じゃないかよ、いい大人のするこっちゃないもんな。それが無意識に判ってたからこそ、横ちゃんもすぐにあの子の仕業だってピンと来たんだろう、直感的にガム、イコール子供、と判断する——そういうカンってのは大抵当ってるもんなんだよ、だからあの時はみんなちゃんと納得したわけだし」

「でも——でも、それはないよ」

夏樹は、我知らず声を上げていた。

「さっきも云ったじゃない、あの子二回目のショーも観てて、凄く真剣だったもの。あれは絶対、悪戯なんかした子の態度じゃなかったよ、それだけは私、自信ある」

「そう、そういう直感も往々にして当ってるもんでね」

と、猫丸は大きな目で夏樹を見て、

「だからさ、横ちゃんのカンと夏樹ちゃんのカンに、折り合いをつけてやればいいわけなんだよ。横ちゃんのカンは『ガムは子供の悪戯である』と云っているし、夏樹ちゃんのカンは『あの子は悪戯の成果を見に来た様子ではなかった』と告げている。この一見矛盾する二つの主張を並立させるにはどうすればいいか——ポイントは『悪戯』の一言にあると僕は思うんだ、このキーワードを抜いてやれば、二つのカンに折り合いをつけられる。つまり『ガムをくっつけたのは子供だけど、それは悪戯ではなかった』ってことにする——どうだ、ちゃんとまとまっただろう、要するに悪意を排除してやればいいんだな。平たく云えば、あの子には悪気がなかったんだ」

「悪気が——なかった？」

二ノ宮が、首をひねった。

「そう、あの子は悪戯なんかした意識はないんだと思うよ——いや、それどころかむしろ、よりきり仮面を助けてあげた気でいるんじゃないかな。だから一所懸命ショーを観てたんだ、よしボクが助けたよりきり仮面が頑張ってるぞ、ってな気分で」

「助けた——？　って何すか」

と、今度は横田が云う。もちろん夏樹も、このおかしな小男が何を云っているのかまるで判らない。だが猫丸は夏樹達の反応にお構いなく、マイペースで続けて、

「一般の客がこんなプレハブの裏手を覗きに来ることはまずない——さっき横ちゃんはそう云

ってただろう、僕もその意見は支持する。それから横ちゃんはこうも云ってた、よりきり仮面のファンのあの子なら、この辺をうろうろしてもおかしくない――って。これも納得できる意見だよな、あの子はよりきり仮面に会いたくてわざわざここを訪ねて来たくらいなんだから、そうしない方がかえって不自然なくらいだ。――それでね、近頃の、サンタクロースの存在すら容易に信じてくれない子供が多いこのご時世に、もしあの子が、夏樹ちゃんの観察通りに今時珍しい純真な子供だったとしたら、まさか大好きなヒーローの中に人間が入ってるなんて思いもよらないんじゃないか――そう僕は思ったわけだ」

「それは――そうかもしれない」

確かに、夏樹もそう思った。あの男の子がここに来た時に、まさかヒーローの中身がこの兄ちゃんたちとは思わないだろう――と、そう思った。だけど、それとこれと何の関係があると云うのだろう――。

「そんな子が、僕達がこうして休憩している時にこの裏を覗いたんだ――な、どうだろう、きっとあの子はとんでもない物を発見したはずだろう」

「着ぐるみの陰干し、ですね」

二ノ宮が云う。猫丸は軽くうなずいて、

「そう、毎日ショーを観に来るくらいよりきり仮面の大ファンで、ヒーローの実在を信じてる――いや、信じたい、と云った方がいいかな――そういう子供にとっては途轍もない光景だったことは想像に難くないだろう。何せ中身のない、よりきり仮面の外側だけがぶら下がっているんだから——。ひょっとしたらあの子には、それは『よりきり仮面の皮』に見えたかもしれない。よもやヒーローに人間が入っているとは思わない——これも、思いたくない、と云った方がいいかもしれないけど——そんな子供にしてみれば、よりきり仮面の中身なんて想像不能の未知の物体であるはずだろう。だからあの子はこう考えた——大変だ、よりきり仮面が皮だけ残していなくなっちゃった、中身がなくなっちゃった——と。そしてついさっき、自称よりきり仮面の友達だと云うお兄さん達に渡した物を思い出したわけだ」

「何です、それ」

馬場がぼんやりと云うと、猫丸はにやりとして、

「つまり、これさ——」

プールの中央に手を延ばし、缶ドリンクの詰まったバケツから短い棒を引っぱり出した。

「あ——それ」

チューブの氷アイス。あの男の子が差し入れにくれた、氷菓子。もうすっかり溶けてしまって、ビニールチューブに赤い色水が封じ込めてあるだけになってしまっているけれど——。

「毎日暑いから、悪人と闘うよりきり仮面もさぞ暑かろう——そう思ってあの子はこいつを持って来てくれたんだったよな。まあ、実際暑くてエラい目に遭ってるのは事実だけど——」

と、猫丸は苦笑すると、

「それで、僕が思うにあの子は、よりきり仮面もこれと同じかな——と、考えたんじゃないか、そんな風に思うんだけどね」

「え——同じって、何がすか」

横田がぽかんとして云う。

「だから——こういうことだよ」

云うが早いか猫丸は、チューブを自分の口元に持っていった。そして二本だけ目立つ栗鼠みたいな前歯を立てて、その表面を噛みちぎる——と、まっ赤に着色された水が見る見る零れ出し、プールの中へと滴っていく。猫丸のしなやかな手に残ったのは、ビニールのチューブだけ——まるで、脱ぎ捨てた着ぐるみみたいに——。

「あ——外側の皮、中身が——ない」

夏樹が唖然として云うと、猫丸はにやりとして、

「そうだ、そういうこった。これを差し入れに持って来た時、半分溶けかかっていたことをきっとあの子は気にしてたことだろうね。そして、チューブが破れれば中身が出てしまうことは子供だって知っている——となれば、あの子の考えを再構成することはそれほど難しくはないだろう。このアイスと同じように、よりきり仮面の中身が暑さで溶けて流れ出してしまったのではないか——」

「んな、アホな——」

横田が呆れ返ったような声を出す。

「いくら何でも、そんなバカなこと」

「お前さんはそう云うけど、でも、さっき云っただろ、子供にとってはよりきり仮面の中身な

んて正体不明の謎の物体なんだぜ。未知の不可思議な物体なら、暑さで溶ける特性があっても何の不思議もないじゃないかよ。溶けて液体になれば、どこかの穴から漏れて出る——」

「そうだっ、あの穴」

夏樹は、思わず叫んでいた。思い出した。一回目のショーの時、よりきり仮面の足跡を追うように、点々と水たまりができていたことを——。着ぐるみに穴が開いていて、そこから溜った汗が漏れ出していたことを——。

それを伝えると、二ノ宮が弾かれたように裏口から飛び出して行った。そしてすぐに、干してあったよりきり仮面を引きずって来る。全員が一斉にそれを取り囲み、足の底を丹念に調べてみれば——。

「——本当だ、穴が開いてる」

馬場が、ぽつりと云った。銀色のゴムの、靴底と踵の接続部分が裂けている。こびりついて取り損なったガムのカスは、間違いなくその周辺にくっついていた。内側から、穴を塞ぐようにして——。

夏樹達が放心しながらゆっくり顔を上げると、猫丸の仔猫みたいなまん丸の目がそこにあった。楽しそうな笑みを湛えた大きな瞳が。

「ほら、どうだ、云った通りだろう。だからな、あの子はよりきり仮面の皮を調べて、その穴を見つけたわけなんだよ、中身がなくなった原因を突き止めようとして、ね——。そして、これは穴を塞がなくっちゃマズいと思ったんだろうな」

そう云って猫丸は、手にしたチューブの、さっき嚙みちぎった箇所を細い指先で押さえた。

「僕達に会った時にあの子は、よりきり仮面はきっとまた来る、と教えられた。だから今度、二時半の回でよりきり仮面が復活した時、また溶けて流れ出てしまっては大変だ——そう思ったんじゃないかな。もう二度と、溶けて流れてしまわないように、カッコ悪い皮だけの姿にならないように——」

「それで穴を埋めた——ってわけね、ちょうどガムを持ってたから、それを使って。そう云えば、この着ぐるみの材質、ちょっとガムに似てないこともないもんね」

夏樹が感心してため息混じりに云うと、猫丸は少し素っ気なく、

「とまあ、そんな空想を僕はしてみただけの話だ。当ってるかどうかは保証しない——まあ、実際のところは、横ちゃんの云うようにただの質の悪い悪戯って線もあるしな——今時そんな純情な子がいるとも思えんし、多分悪戯の可能性の方が高いけどね」

だが、もちろん夏樹にはそうは思えなかった。猫丸は、きっと照れているのだ。

あの一心に、ステージを見詰める目、あの男の子の喰い入るみたいな真剣な眼差し——あの視線をステージの上で受けてしまった夏樹としては、猫丸の空想を信じるしかないではないか。自分がヒーローの復活に一役買ったんだ、ボクがヒーローを守ったんだ——あの目は、そういう自負だった、そう思うしかない。そうだよ、信じるくらい私の自由なんだから——。夏樹は、何とはなしに浮き立った気分になってくる。

「おっと、そろそろ時間か」

横田が云った。

「本日最後のお勤めだ」

と、馬場が立ち上がり、

「よおし、一丁やったるか、ビールが待ってるぜ」

横田が応じる。二ノ宮も続けて、

「そうだな、張り切って行くか。いるかいないか判らないけど――ヒーローを信じてくれる子供達のために、だな」

「そう、暑さなんかに負けられない――」

と、夏樹は、二ノ宮の肩をぽんと叩いて、

「たたかえ、よりきり仮面」

振り向いた二ノ宮の、笑顔に白い歯が眩しかった。

トレジャーハント・トラップ・トリップ
——宝探しの怪しい旅

「行楽の秋、ね」

茂美がぽつりと云った。夕食後、二人でテレビを見ている時だった。

「いいなあ、温泉——気持ちよさそうだね」

画面では、筋肉質の中堅俳優がどっぷりと湯に浸かって弛緩しきった顔をしている。見晴らしのいい露天風呂で、その絶景と温泉の効能、そして仕事でこんないいお湯にひたっていられる己の幸福を、だらだらした口調で説明している。もちろん、話の随所に「うー」だの「あー」だの、日本人が入浴する際に発する独特の間投詞を挟むことを忘れていない。

「ああ、いいな、温泉——」

茂美は、口をぽかんと開けてテレビに見入っている。部屋が暗いから、ブラウン管の青っぽい光だけが、そのぼんやりとした表情を照らし出し、浮かび上がらせている。

結婚二年目の夫婦者が電灯も点けずに薄暗い部屋にいるからといって、別段深い意味はない。もったいないからだ。テレビを見るのに灯りは要らない。

「ねえ、啓ちゃん、いいよねえ、温泉」

ソファに寝そべっていた茂美は、上体を起こして云う。身長と横幅がさほど変らない妻がいきなり体重を移動したので、ソファのクッションが大きく波打った。啓太は危うく転がり落ちそうになりながら、

「温泉なんかこの時期どこも混んでるだけだぞ」

いささかぶっきら棒に云った。だからこんな温泉番組など見るのは嫌だったのだ。

「いいよ、混んでたって。家にいるよりのんびりできるじゃない」

茂美が口を尖らせて云う。

「のんびりしようと思えば、その辺の公園に行って日向ぼっこでもすればのんびりできる。そんなのは気分の問題だ」

「だからその気分の問題なんだってば。どこかへ行ってのんびりするのがいいんじゃない。公園で日向ぼっこなんて、お年寄りじゃないんだから。それに温泉行けばおいしい物だって食べられるよ」

「お前はその体でまだ喰い物のことを云うか」

「それとこれとは別」

「だいいち温泉宿の喰い物なんてロクなもんじゃない。何が悲しくて山の中まで行って刺身やエビ天喰わなきゃならんのだ。どう考えても冷凍だぞ、完璧に」

「それでもいいの。ねえ、啓ちゃん、いいじゃない、普段つましい暮らししてるんだからさ、たまには自分達へご褒美ってことで」

「無駄遣いはダメ。お前が温泉なんか入ったら半分がたお湯が溢れるんだぞ、もったいない」

「構わないよ、人の家のお湯なんだから。ここぞとばかりに溢れまくらせてやる」

「アルキメデスか、お前は」

「もう、イジワル。ねえ、啓ちゃん、連れてってよ、温泉、温泉、おんせーん」

茂美が足をばたばたさせる。巨大な尻の下でソファがぎしぎし音を立てた。

「バカ、よせ、床が抜ける」

「すぐそうやってゴマ化すんだから――ねえ、一泊二日でいいからさあ、おんせーん」

啓太の膝の上に丸い頭を乗っけてきて、茂美は云った。

「甘えてもダメなものはダメ」

「もう、ガンコなんだから――」

「ちょっと待て、茂美、もうテレビ見てないのか」

「うん」

「だったら消せ、もったいない」

もったいない――それは青山(あおやま)家の重要なキーワードである。

啓太にしても、十も年下の妻のおねだりくらい聞いてやりたいのはやまやまなのだ。小旅行でいいから、二人で一日お湯につかってゆっくりできれば、どんなにいい気分か――とも思う。

しかし今は、それができない。

大きな目標を達成するため、なのだ。

マイホーム購入計画。

とにかく購入時の頭金をできるだけ奮発して、後のローンをなるべく楽にしよう――というのがこの計画の骨子である。憧れの一戸建てを手に入れたはいいが借金で首が回らない――そんなのは御免だ。後々の余裕ある暮らしのためには、ローンを最小限に抑えるに限る。庭つきの広い家と車、毎月一度は豪華な外食、連休は海外へ遊びに行く――そんな生活を望むのならば、今は困窮(こんきゅう)生活に耐えなくてはならないのだ。

洗濯には風呂の残り湯しか使わない。電話は着信専用。電気はコマメに消す。流行の服などもっての外。子供は好きだがまだ作らない。住居もこの社員寮でガマン。無論、トイレの水タンクにはペットボトルが二本入っている。

幸い食料費も倹約できる立場にある。二人はそもそも職場結婚で、その会社が食品製造販売会社なのだ。啓太は営業だが茂美は新製品の開発部門――お陰で冷凍食品のサンプルやら失敗作やら鮮度の落ちた食材やら、ほとんどタダ同然で持ち帰ることができる。そのせいで茂美はとんでもない体型になってしまったが、喰い溜めのできる体質は悪いことではない。すべてはマイホームのためなのだから――。

結婚前から話し合い、新婚旅行から帰ってすぐにこの節約生活に突入した。独身時代の啓太の貯金、そして共稼ぎのため目標額は決して遠くはない。あとほんの数年――啓太が三十半ばになる頃には、きっと夢は叶っているだろう。庭つき一戸建ての優雅で余裕のある暮らし――それまでは辛抱しなくてはいけない。

行楽などというものは、今の啓太には途方もない贅沢でしかない。

＊

数日後、啓太はその記事を発見した。

毎月、新聞屋が郵便受けに勝手に入れて行く、無料の生活情報新聞だった。タブロイド判のサイズのそれを、青山家では愛読している。お得な生活情報が満載だし、安くお譲りしますのコーナーでは、中古の家具など思わぬ掘り出し物が見つかることもある。ちなみに一般の新聞は取っていない。そんなものは会社で読めばいい。

その時啓太は、キッチンで夕食の後片づけをしている茂美の足元に座り込み、件（くだん）の情報新聞を拡げていた。結婚二年目の夫婦者がキッチンでくっついているからといって、別段深い意味はない。もったいないからだ。つまり、別々の部屋で各々電灯を点けるのは著（いちじる）しい無駄であるとの観点から、家に二人いる時は常に一緒の場所にいるだけの話である。

「おい、茂美、面白いものを見つけた」

啓太が立ち上がって云うと、

「なあに？」

水道の水を極限まで細くして洗い物をしていた茂美が振り向いた。

「これだ、ほら、ここ読んでみろ」

「山田恭介クンへ、父キトク、母ビョウキ、姉シッソウ、弟グレタ、スグカエレ——って何これ」

「それじゃない、その横だ」

「松茸狩り、採り放題、追加料金一切なし、純国産天然物——」

「そう、それだ。どうだ」

「どうだって——これがどうしたの」

「松茸狩りだよ。お前、行楽に行きたいんだろう」

啓太は勢い込んで云ったが、茂美の反応ははかばかしくなかった。

「えー、松茸狩りぃ？　なんだかパッとしないな、イメージ暗いよ」

「イメージの問題じゃない、松茸だぞ、松茸」

「だって、あんまりおいしくないじゃない、あんなの」

「お、お前、いつ喰った。俺は喰ってないぞ」

「何でいきなり怒るのよ——バカねえ、実家でだよ、結婚前に」

「そうか、だったらいい——でもな、あんなのなんて云うなよな、高いんだぞ、松茸は」

「それは知ってるけど——でもやっぱり大したことないよ、松茸なんて」

　茂美が平然と云うので、啓太は少し面喰らってしまった。十も離れているので、これもジェネレーションギャップなのだろうか。啓太の世代では、松茸イコール高嶺の花。庶民には手が出ない高級食材という固定観念があるのだが、ジャンクフードとファミリーレストランの妻の世代ではこんなものなのだろうか――。

「とにかくだな、松茸は高価で高級なものなんだよ」

場所をリビングに移しながら啓太は云った。濡れた手を拭き拭き、茂美がついて来る。もちろんリビングの電気を点けると同時に、キッチンの方は消して――。

「そのありがたみを判った上でこの広告、もう一度見てみろ」

ソファに座って情報新聞を茂美に渡すと、大きな腰を下ろしながらまだ呑み込めない顔で、

「なんだか地味な募集だね、この広告」

「そう、そこがいいんじゃないか。この情報紙、練馬区内にしか配ってないんだぞ。こんなところに載せてるってことは、向こうにやる気がないってことじゃないか。つまり金儲けじゃないんだよ、これは」

「そうかなあ」

「そうだよ、大手の業者だったらもっと大々的に宣伝するだろう。その証拠にほら、連絡先が個人名になってる」

「あ、本当だ、平賀吾作(ひらがごさく)――」

「な、これも信用できると思う。松茸狩りってひどい業者になると、山の中に安い輸入物バラ撒(ま)いておいて客を呼ぶところだってあるらしい。客がそれを拾い集めたら、持ち帰るには追加料金請求するような悪どいのとか――。でも個人の名前でそんな無茶はできないだろうし、それにちゃんと書いてある、追加料金一切なしって」

「うん、まあね」

茂美はまだ、気乗り薄な様子でうなずいている。そこで啓太は、

「それにな、たくさん採って来たらいいこともある」

「何、いいことって」

「一本か二本ずつでいい、両隣の部屋の奥さん達にお裾分けをする――もし多く採れたら上下も行っていい。そうすればお返しを期待できる」

「お返し？」

茂美が目をぱちくりさせる。

「そう、松茸が高いってことは奥さん連中みんな判ってる、そんな物を貰ったらお返ししなくちゃ落ち着かないだろうな――せめてお中元の残り物でもいいから。サラダ油の詰め合わせとか、洗剤と石鹸のセットとか、うまくいけば缶詰めとか、さ」

「サラダ油、洗剤、石鹸、缶詰め――」

目をきらきらさせて、茂美は身を乗り出してきた。思った通りだ。

「それ、本当――？」

「ああ、きっとくれる」

「サラダ油、洗剤、石鹸、缶詰め――」

呪文のように呟き、陶然としている。茂美もすっかり吝嗇(りんしょく)生活が板についているのだ。それにしても、ここまで反応がいいとは予想しなかった。旅行にも連れて行けず、こんなことでう

っとりしている妻が、さすがにかわいそうになってくる。

「おまけに我が家は豪華松茸づくしだ。松茸ご飯、吸い物、焼き松茸、土瓶蒸し、焙烙焼き、茶碗蒸し——俺が全部作ってやる。温泉の素も風呂に入れてやろう。お前は浴衣でも着て座っているだけでいい。そうすれば居ながらにして贅沢な山の宿の気分だ」

「うわあ、凄い、ゴージャス」

手放しで喜ぶ妻を見て、啓太も楽しくなってきた。反面、申し訳ない思いでもある。夢のためとはいえ赤貧生活を強いて、家計のやりくりでも苦労をかけているのだ。広告を見つけた時、咄嗟にこの計画を思いついたのは間違いではなかった。

「我が家はゴージャス、ご近所付き合いも円満、お返しを貰って家計も潤う——どうだ、どうせ行楽に行くんだったらそれ相応の見返りがないとな」

「もう、啓ちゃんってば——頭いいんだから」

「わ、よせ、のしかかるな、重い」

「だって好きなんだもん」

「判った判った、判ったからその前に——電気を消せ、もったいない」

＊

十月初めの日曜、啓太は茂美を伴って駅へ降り立った。新宿から特急で四十分ほど——高尾の少し手前の、小さな駅である。

午前十時。清々しく、広く深く晴れ渡った青空と穏やかな陽光——まさに行楽日和そのもの。駅前の広場には、この陽気に誘われてか大勢の人が出ている。梨狩りや山菜採りツアーの送迎マイクロバスも何台か集まっていて、なかなかの賑わいだ。電車が到着するたびに、ざわざわとしたさんざめきが膨れ上がる。子供を連れた家族や若いグループなど、皆一様に軽装で背中にリュックを背負ったハイキングスタイル。啓太夫婦も似たような装いではあるが、決定的に違っていることがひとつある。リュックの中身——今は同じおにぎりでも、帰りにはあの連中はからっぽか、せいぜいが安っぽい果物程度。こっちは高価なブツがいっぱい詰まっているという塩梅。少しばかり優越感を覚えて、思わずニヤついてしまう。

「ねえ、啓ちゃん」

茂美が浮き浮きと云う。

「何だ」

「なんか、バカみたいだね、その格好」

「うるさい」

確かに茂美の云う通り、バカみたいではある。啓太は、駅舎の入口を背にしてハガキを胸元に当てて立っているのだ。楽しげなざわめきの中でそんなふうにして突っ立っているから、周囲の雰囲気から完全に浮いている。子供が一人ちょこちょこと寄って来て、何やってるんだこのおっさん、と云いたげに不思議そうな顔で啓太を見上げた。駅から出てきた若いアベックも訝しげに啓太を見つめ、視線が合うとそそくさと目を逸らす。かなり恥ずかしい。

しかし、仕方がない。例の広告の主に参加費用を振り込むと、このハガキが返送されてきた。そこに場所と時間――ここでこうして待つように指示が書いてあったのだ。ハガキを掲げて待っていれば案内人が声をかけるから――と。互いに顔が判らないから何らかの目印は必要だろうが、それなら向こうが旗でも持って立っていればよさそうなものである。なにも客にこんなみっともない真似をさせることはないと思う。なんだか子供じみている。

「啓ちゃん、なんとなくヒッチハイカーみたいだよ、それ」

茂美はくすくす笑っている。人の気も知らないで――。

「黙ってろってば。合流できなかったら参加費だって返してもらえるかどうか判らないんだぞ、そんなことになったらもったいない。とりあえず指示通りにするしかないだろう」

と、啓太が仏頂面で云った時、いきなり背後から肩越しに、

「あの、青山さん――ですね」

男の声がした。びっくりして振り返ると――一体いつの間に近づいて来たのだろうか、まるで気配に気がつかなかった――やけに小柄な男が一人、啓太の背中にぴったり貼りつくようにして立っていた。

だぶだぶの黒い上着に、ランドセルみたいな四角い鞄を背負っている。柔らかそうな前髪が眉の下までふっさりと垂れ下がった、仔猫のように丸っこい目をした小男――そう云えば敏捷そうな身のこなしも、どこか優雅な黒猫を連想させた。

小男は、啓太と背中合わせのまま機敏に左右を見渡し、しきりに辺りの様子を窺っている。いささか大仰に、まるでスパイ映画の登場人物みたいに――。と云っても、周囲にいるのはハイキングに出かけるのどかな顔つきの人々ばかりで、別段不審な人影が見えるわけでもない。強いて云うならば、この小男の行動が一番不審だ。

怪訝そうな茂美と目を見交わし、啓太は、

「あの、あなたが案内の人ですか、松た――」

「しっ、黙って」

小男が啓太を鋭く遮る。そしてなおも警戒の視線をぐるりに回して、

「何も云わないでください、人目につきますから」

スパイ映画の台詞そのものの口調で云う。この方がかえって目立つことには気が回らないのだろうか。

「では、黙って僕について来てください。人目に立たぬよう、何気なく、慎重に、ですよ――いいですね」

唖然としている啓太と茂美をよそに、小男は油断のない一瞥をあちこちに飛ばしながら、抜き足差し足で歩き出す。旧ソ連の秘密軍事施設に潜入した英国諜報部員ならばともかく、こんなうららかな太陽の下、行楽客で賑わう田舎の駅前で演じるには恐ろしくオーバーな仕草だった。人目に立つことこの上ない。周囲の人達が呆気に取られている。

「何、あの人――ねえ啓ちゃん、大丈夫なの？」

茂美が不審を顕(あらわ)にして云う。

「仕方ないだろう、あれが案内人ならついて行くしかない」

ハガキをポケットに突っ込んで、啓太は答えた。そして渋る茂美を促し、小男の後に従う。周りの人々の好奇の目に晒(さら)されて、二人は自然顔を伏せていた。前で、小男だけが意気揚々とスパイごっこを続けている――。

駅を離れてしばらく歩くと、やがて畑の中の一本道に出た。人影がぱったりとなくなる。収穫が終わって土の原と化した地面を、舗装道路が一直線に突っ切っている。農道なのだろう。休日のせいか、車の行き来はまったくない。

広々と見渡せる畑の連なりの中にちらほらと民家が点在し、その向こうには山々の緑が空の青さに滲んでいる。まことにもって静かな田園風景だ。

その大きな空の下、啓太と茂美は妙な小男に先導されて歩いた。後ろから見ると、ランドセル形の鞄が大きいせいもあって、小男は相当華奢(きゃしゃ)であることが判る。歳は啓太と変らないくらいか――しかし、あのまん丸目の童顔からするともっとずっと下とも考えられる。

「ここまで来ればもういいでしょう」

と、突然小男が立ち止まった。啓太と茂美もびくりとして足を止める。まさかこんな貧弱な体で乱暴なことはしないだろうが、得体の知れない人物というのは、何をしでかすか判らないからちょっと恐い。だが、振り向いた小男は、猫みたいな丸い目にたっぷりとした愛嬌を湛(たた)えていた。

「先ほどは失礼しました。初めまして、僕、猫丸といいます」

膝に手を当ててぴょこりとお辞儀をする。つりこまれて、こちらもつい、

「あ、ご丁寧にどうも、青山です――こっちは妻の茂美」

「今日はよろしくお願いします」

おずおずと頭を下げる茂美に、猫丸と名乗った小男は満面の笑みで、

「いやあ、さっきは驚かせちゃいましたかね、なにぶん隠密行動を命じられてまして――後を尾けられたりしたらマズいもんですから」

「後を尾けるって――誰が、ですか」

啓太が思わず尋ねると、猫丸は長い前髪をひょいとかき上げて、

「それは云わずもがなってやつですよ、何たって今日は僕達、宝の山へ分け入るんですから」

と、悪戯っぽく笑った。

「宝の山――?」

聞き返した茂美の言葉には答えず、猫丸は、

「さあ、行きましょうか、もうちょいと行くと車がありますんでね。お仲間ももう集まって待ってます、大人数でぞろぞろしてて目立つといけないんで、時間をずらしてご案内しているんですよ」

そう云い置いてすたすた歩き出してしまった。ランドセルが小さな背中でひょこひょこ躍る。

それにしてもさっきから、何をそんなに秘密めかす必要があるのやら――啓太は、またもや不

安げな茂美と顔を見合わせ、仕方なく猫丸の後に従った。

そのまま少し行くと、猫丸の云う通り、農道の路肩に車が駐まっていた。軽トラックだ。荷台の側に所在なげに立っている、三人の人の姿も見えてきた。夫婦らしき老人の二人連れと、もう一人は啓太と同じくらいの年格好の男――どうやらこの三人が「お仲間」のようである。

猫丸がそちらに駆け寄りながら、図抜けた大きな声で、

「いやあ、皆さん、お待たせしちゃってすみません、これで全員集まりましたんで、すぐ出発します」

と、愛想よく云った。そして啓太夫婦を手招きして、

「早く早く、こっちですよ――あ、皆さん、こちらは青山さんご夫妻です」

「あ、どうも、青山です、よろしくお願いします」

いきなり紹介されて、ようやく追い着いた啓太と茂美は、慌てて揃って挨拶する。

「で、こちらは浦瀬さんご夫妻」

そう猫丸が紹介したのは老夫婦だ。

「うむ、よろしく」

と、とても老人とは思えぬ野太い声で、ご亭主の方が鷹揚に顎を引いた。小柄ながらも背中のぴんとした老人は矍鑠として、どこか威厳を感じさせる――古武士といった風情である。一方細君は、いかにも糟糠の妻というイメージの、上品でにこやかなお婆ちゃんだ。孫のものを借りてでもきたのか、二人揃いのリュックを背負っているのが何とも微笑ましい。

「それからこちらは中牟田さん――今回唯一の単独参加の方ですね」

猫丸が最後に紹介したのは、消化器系に何か異常があるのではないかと思われるくらい、不健全な痩せ方をした男だった。顔色の悪い頬はげっそりとしていて、枯れ木のごとき胴回りは茂美の腕くらいしかない。

「あ、どうも――」

ひょろりと不健康に頭を下げた中牟田という男は、一応山に行くのにふさわしいスタジアムジャンパーを着ていたが、それが絶望的なまでに似合っていない。全体的に堅いのだ。多分、地味なスーツと野暮ったいネクタイを着けさせたら、皮膚の一部みたいにしっくりくることだろう。典型的なしみったれサラリーマンタイプの中牟田は、何だか浮かない顔つきをしている。

「さあ、早速出発しましょうか、幸先のいいスタートってやつですよ」

中牟田とは対照的に、必要以上に明るい猫丸が両手を叩いて云った。

「なんてったって皆さんは運のいい人達なんですからね、あんな小さな広告に目を止めるんですから幸運もいいところです――さあ、さあ、ご遠慮せずにどうぞどうぞ、乗ってください」

「乗るって――これにですか」

茂美がきょとんとした顔で尋ねる。啓太達残りの四人も、軽トラックと猫丸のまん丸い目を交互に見較べた。剝き出しの荷台には農具がごちゃごちゃに置いてあって、とても人の乗り込む余地がないのだ。鍬やら鎌やら鋤やら荒縄やら筵やら、果ては「高原キャベツ」と書かれたダンボールの束まで積んである。

「ま、ちょいと狭いですけど、贅沢云っちゃいけませんや」

と、猫丸はびっくりするほど身軽に荷台に飛び乗った。猫科の動物みたいなジャンプ力である。

「多少工夫すれば五人くらい充分乗れますって」

どうするのかと見守る啓太達の目の前で、やおらダンボールを引っ摑むと猫丸は、それをブルドーザーの刃のようにして荷物を前方に押し集めてしまった。がらがらと派手な音を立てて農具がごちゃ混ぜの山になる。乱暴な工夫もあったものだ。

「さ、これで広くなりましたよ」

ダンボールを放り投げ、涼しい顔で荷台から飛び降りた猫丸は、平然と云った。中牟田がそれを見てぼそぼそと、

「あの、軽トラックって荷台に人を乗せていいんでしたっけ、確か違法では――」

「まあ、固いこと云いっこなしにしましょう、こんな道にまでお巡りさんが来ることもないでしょうから、構わんでしょ」

猫丸は、中牟田の肩を気安く叩いて云う。その態度があまりに馴れ馴れしいので、元々友人同士なのかと思ったが、中牟田の不愉快そうな表情を見る限りどうもそうではないらしい。この小男、何だか本当に摑みどころのないヤツである。

「さあ、乗ってください、行きますよ」

猫丸に再度促され、

「仕方ありませんな、案内の方には従わねば」

と、浦瀬老夫婦のお爺ちゃんの方が呟いた。そして「どっこいしょ」と荷台に上がって行った。年齢の割には身が軽い。そうなると浦瀬のお婆ちゃんも当然その後から、お爺ちゃんに引っぱり上げられて荷台に収まった。中牟田も陰気な顔のまま上がって行き、仕方なしに啓太も従った。

「啓ちゃん、手を貸して」

茂美が下から両手を差し出してくる。

「しょうがないな、お前は——自力で乗れないのか」

「乗れないから云ってるんじゃない」

「まったくもう、そんな体型してるから悪いんだ」

「判ってるよ、それくらい」

自分の一・五倍は優にある妻の体重を、啓太は必死で引きずり上げた。

そうして全員が乗るのを確認すると、猫丸は、

「では、三十分くらいで着くはずですので、どうぞごゆっくり」

と、軽く手を挙げ、さっさと前の座席に乗り込んでしまった。客を荷台に押し込んだ挙句、案内人が席に座っておいて、ごゆっくりも何もないものだと思う。

エンジンがかかった。車がゆっくり発進する。

荷台と座席の仕切りのガラスを覗いてみると、猫丸は助手席で呑気な顔をして足を伸ばして

いた。猫丸が助手席にいたからそれでやっと気づいたが、運転しているのは巨体の中年男だった。最初からそこに座っていたのに、あんまり背中が大きいので仕切りガラスを丸々覆い塞ぐ形になって、今まで見えなかったのだ。猫丸は、むっつりしたその巨大な男に、何やらしきりに笑顔で話しかけている。天真爛漫(てんしんらんまん)な笑顔で、あまり賢い人間には見えなかった。

スピードが出てきた。

「わあ、気持ちいい」

茂美が小さく歓声をあげた。

広い青空を仰ぎながら、穏やかな陽を浴びて風を切る。

確かにいい気分だ。

のどかな風景——遠い山々、遙かな稜線、連なる水田——荷台にいるお陰ですべてが大きく見晴らせる。空気が頬を撫でる感触も柔らかに——畑が、ビニールハウスが、農家の瓦屋根が、びゅんびゅん視界を流れて行く。秋の大気を体いっぱいに感じて——思いがけぬ快適なドライブになっている。こうなるとなまじ天井がある座席より、こっちの方がいい。

「ねえ、啓ちゃん、気分いいね」

「ああ、来てよかっただろ」

茂美が、髪を風に躍らせながら晴れ晴れとした顔で云う。

「うん、正解だったね」

そう云って茂美は、大きな空を眩(まぶ)しそうに見上げた。

傍らでは浦瀬のお爺ちゃんとお婆ちゃんが、

「ほら、お爺さん、鳥ですよ」

「鳥だな」

「飛んでますね」

「うん、飛んでるな」

「雲雀（ひばり）でしょうかねえ」

「いや、百舌（もず）だろう」

「百舌ですかねえ」

「百舌だろう」

と、昔噺みたいなテンポの会話をやり取りしている。二人とも風に目を細めて楽しそうだ。

一人中牟田だけはつまらなそうな顔で、じっと遠い山の彼方を見据えている。なんだか、富士山麓の樹海を眺める自殺志願者みたいな目つきだったので、啓太は話しかけるのをやめておいた。

やがて車は、大きな山の麓で止まった。

猫丸がひらりと軽やかに、助手席から飛び降りて来て、

「さあ、皆さんも降りてください、ここからは車が入れませんので歩きになります」

と、云った。啓太達はぞろぞろと、その指示に従う。中牟田が最後に荷台から滑り降りると、
猫丸は、

「おっといけない、大事な物を忘れるところだった」

独り言を云い、入れ替わりに荷台に飛び乗った。そして、さっき無理にまとめたごちゃ混ぜの荷物を引っくり返して、何やら大きな物を抱えて立ち上がる。

「さあ、皆さん、これひとつずつ支給します。例の、まあ、アレを入れるものです」

猫丸が抱えているのは竹で編んだ大きな籠だった。ひとつひとつ配られたそれを手にして、啓太達は皆、目を見張った。大きい——。入院患者の見舞いに持って行く果物籠みたいな、取っ手のついた形なのだが、それにしても大きすぎる。スイカが楽々丸ごと一個は入る大きさだ。いくら何でもこれは大げさなのではないか——啓太は内心呆れていた。こんなのにいっぱい例のブツが入ったら、末端価格でいくらくらいになるものだろうか。

言葉を失っている啓太達に構わず、軽トラックは悠々とUターンした。運転席の巨体の男は相変らずむっつりしたままだ。猫丸がその横顔に向けて、底抜けに明るい笑顔でもって、

「じゃ源さん、ありがとう——アレが手に入ったら夕方にでも分け前、持って行きますからね」

と、手を振った。巨大な男は苦虫を嚙み潰したような顔のまま、返事もせずに軽トラを出発させる。見る見る遠ざかる車の後ろ姿にもう一度手を振ってから、猫丸はこちらに向き直った。そしてお得意の笑い顔で、

「さ、行きましょうか。山道でちょいとキツいかもしれませんが、宝の山が待ってます」

＊

草をかき分けながら、山の道を登る。

山道と云うよりもはや獣道(けものみち)と呼んだ方がいい、細く頼りない道だ。人間がやっと一人通る幅しかないので、一列になって進んだ。猫丸を先頭に、浦瀬のお爺ちゃん、お婆ちゃん、茂美、啓太、そして中牟田の順。緩やかな登り道を、ざわざわと木々の枝を揺らしながら行く。

意外と、これも気分がいい。

澄み渡った空気、きらきらと鮮やかな木漏れ陽(こもれび)、野鳥の声、踏み締める土の感触——紅葉にはまだ少し早いものの、樹と森の緑のグラデーションが青い空に映えて美しい。深呼吸すると、涼やかな山の息吹が胸いっぱいに満たされる。普段、都会の澱(よど)んだ街を駆け回っている啓太には、ことのほか新鮮に感じられる。ほどよくかいた汗も健康的で、ちょっとしたハイキング気分である。

先頭の猫丸もご機嫌な様子で、拾った木の枝を振り回して行く手の笹を払いながら、

「やーまーはしろーがねー、あーさひをあーびーてー」

などと季節感のない歌を調子っ外れに唄っている。その後ろを行く浦瀬のお爺ちゃんとお婆ちゃんも、

「ほら、お爺さん、栗の木ですよ」

「栗の木だな」

「いがいがなってますね」

「うん、いがいがだな」

「栗の実が採れますかねえ」

「栗の実はまだ早いだろう」

「早いですかねえ」

「早いな、まだ刺が青い」

「青いですねえ」

「青いな」

昔噺のテンポの会話を楽しんでいる。

啓太の前を歩く茂美は、幾分辛そうだった。なにせ体重が体重だ。足にも呼吸にも、人の一・五倍の負担がかかる。

「啓——ちゃん——しんど——いよ」

ぜいぜいと肩で息をしながら、情けなさそうな目で振り返る。

「見れば判る」

「また——そういう——冷たいこと——云うんだから」

「いいから黙って歩け、喋ると余計キックなるぞ」

「判って——るよ——でも——黙って——ると——もっとしんど——い」

「うるさいな、お前がそんな体型してるからいけないんだぞ」

「それも判――ってる――私――痩せ――なくちゃ――ね」

「当然だ」

啓太はそう云って、茂美の壮大な尻をぐいと押してやった。

最後について来る中牟田も疲労困憊(こんぱい)していた。元々不健康に痩せているので基礎体力がないのだろう、ひょろりひょろりと幽鬼(ゆうき)のごとく背後から追いすがってくる姿は、何だか悪い霊にでも取り憑(つ)かれたみたいで、前を歩いている啓太としては少し気色悪い。

そうして、別れ道のところへ来ると猫丸は立ち止まり、

「ちょっと待ってくださいね、えーと」

と、だぶだぶの上着のポケットから取り出した紙切れを睨んでから、

「今こっちから来て、さっきこの大きな岩のところ通ったから――よし、こっちか。皆さん、こっちですよ、ここ曲がりますからね」

どうやら地図を確認しながら歩いているらしい。自信のなさそうな態度が、見ていて少し心細い。浦瀬のお爺ちゃんもそれを見咎(みとが)めたらしく、

「もし、猫丸君とやら、あんたはこの土地の人ではないのかな」

「ええ、違います。僕、皆さんと同じく街の人間で」

にこにこと振り返って猫丸は云う。

「おやまあ、それがどうして案内の係をやってらっしゃるんですか」

浦瀬のお婆ちゃんが尋ねると、相手はちょっと照れたように笑って、

「いやあ、実は僕、アルバイトでして。本当はこの山の持ち主の人がご案内するはずだったんですけどね――その親父さん、三日前にドブ板踏み抜いて足をくじいちゃったとかで――。それで急遽僕が駆り出されたってわけなんです」

「ははあ、では親戚の人か何か」

と、浦瀬のお爺ちゃんが聞くと、

「いいえ、関係はほとんどと云うか全然ないと云うか――持ち主の人の息子の友達の兄貴の同級生の知り合いってだけで――。急なことで他に人がいなかったみたいでしてね。まあ、お宝は採っていいって云うしバイト代も出るし――それで引き受けて来たんですよ」

猫丸は無邪気に笑ってそう云った。なんとも呑気な男ではある。

しばらく歩き続けるうちに、だんだんハイキング気分どころではなくなってきた。勾配が急になり、道が険しくなってきている。下草が長く足首に絡みつき、岩がごつごつと足元も悪く、湿った苔に靴が滑りやすく――とにかく歩きにくい。

「啓――ちゃん――もう――ダメ――しんど――い」

茂美が訴えるような目で振り向く。

「山道――キツい――よ」

「泣き言を云うなよ、そんな顔したっておぶってなんかやれないんだからな、ただでさえ重いんだから、お前は」

「判っ――てる」

「ほら、頑張れ、サラダ油、洗剤、石鹸、缶詰め」

「私――頑張――る――けど――本当に――痩せなく――ちゃ」

後ろでは、中牟田もふらふらになっている。完全に息が上がっているようだ。嫌な汗を額にびっしり浮かべながら目を血走らせて、それでも歯を食い縛ってついてくる。何だか執念だけで動いているみたいで、やっぱりちょっと恐い。

不思議なことに、前を行く三人は案外平気そうだ。岩をぴょんぴょん渡って行く身軽な猫丸はともかく、浦瀬のお爺ちゃんとお婆ちゃんも、規則正しいリズムで歩を進めている。さすがに昔噺の会話はやめて無言だったが、大地を踏み締める足の運びにはいささかの迷いも感じられない。外回りの営業で鍛えて頑丈なのが取り得の啓太でさえ少し辛くなってきているというのに、この老夫婦、一体どうなっているのか――。仙人か何かなんじゃあるまいな――。

そして、道はますます厳しくなった。

もはや道などと呼べる場所ではなく、森林のただ中をぶち抜いて突っ切っている状態。足元がおぼつかない、蔦(つた)が腕に絡まる、太い枝が顔にぶつかる――啓太も息が切れてきた。手に持った大きな籠が途轍(とてつ)もなく邪魔だ。もう景色を楽しんでいる余裕などない。

茂美が五度目の尻餅をついたのを機に、それを助け起こしながら啓太は、

「猫丸さん、ちょっと」

前方に怒鳴った。

「まだ着かないんですか、あとどれくらい歩けばいいんでしょう」

「そうですね――」

と、猫丸は立ち止まり、地図の紙切れを拡げ、

「まあ、だいたい半分くらい来たってところでしょうか」

「半分」

「ひー」

茂美が悲鳴をあげる。啓太は、抜けそうになった妻の重い腰を支えて、

「だったら少し休憩にしませんか、お年寄りもいらっしゃることですから」

「いや、お気遣い痛み入るが、まだまだ大丈夫ですぞ」

答えたのは浦瀬のお爺ちゃんだった。多少息が乱れてはいるが、その一徹（いってつ）そうな顔には疲労の色は見て取れない。

「それなら、まあ、もうちょいと行ったら休みましょう、お昼にはまだ少し早いですからね」

猫丸がこともなげに云うと、老夫婦も同調して、

「うむ、体を動かせば腹も減る。腹が減れば飯もうまい」

「そうですねえ、せっかくのお弁当はおいしく頂きたいですからねえ」

恐ろしく現状認識能力に欠ける会話をしている。それで相談がまとまったと思ったのか、三人は進軍を再開してしまった。そうじゃなくてこっちがバテてるって云うのに――。お年寄りをダシにして休息を取ろうという啓太の目論見は完全に空振りだった。こうなっては仕方ない。

「さあ、茂美、もうちょっとで飯だそうだ、あとひと踏ん張り」

「でも――まだ――半分」

「弱音を吐くな、サラダ油、洗剤、石鹼、缶詰め――行くぞ」

「行く――けど、私――痩せ――なくちゃ」

後ろから青息吐息の中牟田が追いついて来る。七三分けの髪が脂汗で、ぺったりと額に貼りついている。さすがに心配になった啓太は、

「大丈夫ですか――」

「あまり――大丈夫――じゃ――あり――ません」

ぜいぜいと喉で息をして中牟田は答えた。瞳が上を向き、今にも白眼を剝きそうだ。

「でも――行かなく――ちゃ――松――茸――採って――帰ら――なくては」

「中牟田さん――痩せ――てるのに――キツいん――ですか」

同病相哀れむ心境か、茂美が同じ荒い息で聞く。中牟田も、

「私の――痩せ――てるのは――ストレス――です――自慢――できるもの――じゃありません」

「でも――羨ま――しい――です――私は見ての――通り――太り――過ぎ――で」

「いや――奥さんの――方こそ――健康――的で――羨ま――しい」

「頼むからやめてくれ、二人の話聞いてると俺まで呼吸困難になってくる」

「啓――ちゃん――ごめん」

「すみま――せ――ん」

「だからやめてくれってば。さあ、行きますよ」

　啓太は、今にも倒れそうな二人に発破をかけて歩き出した。

＊

「さて、この辺でお弁当にしましょうか」

　猫丸の云う「もうちょいと」は三十分ほど後のことだった。

　浦瀬夫妻は、草の上に道祖神みたいに並んで座り、手拭いで汗を拭っている。

　中牟田はうつ伏せに倒れ込んだまま、ぴくりとも身動きしない。

　横向きにひっくり返り贅肉を波打たせて喘いでいる茂美の横に腰を下ろし、啓太はリュックからタオルを取り出した。服の下に手を突っ込んで汗ばんだ体を拭くと、ため息が出るほど爽快だった。

　山の中腹の、森が少し開けた草原。眼下に低い山の頂が見晴らせる。大きな鳥が染み入るような青空の下、啓太の眼の高さを滑空して横切った。

「浦瀬さんはお二人とも凄い体力ですね、失礼ですが何か秘訣でも」

　しばらくして呼吸の整った啓太は、老夫婦に話しかけてみた。

「何、秘訣と云うほどのこともない」

浦瀬のお爺ちゃんは、力強くぐいとうなずいて、

「恥ずかしながら、老いたとはいえこう見えても神賀流古剣術十六代総帥。小さいものだが道場主をやっておりますのでな」

「わ、剣道の先生なんですか」

「左様。とは云え実質的なことはもう十七代目に譲っております、だから今は隠居の身——看板だけの主だが——これでもまだまだ子供達を相手に朝晩竹刀を振っておりますでな、お陰で風邪ひとつひかん。ついでに云えばこれも——」

と、浦瀬のお爺ちゃんは隣のお婆ちゃんを顎で示し、

「女子体育大学で薙刀術の師範をしております。警察の道場に婦警どもに稽古をつけに行くこともある」

「いやですよ、お爺さん、そんなことまで」

お婆ちゃんは照れくさそうににこにこ笑っている。

「うひゃあ、凄いんですねえ、道理で足腰が丈夫なわけだ」

と、煙草をくわえた猫丸が目を丸くして、

「やっぱり普段の鍛え方が違うんですね」

しきりに感心している。

「そう云う猫丸さんだって大したもんじゃないか、全然疲れてないように見えるけど、何かスポーツでもやってるんだろう」

啓太は、少し僻みっぽくなりながら云った。体力には自信がある自分がくたびれているのに、この貧相な小男がけろりとしているのがちょっぴり悔しかったのだ。

「いやあ、僕はスポーツの方はからっきしでして——。でもまあ、いつもばたばたあちこち動き回ってますからね、これも日頃の鍛練ってやつでしょうかねえ」

涼しい顔で煙を吐いて云う。

「おい、聞いたか、茂美」

啓太は、丸々とうずくまっている妻の、ぶよぶよした腰を叩いて、

「やっぱり普段から鍛えなくちゃダメなんだぞ、そうでなくてもお前は運動不足なんだから」

「充分自覚してるよ」

「自覚しててどうしてこんなに太るんだよ」

啓太はそう云って、茂美の背中をぺしゃりと打つと、ようやく中牟田が体を起こして、

「いや、もう、私も情けない限りです、いつも座りっぱなしで書類の数字とパソコンの画面睨んでるばかりで——皆さんが羨ましい」

「私も——痩せなくちゃ」

茂美が云った。

そして、各々リュックから弁当を出して昼食になった。

浦瀬のお婆ちゃんは、きれいに風呂敷でくるんだ包みを差し出して、

「皆さんの分もたんと作って来ましたからね、よろしかったら召し上がってくださいね。お若

い人のお口に合いますかどうか――」

と、おかずを提供してくれた。玉子焼きに焼きちくわ、それに鶏(とり)だんごが、紙の折り詰めにぎっしり並んでいた。猫丸は歓声をあげて飛びつき、無論啓太と茂美もご相伴(しょうばん)にあずかった。もったいないからおにぎりしか持って来なかったので、これは大そう嬉しかった。

「あんまり喰うなよ、また太るぞ」

おにぎりにかぶりついている茂美に啓太は云ったが、

「今日だけ、今日だけ――今日は体力つけなくちゃ」

と、妻は凄まじい勢いでおにぎりを頬張るのだった。

食事が終わり、水筒のお茶で一息入れている時、浦瀬のお爺ちゃんが口を開いた。

「時に猫丸君――問題の松茸だが、どうかね、たくさん採れるのかね」

聞かれた猫丸は、煙草の煙をくゆらせながらにんまりと笑った。

「それなんですがね――もう他に誰もいないから云っちゃってもいいでしょう」

と、もったいぶった態度で、円形の携帯式灰皿で煙草を揉み消すと、

「実は、これから行く場所ってのは、山の持ち主の親父さんしか知らない秘密の穴場らしいんです。なんでも一人で行って一日がかりでも採り切れないほどの松茸の宝庫――まさしく宝の山だそうです」

「おお――」

一同の口からどよめきがあがった。

「持ち主の親父さんは本業が農家ですから、いくら宝の山を持ってるからといって、畑を放っぽって毎日山へ入るわけにもいかないし、だからと云ってせっかくのお宝を採らないで立ち腐れるにまかせるのも忍びない――ということで考えたのがこの方法なんだそうです」

「この方法――というと俺達を連れて行くっていうことですか」

啓太が口を挟むと、猫丸は前髪をひょっこりとさせてうなずき、

「そうです、毎年都会の人を何人か同行して、一日でお宝をすっかり採り尽くしてしまう――持ち帰りが自由なのも親父さんの親切心なんだそうです、街の人にも山の幸をたっぷり堪能してもらいたいっていう」

「しかし、猫丸君」

と、今度は浦瀬のお爺ちゃんが、

「ご親切は嬉しいが、なぜその御仁(ごじん)は我々のような街の者を連れて行くのだね、ご近所の方を同行させればいいのではないか」

「いえいえ、それじゃいけないんです。地元の人なんぞ連れて行ったら、場所を覚えられちゃうでしょう。そうしたら不心得な密猟者がわんさか押しかけますよ。その点都会の人間なら、一回こっきり案内したって正確な場所なんか覚えられっこないし――。僕がこのバイトに雇われたのも、実はその理由からなんですよ、この辺の地理に不案内だってことで――不案内な案内人ってのも変ですけど。だからこの地図も、帰ったら返さなくちゃいけない約束でしてね」

と、猫丸はポケットから紙っぺらを引っぱり出してひらひらと振った。

「なんだか世知辛いお話ですねえ」

浦瀬のお婆ちゃんが呆れたように云う。

「まあ、確かにセコいって云えばセコいですけど——でも仕方ありませんや、何せ宝の山なんですから。ほら、さっき麓まで送ってくれた車の人、あの人が不機嫌だったのもそのせいなんですよ。あわよくばついて行って宝の山のありかを探ってやろうって思ってたみたいだし——そのくらい宝の山は有名みたいですよ、この地元では」

「それじゃ、本当に凄くいっぱい採れるのね」

茂美が目を輝かせて聞く。猫丸は、

「そりゃもちろんですよ、皆さんが運がいいって云ったのはオーバーじゃないんです。毎年広告はひっそり出してるそうですからね、それに目をつけて応募してくるのはいつも四、五人らしいですから」

啓太は思わず、茂美と目を見交わしてニヤリとした。読みが見事に当っていたのだ。本物の宝の山——。駅での猫丸の態度も、あながち笑いごとでもなかったというわけか。

「この籠だって決して大げさなんかじゃないそうですよ」

と、猫丸は、傍らに置いた例の見舞い用果物籠を指でつついて、

「松茸採り名人にもなると、軽く一人でこの籠に三分の二は採るらしいですから」

「おお——」

と、一同思わず感嘆の声をあげる。

「この籠に三分の二――ですか」

唖然と中牟田が、自分の籠に目を据えて呟き、

「じゃあ、私達、本当に運がいいんですね」

「だからさっきからそう云ってるでしょ」

「ああ――私にも運がいいということがあるのか――」

と、中牟田はいささか大仰に天をふり仰いで、

「女房と舅と姑と小姑と子供達が手ぐすね引いて待ってるんです――私を一人で送り出して、松茸を持って帰れなかったら罵詈雑言を浴びせかけてやろうと待ってるんです――私、婿養子ですんで――今日、松茸を採って帰らなかったらまたどんな皮肉でイビられるかと思うと――私は、私は――」

手が震えている。

「大丈夫ですよ」

と、猫丸が中牟田の肩をぽんと叩き、

「山のように持ち帰って鼻を明かしてやれますよ」

「本当でしょうか、本当に松茸を――」

「心配するんじゃありませんって。奥さんもお舅さんもお姑さんも小姑さんも子供さん達もきっと目を剝いてびっくりしますよ、何せ宝の山なんですからね――。今夜はあなた、大きな顔して松茸で一杯やれますよ、旨いですよきっと――松茸は、フォアグラ、キャビアと並んで世

界の三大珍味ですからねえ」

多分、最後の豆知識は間違っていると思うが、誰も猫丸の言葉を訂正しなかった。皆、各々の手にした籠の中に宝物の幻を見るのに忙しかったからだ。俄然やる気が出てきた。

「さあ、ではそろそろ出発しましょうか」

猫丸の合図に、全員が勢いよく立ち上がった。

*

「到着です、皆さんお疲れさまでした。とうとう僕達は宝の山に足を踏み入れたんですよ」

地図を片手にした猫丸が、立ち止まって云った。

でこぼこと起伏の激しい緩やかな斜面。

落ち葉と低木と雑草で、地面がほとんど見えない。周囲の樹々も高くなっていて、生い茂った葉に隠されて日光も落ちて来ない。湿気を含んだ空気は、温度まで少し低く感じられる。

地図をポケットにしまっている猫丸はもちろん、浦瀬老夫婦は相変らず元気だ。茂美は啓太の肩にもたれかかって激しい呼吸を繰り返していたが、昼食前のような弱音は吐かなかった。宝の山が実在したことが効いているらしい。中牟田も必死の執念で、足を引きずりながらも遅れることなくついて来ていた。

そんな一同に、振り返った猫丸は、

「えー、松茸は地上に現れる直前、もしくは直後の、まだ傘の開いていないものが香りも味も最高なのであります」

急に、丸暗記そのものの口調で解説を始める。恐らくそうするように指示されているのだろう。妙に律義な性格らしい。

「浅い土中にあるアカマツの根に生育するものですから、列状に並んでいることが多いと云われております。従いまして、ひとつ見つけたらアカマツの根に沿って、その線上を探してみるのがいいでしょう。アカマツの他にはクロマツ、ハイマツ、アカエゾマツの根にも生えますので、その根本も探してみることをお勧めします」

「質問があります」

中牟田が、肩で息をしながら手を挙げた。

「はい、何でしょう」

「アカマツってどの木ですか」

「さあ――」

猫丸は首を捻っている。頼りにならないことおびただしい。

「とりあえず探してみましょうや。とにかく松は判りますよね、ほら、これとかあれとか――葉っぱが針になってるやつですよ、ああいうのの根本を探すように云われてますから」

何とも心許ない猫丸の言に従って、とにかくそれぞれ松の木の下まで行ってみた。全員大きな籠を引きずりながら、松を目指して四方に散る。

啓太も手近な松の根本にしゃがみ込んで、下草をかき分けてみた。指先で湿った落ち葉をひっくり返しているうちに、茸をひとつ発見した。

「猫丸さーん、キノコ発見」

呼んでみると、籠を肩に担いだ小柄な姿が駆け寄って来た。

「どれどれ、どこです」

「ほら、これ」

足元を示して云ってやった。毒々しい臙脂(えんじ)色で、黒い水玉模様のついている中華饅頭(まんじゅう)ほどの大きさのシロモノだ。

「げ、気色悪い、マズそうですねえ」

猫丸は、顔をしかめて首を引く。猫が嫌な臭いを嗅いだ時のような仕草だった。

「青山さん、食べちゃダメですよ、こんなもの」

「誰が喰うか」

「いやあ、何と云うか、毒キノコでございって名札つけてるみたいですねえ、これ——判りやすいなあ、うまくできてるもんだ」

猫丸は変なことに感心している。その時、

「わっ、あったあった、ありましたよ」

藪の向こうから素っ頓狂(すっとんきょう)な声が聞こえてきた。中牟田の声だ。猫丸と二人して走って行ってみると、大木の根本で、中牟田が跪(ひざまず)いて両手を天に掲げている。痩せこけた顔は喜色に満ちていて、即身成仏を願う狂信者がいまわの際に宗教的法悦に酔っているみたいに見えた。

「見つけましたか、中牟田さん」

声をかけると、恍惚とした中牟田は、

「ええ、ほら、これ、見てください、間違いないでしょう、松茸ですよ」

両手で捧げ持った物を差し出してきた。めったにお目にかかったことがない啓太にも一目で判った。確かに本物だ。松茸——傘がまったく開いていない上質そうなもので、しかもかなり大ぶり。骨太の万年筆くらいの重量感がある。

「ほほう、こりゃデカいや——やりましたね、中牟田さん」

猫丸が誉めると、中牟田は目を細めて、

「ええ、第一号です——うーん、このかぐわしい芳醇な香り、たまらないなあ」

わざとらしく鼻の先にくっつけて首を振っている。

「よし、俺も負けないように探そう」

癪になった啓太はその場を離れた。

そしてしばらく探してみたが——一向に見つからない。松の根本から根本へ、しゃがんでは雑草をかき分け枯れ草を取りのけしてみたが、お目当てのお宝にはまるで行き当らなかった。おいおい、話が違うぞ、宝の山なんじゃないのかよ——口の中でぶつくさ云いながらなおも探してみたが、まるきり埒があかない。

うろうろしていると、茂美のずんぐりした背中が木の下にうずくまってごそごそやっているのを見つけた。

「おい、どうだ、見つかったか」

「ぜーんぜんダメ、一本もない」

茂美は巣を作る小動物みたいに土を掘り返しながら、

「啓ちゃんは？」

「俺もだ、さっきからあちこち探してるんだけどな」

「この辺、松茸なんかないよ、こんなのばっかりで」

振り向いた茂美は、手に大きな茸を持っていた。さっき見た、臙脂に黒い水玉のヤツだ。しかもひと回り大きい。

「おい、よせよ、そんなもの採るのは」

「だって——何もないよりマシでしょ」

「マシってお前、そんなの喰えないぞ」

「えー、食べられないかな」

「バカ云うなよ、もう、喰い意地ばっかり張りやがって——おーい、猫丸さーん」

怒鳴ると、がさがさ落ち葉を踏み鳴らして猫丸が駆けつけてきた。

「どうしました、見つけましたか」

と、茂美の手の派手茸を見て、

「わははははは、またそれですか、青山さん、それ好きですね」

「好きで採ってるんじゃないよ。どうなってるんだ、全然ないじゃないか」

「そうですねえ、僕もまだ一本も——やっぱり素人の探し方じゃダメなんですかね」

「何云ってるんだよ、さっきの話だとがばがば採れるみたいだったじゃないか」

「僕もそう聞きました」

「だったらどうして採れないんだ、本当に宝の山なんだろうな、嘘じゃないんだろうね」

ヤツ当り気味に啓太が詰め寄ると、猫丸は丸い目をきょとんとさせて、

「僕にそんなこと云っても——。でもまあ、松茸とはいえしょせんキノコですからね、菌類なんですから、平たく云っちゃえば水虫と一緒でしょ、そんな物のためになにも大の大人が目くじら立てずとも」

平然と無責任なことを云い出す。

「おいおい、勘弁してくれよ、俺達はあんたが宝の山だって云うから——」

と、啓太が声を荒げた時、

「皆さん、こっちですぞ、集まってください、見つけましたぞ」

叫ぶ声が聞こえた。あの渋く枯れた声は浦瀬のお爺ちゃんだ。

「啓ちゃん、見つけたって。行ってみよう」

云うが早いか茂美が駆け出す。啓太も、猫丸と共にそれを追った。

浦瀬老夫婦は、どっしりとした松の木の下に立っていた。全員が集結すると、浦瀬のお爺ちゃんはあの威厳のある顔で啓太達を見回して、

「よろしいですかな、皆さん、落ち着いてこの木の周りを探ってみてください」

説得力のある口調で云った。不思議そうな茂美を促して、啓太は試しにしゃがんでみた。そしてちょっと地面の枯れ葉を払ってみると——あった。啓太は仰天して目を見張った。今まであんなに探してもまるで見つからなかったのにこんなにあっさりと——。しかも大中小と揃って、三本。

「わっ、あった」

「こっちもです」

茂美と中牟田が同時に叫んだが、そんなことは気にしていられない。啓太は足元の三本をひとつずつ指で摘んで——ずるっと、微妙な感触で、松茸は簡単に手の中に転がり込んできた。そっと掌に置き、顔を近づけてみると——独特のカビくささの中に強く香気がある。鼻孔をくすぐる馥郁たる甘さ。本物だ。本物のお宝だ、松茸だ。

満足のため息をつき、ふと目を上げると——なんと、すぐそばにまた一本、頭を覗かせているではないか。昂る胸を抑えつつ啓太は夢中で近づいて、慎重に落ち葉を取りのけ、根本からゆっくり摘んで採る——あっと云う間にもう四本目。

「これは凄い——正真正銘の宝の山だぞ」

啓太は思わず唸っていた。

結局、その一本の大木の周囲だけで、全部合わせて十数本の収穫があった。茂美は茫然とした目つきで、

「やったよ、啓ちゃん、二本採った――」

「こっちは三本です」

と、中牟田も興奮している。浦瀬のお婆ちゃんが上品な顔を綻(ほころ)ばせて、

「ほらね、これがアカマツの木ですよ、それから向こうにも」

と、指さす方を見やれば、そこはアカマツの林――まさに林立という感じで、遙か彼方まで見渡すかぎりアカマツの原生林。

「――ということは、ここからあっちの、あの木全部の根っこに、今みたいに松茸が群生して――」

中牟田が、口をあんぐり開けて云った。浦瀬のお爺ちゃんは、

「うむ、恐らくそうだろうな」

と、うなずいた。猫丸が猫っ毛の頭をぽりぽりと掻いて、

「ははあ、今まで探していたところはちょいとピントがズレてたんですね」

照れ隠しのつもりか、にこにこして云う。ちょっとズレていたで済む問題ではない。宝の山の、ほんの目と鼻の先をうろちょろしていただけの話なのだ。危うくとんでもなく情けない事態になるところだった。しかし今は、案内人の不手際を責めていては時間がもったいない。浦瀬のお爺ちゃんの云う通りならば、これは本気で一日では採りきれないかもしれない。なにしろアカマツの林は無限とも云えるほど遠くまで広がっているのだ。

「そこで、どうでしょうかな」

浦瀬のお爺ちゃんが重々しく云った。

「ここはひとつ、山分けというのはいかがなものだろうか」

「山分け――?」

茂美が、ぽかんとして尋ねると、

「うむ、中牟田君も猫丸君も一人だが、我々は夫婦二人だ。普通に採れば、我々は彼らの二倍採ってしまうことになる。それではちと気の毒ではないか。だからここは公平に、採ったものをすべて持ち寄って四等分してだな、一家族に四分の一ずつということにしてはどうだろうと思う」

「うわ、いいんですか」

と、中牟田は飛び上がらんばかりに云う。猫丸も、

「いやあ、それは嬉しいご提案ですねえ、そうして頂けると助かっちゃいます。僕、雇い主の親父さんに半分渡す契約になってますから」

と、丸い目を和ませた。

「いかがかな、青山君」

浦瀬のお爺ちゃんの鋭い目に正面切って見据えられて、啓太は一瞬言葉に詰まった。確かに山分けは公平だが、ウチは二人で採ればそれだけ収穫が増えるんだけどなあ――と、ちょっと迷った。しかしここで断るのも大人気ないし、アカマツ林を見つけたのは浦瀬のお爺ちゃんの手柄だ。それにこれだけ広大な林なら、山分けでも大収穫になるのは間違いないだろう。そっ

と茂美の様子を窺うと、構わないいんじゃない――と、目顔で答えてきた。それで啓太は快活に、

「もちろんいいですよ、山分けにしましょう」

「うむ、これで決まった」

浦瀬のお爺ちゃんは満足げに顎を引いた。中牟田が、

「ありがとうございます、感謝します」

と、ぺこぺこ頭を下げ、猫丸もにこにこと、

「いやあ、共産制ってのもタマにはいいもんですよねえ」

おかしなことを云い、茂美をくすくす笑わせた。なごやかな雰囲気である。宝の山を目の前にして皆高揚し、連帯感も生まれてきている。

「でも、ここへ入って行くんじゃこの籠は邪魔ですね」

と、中牟田は、鬱蒼(うっそう)としたアカマツの林を見やりながら云った。籠は大きくて無骨で、確かに林に持って入るには煩(わずら)わしい。

「だったらこうしましょう」

猫丸が、全員の籠を回収して重ねて、

「籠なんか持って行かなくたっていいでしょう。ここにこうしてまとめて置いといて、ここを中継ステーションにするんです。皆さんそれぞれお好きな場所で松茸を採って、持ちきれないほどになったらここへ戻って放り込んで行けばいいんですから」

と、背中のランドセル形バッグを下ろして、重ねた籠の横へ放り出し、

「荷物も邪魔だから置いて行きましょう。どうせお弁当のゴミくらいしか入ってませんものね」

「なるほど、それは身軽でいい」

中牟田が云い、自分のリュックを猫丸のものの隣へ置いた。啓太達にも異論はなく、全員がそれに倣った。猫丸はそれを見守りながら嬉しそうに、

「では、早速さっきの分を入れときましょうか」

と、重ねた一番上の籠に、二本の松茸を大事そうに落とし入れた。啓太も、

「よし、俺も」

手に持っていた四本をそっと籠に入れる。続いて茂美も二本——皆がそうすると十数本の松茸で、もう籠の底が見えなくなった。

「おお、こいつは凄い、一種壮観ですねえ」

中牟田が詠嘆の調子で云い、茂美も興奮の体で、

「さっきちょっと探しただけでこれだもんね、期待できそう」

と、啓太の腕にかじりついてきた。浦瀬のお婆ちゃんはおっとりと、

「松茸は昨日、八百屋さんの店先で見かけましたけれど、もっと小さかったですねえ」

「うむ、これとは較べ物にならない貧弱なものが二、三本で、とんでもない値がついていたな」

浦瀬のお爺ちゃんが、義憤にかられたように答える。猫丸はにこにこして、

「ね、だから云ったでしょう、宝の山だって」

自分の功績みたいに自慢げに云った。そして、

「では、始めましょうか、宝の収穫——採り放題ですよ」

「よしっ、行くか」

啓太も気合いを入れて、両の手を叩き合わせた。

やる気は満々、士気は高まりきっている。

＊

釣り人の云う、入れ喰いというのはこういう状況なのだろうか——面白いほどに見つかる。松茸、松茸、お宝、お宝——次々と楽々と手に入る。啓太は、軽い躁(そう)状態になっていた。

木の根本にしゃがみ込み、まず掌でざっと枯れ葉を取りのける。それから這いつくばって雑草を掻き分け、息を吹きかけ残った落ち葉を吹き飛ばす。目を凝らして這ったまま、じりじりとちょっとずつ前進。また息を吹き葉っぱを飛ばし、指で小刻みに湿った土を掻き分けると——あった、見つけた。茶褐色の丸い頭が覗いている。周りのじっとりとした葉や土を、慎重に掘り起こし取り除く。そして、少しぬめりのあるお宝の茎を、指で軽く摘みゆっくりと持ち上げる。そのまま思わず、鼻先に持って来る——胸いっぱいに広がる秋の香り。うっとりしてしまう。また一本、収穫成功。

実に楽しい。愉快なほど簡単に採れる。

ひょっこり顔を出していて拍子抜けするくらい手軽に見つかるものもあれば、土に半ば埋まっていて、今のように掘り起こさねばならないものもある。それを探索して攻略してやるのも、また楽しい。

籠とリュックを置いてきたので移動も楽だ。

木から木へ、地面から地面へ——そうしてごそごそ這い回って三十分ほど経ったただろうか——もう手元には二十本ばかり溜っている。

啓太は腰を伸ばして立ち上がった。ちょっと背中が痛い。無理な姿勢を取り続けていたせいだ。我ながら熱中しすぎている——少し苦笑して、籠のある中継地点に戻った。腕に抱えた二十数本を、ざざっと籠に流し入れる。濃茶色の宝物が、籠の下に積み重なっていく。なんとも云えず心地いい。

そして再びアカマツ林に分け入って行き、啓太は作業に集中した。

そうやって三度目に中継地点に戻って、収穫の二十数本を籠へと入れて——啓太は、その光景に圧倒されてしまった。既に籠の半分くらいになっているのだ。よくぞここまで集めたものだ。各自ばらばらに散っているから姿は見えないが、皆頑張っているようである。それにしても、途轍もない分量の松茸——市場レートでざっと換算してみて、目がくらみそうになる。ちょっと想像を絶する額。あの広告に閃いたのは、本当に運がよかったわけだな——ため息をつき、改めて我が身の幸運を噛み締めてしまう。

それでまた元気が出た。意気も新たに、啓太は林に飛び込んで行く。

そうして、時の経つのを忘れた。夢中で採った。這いずり回って、採って採って採りまくった。

中継地点に戻ること何往復か目——採ったばかりの十数本を籠の中にぶちまけていると、中牟田がやって来た。

「あ、青山さん、どうですか」

中牟田も、十何本かのお宝を籠に入れながら、顔中で笑っていた。末期の重病患者みたいに痩せこけた中牟田の笑顔は、なかなか鬼気迫るものがある。

「いや、もう、絶好調です、採れすぎて困るくらいですよ」

「こっちもです、笑いが止まりませんね——ほら、見てください、この籠、もう三分の二も溜ってますよ」

と、高揚した調子で云った中牟田は、ふと申し訳なさそうになると、

「でも、本当によかったんですか、山分けで」

「ええ、構いませんとも。みんなで仲よく公平にいきましょう」

「助かります——何せ私、女房と舅と姑と小姑と子供達が——」

「気にしないでくださいよ、こんなにあるんだから」

啓太は、ごってりと溜った松茸の籠を揺らして云ってやった。これを目の前にして、気の大きくならない人間などいるはずはない。

その後、啓太は少し遠出をしてみることにした。近い場所は爺ちゃん婆ちゃんに任せて、若い自分が遠征して稼いだ方が効率がいいだろう。アカマツ林はまだまだ続いているのだ。

枯れ草を踏み締め、奥へ奥へと向かう。

すっかり慣れた中腰の体勢になって、地面を探ってみると——あるある、こっちにもいっぱいある。啓太はまた無我夢中で次々掘り起こしていった。こうなると中継地点に戻っている時間がもったいない。高い樹々の枝に遮られてよく見えないが、太陽はもうだいぶ傾きかけているようだ。よし、ここでたんまり稼いでまとめて持ち帰ろう——と、とりあえず手近な地面に置いておいて、どんどん探すことにした。

そして——背中と腰の痛みがピークに達した頃、松茸の山がひと山出来上がった。拳で、伸ばした腰を叩きながら、啓太は大きな達成感にひたった。ひと山の松茸——よくまあ、こんなに集めたものだな。

ふと、この分だけでも独り占めしてやろうか——と、よからぬ思いつきが頭に浮かんだ。いや、それはいかんな。啓太は首を振る。赤貧生活でケチは身についているが、ズルは反則だ。

上着の裾を引っぱって、カンガルーみたいにお宝を抱え、一旦戻ることにした。ともすればこぼれ落ちそうになるのを、苦心してバランスを取りながら中継地点に帰る。しばらく離れていたからみんなはもう、あの籠に四分の三くらいは集めているかもしれないぞ、いや、ひょっとして籠いっぱいになってるかも——と、期待に胸高鳴らせて籠と荷物のところに着いて——。

啓太は愕然とした。抱えていた松茸を、ばらばらと足元に取り落としてしまう。

籠には、三分の一しか溜っていなかったのだ。最前中牟田と顔を合わせた時は、三分の二はあったというのに――。

「たっ、大変です、皆さん、ちょっと来てください」

我ながら裏返った声だと思いながらも、啓太は怒鳴っていた。

「一大事ですっ、大変です、中継地点に戻ってください」

皆が、ざわざわと集結してきた。中牟田が、浦瀬老夫婦が、茂美が、そして最後にやって来て、両手に一本ずつ松茸を握り締めてぽかんとしている猫丸は、間抜けの見本のようだった。

「啓ちゃん、どうしたの、大きな声で」

茂美が心配そうに聞いてくる。それに構わず、啓太は籠を示して、

「皆さん、これを見てくださ――」

「減ってるっ、なくなってる」

中牟田が、啓太の言葉の途中で叫んだ。

「何ですか、これは、どうなってるんですか――青山さん、さっきここであなたと会った時、これ、籠のこの辺までたっぷりありましたよね、あれからだいぶ時間が経ってますよ――おかしいじゃないですか、変ですよ、増えてなくちゃいけないのに、現に私もあれから入れたんですから、だのにどうして減ってるんですか、何やってるんですかあなた」

喰ってかかる中牟田を押しとどめて啓太は、

「ちょっと落ち着いて、落ち着いて――俺も今見つけたところだから、どうなってるのか判り

ませんよ」

浦瀬のお爺ちゃんも、さすがにむすっとした顔で、

「確かに減っておるな、先ほど見た時はもっとあった」

「そうでしょうそうでしょう、なくなってるんですよ、私達が苦労して集めたお宝がっ」

と、中牟田はなおも叫び、理不尽にも怒りの眼差しをこちらに向けてきたので、啓太としても面白くない。

「だから、俺が来た時にはもうこうなってたんだよ」

荒い調子で云ってやった。浦瀬のお婆ちゃんと茂美が、困惑したみたいな顔を見合わせている。中牟田はさらに惑乱(わくらん)して、

「だ、誰かが盗(と)ったんだ、盗んだんだ、どこかに隠してるんだっ」

と、籠の脇に置いてある皆のリュックを順ぐりに、ばしばしと手で叩いて回った。

「盗ったんだ、搾取(さくしゅ)したんだ、ピンハネしたんだ、畜生っ、返せ、戻せ」

だが、リュックは次々とぺちゃんこになるだけで、そこには隠されていないことが判明しただけだった。浦瀬のお爺ちゃんが眉をしかめ、

「およしなさい、見苦しい。盗ったなどと、めったなことを云うものではありませんぞ」

「でも、浦瀬さんだって見たんでしょう、さっきはもっとあったのを」

「それは——うむ、確かに間違いはないが——そうだったな、婆さんや」

「ええ、ありましたねえ、もっと」

「ほら、そうでしょ、でもなくなってるんですよ、誰かが盗らなかったらなくなるはずないでしょう」

と、中牟田は充血した目で全員を睨めつけた。松茸に対する執念の深さが、痩せた中年男を墓場から甦った亡者のような恐ろしい迫力にさせている。殺気すら漂ってくる。茂美が息を呑み、啓太の腕をぎゅっと摑んできた。

「確かに面妖なことだ、せっかく集めたものがなくなるとは」

と、浦瀬のお爺ちゃんも鋭い眼差しで啓太達を順に睨んだ。そしてその鷹のような目は、猫丸のだぶだぶの黒い上着で止まった。たっぷりとして、鳩でも花束でも特大のトランプでも隠せそうなぶかぶかの上着――。

皆に見詰められているのに気づいた猫丸は、水鉄砲で撃たれた仔猫みたいに仰天した目になって、

「あ、ありませんからね、こんなところには」

慌てて上着の前を開いてばたばたと、怪鳥の羽ばたきのように打ち振った。本人の云う通り、松茸は一本も落ちてはこなかった。

浦瀬のお爺ちゃんは、籠の周囲の地面を見やりながら、

「こぼれているわけでもなし――はて、どこへいってしまったやら」

嘆息するみたいに独り言を云った。

宝の山を発見した時のほくほくして楽しいムードは一変してしまった。あの時は一体感まで

生まれつつあったのに、今や猜疑と疑惑の目で互いの表情を窺い合っている。

浦瀬のお婆ちゃんが、周りの険悪な空気にそぐわないのんびりした調子で、

「どなたか食べちゃったんじゃないでしょうかねえ」

「わははは、そいつはいいですね」

猫丸がバカ笑いする。

「ナマで、大量に――ははははは、そんな人がいたら笑っちゃいますよね。大量の松茸をむさぼり喰う人、しかもナマで、わははははは」

「笑いごとじゃないよ、あんなにたくさんあったのを喰えるわけないだろ」

啓太が一喝すると、猫丸はようやく笑いを引っ込めた。するといきなり、陰湿な顔つきで中牟田が、

「青山さん、あなたの足元にいっぱい落ちてる松茸――それは何ですか」

「これは俺が向こうで採ってきた分だよ」

むっとして啓太が答えると、中牟田はさらにねちっこく、

「それにしては多くありませんか」

「多いよ、それだけ頑張ったんだから、多くて悪いか」

「悪くはないですけど――籠からなくなったのも多かったな――と思いまして」

「バカ云うなよ、遠くまで行ってたから溜ったただけだ」

「でも、どうして落ちてるんですか、地面に」

「それは籠の中が減ってるのを見てびっくりした拍子に――おい、いい加減にしてくれ、云いたいことがあるならはっきり云ってもらおうか」

「別に何も云いたいわけじゃないですけどね」

「嘘云うなよ、俺が盗ったって云いたいんだろう」

「そうは云いませんよ、云いませんけどね――」

「だったらこっちも云わせてもらうけどな、動機面ではあんたが一番疑わしいんだぞ。家で嫁さんや舅や姑や小姑や子供達が待ってるんだろう、なるべくたくさん持って帰らないとマズいんだろう」

「啓ちゃん、やめなよ」

横から茂美が止めてきた。浦瀬のお婆ちゃんも、

「いけませんよ、喧嘩は――お若い方は頭に血が昇りやすいですからね、自重しませんとねえ」

「すみません、お婆ちゃん。でも、先に突っかかってきたのは中牟田さんなんですから」

啓太が云うと、中牟田も負けじと、

「だからって人の家庭事情まで持ち出すことはないじゃないですか、卑怯ですよ」

「卑怯とは何だ」

「卑怯でいけなければ卑劣とでも云い直しましょうか」

「何をっ」

啓太がかっとして、思わず一歩踏み出すと、

「まあまあまあ、やめましょうよ、啀み合うのは」

と、猫丸が世にも呑気な声で割って入った。

「人間、欲が絡むと際限なくなりますよね、よくないなあ」

春の海を眺めるみたいな気楽な調子で云う。とても喧嘩の仲裁をする声のトーンには聞こえない。状況がまるで呑み込めていないようでもある。そのあまりにのほほんとした猫丸の態度を見て、中牟田は邪推したのか、

「もしかして、あんたの悪戯ですか、そんな呑気な顔しているところを見ると――。もしそうだったら許しませんからね、悪ふざけにも限度がある」

「違いますよ、もう、疑り深い人だなあ」

と、軽くいなして猫丸は、

「まあ、これ以上争ったってつまらないですから――でもまあ、このままじゃ皆さん収まりそうもないですからね、簡単にやっつけましょうかね」

ポケットから煙草をごそごそと取り出して、のんびりと火をつけた。妙に落ち着き払った、どことなく人を喰った様子に、皆テンポを崩されて何も云えなくなってしまった。そしてゆっくり煙草の煙を吐くと猫丸は、一同の顔を見回して、

「まずひとつ考えてもみてください、ここは僕達以外は誰も来ない場所なんです――山の持ち主の親父さんしか知らない、地元の人達も足を踏み入れることがない、秘密のスポットなんで

すよ。それに、今回の松茸狩りの噂を聞きつけて何者かが——例えばあの運転をお願いした源さんとか——地元の人か誰かが、宝の山のありかを突き止めてやろうってんでこっそり僕達の後を尾けて来たって線も、ちょっとあり得ませんよね。こんな山の中で、僕達に気づかれずに追いかけてくるなんて、至難の業です。少し離れたらすぐ見失ってしまうでしょうし、近づきすぎれば、こんな人気のない山奥です、必ず僕達は気づいたでしょう。ですからここには僕達以外誰もいない——つまり、僕達の知らない誰かがそっと松茸を持ち去ったとは考えにくいんです」

「何を当り前のことを云ってるんです」

と、中牟田が顔をしかめて口を挟み、

「だからこの中の誰かが盗ったんだって、さっきから云ってるでしょう」

「でもね、それもどうかと思うんですよ」

猫丸はとぼけた調子を変えもせず、円形の携帯式灰皿を取り出して煙草の灰を落とし、

「こんな中途半端な時間に、しかも集まった分の半分だけ持って行くなんて、そんな妙な盗み方をする人がいるもんでしょうか——ほら、まだこんなに残ってるんですから」

籠を揺すって、三分の一ほど溜まっている松茸を見せながら、猫丸は云う。

「僕が盗っ人だったら、こんな盗り方はしませんね。帰り際のもっと遅い時間に、皆さんがたんまり収穫した後で、ごそっと一気に横取りしちゃいますよ。横取りの総取り——その方が楽だし得でしょう」

仔猫みたいな丸い目に人の悪そうな笑いを浮かべて、猫丸は中牟田を見やった。

「まあ、それはそうですけど――」

言葉に詰まった中牟田に、追い打ちをかけるように猫丸は、

「だいいち僕達の中の誰かが盗んだのならば、その人はその後、どうするつもりだったんでしょうね。隠し場所にも困るし、持ち帰るのも無理ですよ。みんなが空のリュック背負ってるのに、一人だけぱんぱんに膨らんだリュックなんか担いでたら、どう見たって怪しいでしょう。ポケットに入るような生易しい分量じゃないし――あ、それに、どこかに隠しておいて後でこっそり取りに来るってのもいけませんからね。僕達の誰一人として、自力でここまで来られる人なんていないんですから」

短くなった煙草を携帯灰皿で揉み消して、猫丸はさらに、

「だから、盗んだはいいがその後持って帰れない――こんな間の抜けた盗みを企む人なんているとは思えません。従ってこれは盗みなんかじゃない、と僕は思うんですよ」

「うむ、それは判ったが、誰かが盗んだのではないとしたら、一体どういうことなのかね」

浦瀬のお爺ちゃんが難しい顔で尋ねる。猫丸は、眉の下までふっさりと垂れた前髪をひょいとかき上げて、にやりとすると、

「そうですね、事実お宝は減っているわけですから――松茸に足が生えて勝手に歩くわけはないんだし、誰かがここから持って行ったのは間違いないでしょう。とは云え、今お話ししたように盗む意思は感じられない。そこまで考えた時、僕は気がついたんですよ、ひょっとして半

分だけなくなってるのは、誰かがちょうど、よ、く、し、た、だけのことなんじゃないかって――」

「おやまあ、何のお話ですか、ちょうどよくした、とおっしゃるのは」

浦瀬のお婆ちゃんが首を傾げたが、猫丸は答えなかった。その代わり、松茸の入った籠を持ち上げ、下に重なった籠をバラしてひとつひとつ並べていった。籠をずらりと並べて、荒物屋の店先みたいにしておいてから猫丸は、

「どうです」

「どうです――って、何が」

狐につままれたみたいな気分で啓太が聞くと、横で中牟田が、

「ああ、ひとつ足りませんね」

と、云った。それを聞いた啓太も籠を数えてみると――本当だ、ひとつ足りない。籠は一人一個ずつ行き渡っていたはずなのに、並んだ籠は五つしかない。重ねてあったから今まで気がつかなかったのだ。

「ほら、ね――最初にまとめた時は六つあったのに、ひとつ足りない――誰かが籠に入れて、ちょっと借りて行ったんでしょうね」

と、猫丸はそこで幾分云いにくそうに口ごもり、

「それで、まあ、ここまできちゃったら仕方ないでしょう。ね、そろそろいいでしょ、潮時です、持ってきてくださいよ、奥さん」

なんと、茂美に向かって云った。

茫然と声も出ない啓太の隣で、茂美が俯き加減にうなずいた。そして、顔を伏せたまま茂美はゆるゆると回れ右して、林の中に姿を消して行った。

誰も一言も口を利かなかった。今まで饒舌だった猫丸も、火のついていない煙草をくわえてぼんやり、空を仰いでいる。重苦しい沈黙の中、恥ずかしさと怒りで、啓太は足が小刻みに震えるのを抑えきれないでいた。何たることだ、いくら貧乏生活を強いているとはいえ、他人様のものに手をつけるとは、俺の女房はそこまで恥知らずのガリガリ亡者になっていたのか――。

いたたまれない思いでいたので、茂美が戻って来た時、啓太は自然、怒声をあげていた。

「おいっ、お前は何てことをしでかしたんだっ、皆さんにどうお詫びすればいいんだ」

松茸が半分ほどごっそり入った籠を抱えたまま、茂美は悄然と立ち尽くしている。

「何とか云ってみろ、どうしてそんなみっともない真似をしたんだ、盗みなんてことをお前は――」

「まあまあ、そんなに怒りなさんなよ、大蛇が鶏丸呑みするみたいに大口開けて」

猫丸が宥めてきたが、啓太の怒りは収まるものではない。

「これが怒らずにいられるか、女房が盗みを働いたってのに――」

「だから盗みじゃないんですってば、さっき云ったはずでしょう。奥さんは盗む気なんかなかったんですから、ちょっと借りただけなんですよ」

「どっちだって同じでしょう、みんなの共有財産を黙って持ち出したんだから」

「やれやれ、参ったねこりゃ――あのね、啓ちゃん」

と、猫丸はいつの間にかやけに馴れ馴れしく呼びかけてきて、

「どうして奥さんがちょっと借りたのか――そいつをひとつ考えてあげてくださいよ」

「どうして借りたか――？」

「そうですよ。ねえ、奥さん、仕方ないからもう喋っちゃいますよ、いいですよね、そうしないとご亭主が納得しそうにありません」

猫丸の言葉に、下を向いていた茂美はかすかにうなずいた。そのぐずぐずと煮えきらない態度に、啓太は新たな怒りを覚えて、

「でもね、猫丸さん、どんな理由があっても勘弁なりませんよ、こんな貴重で高価なものを黙って持ってくなんて」

「ほら、ね、そこですよ」

と、猫丸は仔猫みたいな丸い目を、さらに大きくして云った。

「その先入観がいけないんです、松茸は高価なものだというお定まりの価値観――そんな意識に捕らわれているから、失くなったらすぐに盗難だなんて安直な発想に直結しちゃうんですよ。いいですか、そういう片寄った先入観から離れられないから、他の特性を見落としがちになるんです」

「他の特性――？」

一瞬、目の前の小男が何の話をしているのか判らなくなって、啓太は聞き返した。

「そう、松茸が持っている、高価だという以外の特性です」

猫丸が云うと、浦瀬のお爺ちゃんが訝しげに、

「――と云うと、香り、だろうか」

「ほら、まだ松茸にこだわってますよ。もし何かの理由で香りが必要なら二、三本持って行けばことは足りるでしょう。あんなにごっそり――籠に半分も持って行く必要はないんです。いや、それよりあちこちにいっぱい生えてるんですからね、そもそもここから持ち去る意味なんかないわけです」

「だったら、味でしょうねえ」

浦瀬のお婆ちゃんが、孫と謎々遊びでもしているみたいな静かな口調で、

「松茸はおいしいですからねえ」

「残念ですけどそれもハズレです、火の気も調理器具もないこんな場所で、あんなに大量に持って行く説明がつきませんからね」

「それなら他には――何でしょう、判りませんね」

と、中牟田が困った顔をすると、猫丸はそれを楽しそうに見て、

「つまりですね、そうやって他の可能性を除外して突きつめていくと、松茸といえどもただの物体でしかない、と考える他はなくなるんですよ。ただの物体を中途半端な量――全部でもなく二、三本でもなく――それでも大量に持って行くとなると、そう考えれば答えはひとつしかないでしょう。ただの物体の特性――要するに、重さ、これしかないんです」

「重さ――？」

と、中牟田が意外そうに云う。

「そうです、松茸を持って行く必要が他にないとなれば、重さに理由を求める以外ありません。そこでその理由ですが――いいですか、青山さんの奥さんはここへの道中、ずっと云い続けていましたよね――私、痩せなくちゃ」

はっと息を呑み、全員がびっくり眼で茂美を見た。丸々とした体軀を少し、恥ずかしそうに茂美はよじった。猫丸は何事もなかったように続けて、

「松茸を持ち去った人物が重さを必要としていると気がついた僕は、すぐにピンときましたね。今、僕達六人の中でとりあえず急場しのぎでいいから重さが必要なのは、青山さんの奥さんしかいない――だから、松茸をちょっと借りて行ったのは彼女だろうと推定して、さっきちょいと鎌をかけてみたってわけですよ。そうしたら見事当りだった――」

「それじゃ、奥さんは――松茸を使って――」

中牟田が自失したように呟くと、猫丸はさらりと笑って、

「そうです。松茸を探して採る作業――立ったりしゃがんだり這って移動したり――こういう一連の動作は運動に最適ですからね。しかもダンベルか何かウェイトを持ってやればもっと効果的です。ここへ来るまでに運動不足を嫌というほど実感し、鍛えていてお年の割に体力のある浦瀬のお婆ちゃんを見ていよいよ危機感を募らせた奥さんは、ダイエットを決意した――私、痩せなくちゃ。早速今日から取りかかることにして、そのためのウェイトが欲しかったわけです。でもこんな山の中で、スポーツジムにあるような鉄アレイや砂袋なんか用意できるはずも

ありません。そこで目をつけたのが籠入りの松茸――籠を含めて数十本の松茸ならば何キロかの重さになりますし、松茸の数を調節すれば重さも自由に調整できますからね。そこで、ここに溜っていた松茸を、自分にちょうどいい分だけ借りて行った――とまあ、そういうことなんだろうと、僕は考えたんです」

こともなげに云い、猫丸はゆっくり煙草に火をつけると、

「重くて動きが鈍って収穫は多少減るでしょうけど、そこはまあ、どうせ山分けなんですからね――自分の収穫が持ち帰る量に直接影響するわけではないっていう、そんな安心感から奥さんは、即席のダイエット計画を実行したんでしょう」

「そんなバチ当りな――松茸を、そんなことに使うなんて――」

啓太は二の句が継げなくなったが、ふと、思い出していた。そういえばこいつ、最初から松茸のありがたみを判っていなかったな――と。それに、何かを代用して使うのは貧乏生活で身についた発想なのかもしれない――。あまりのバカらしさに、怒りも七割方収まった啓太は、それでもむすっとしながら、

「だけどお前、どうしてもっと早く云わなかったんだ。皆さんの気を揉ませて申し訳ないと思わなかったのか」

「だって――最初は、啓ちゃんが大変だって叫んでたから――誰かが怪我でもしたのかと思って、慌てて籠は置いてきちゃって――その後も、云おうと思ったら、中牟田さんが急に怒りだしちゃって、啓ちゃんも顔色変えて怒ってるから恐くて――云い出せなくて――恥ずかしかっ

たし——」

半分べそをかいて、茂美はぼそぼそと云った。

「だからってお前、こんなに大ごとになる前にちゃんと云えばよかったのに」

啓太がなおも小言を云うと、猫丸は長い前髪の下から睨むようにして、

「だいたい啓ちゃんもいけないんですよ、人前で奥さんのこと、やれ体型が悪いだの喰ったら太るだの提灯だのって、あんなに悪しざまに罵って——だから奥さんも気にしちゃって、こんな変なこと考えたんだから」

「いや、それは、まあ——」

啓太が返す言葉を失うと、浦瀬のお婆ちゃんも、

「そうですよ、こんなにかわいらしい奥さんなんですもの、もっと大切にして差し上げないと、あなたの方こそバチが当りますよ」

やんわりとではあるが窘められて、啓太としては恐縮するしかなかった。確かに俺は普段から口が悪いが、まさか茂美がそんなに気に病んでいたなんて——。小さくなりながら妻の様子を見ると、しょんぼりとうなだれて肩を落としている姿が、妙にかわいく見えた。啓太は、照れ隠しに乱暴な口調で、

「悪かったよ、俺が云いすぎた」

「ううん、そんなことないよ、啓ちゃん、私もごめんね——。それに皆さんも、ご迷惑をおかけしてすみませんでした」

茂美が深々と頭を下げた。啓太もその横でそれに倣って、

「すみませんでした、皆さん」

「いやいやいや、謝らなくちゃいけないのは私の方です」

と、中牟田が意気消沈の体で、

「つい、かっとなってひどいことを云ってしまいました、松茸に目が眩んで——お恥ずかしい。青山さん、本当にすみません、許してください」

「いやあ、俺の方こそ口がすぎました、謝ります」

二人でぺこぺこと叩頭し合った。そして中牟田は、

「それにしても、青山さんが羨ましい——私の女房にも、奥さんの爪の先ほどかわいげがあれば——」

悲しそうにため息をついた。

猫丸は丸い目をニヤつかせてそれを見ていたが、おもむろに、

「それでは、まあ、八方丸く収まってめでたしめでたしってとこで——収穫の方を確認してみましょうか」

と、茂美の持ってきた籠に、残っていた籠の分の松茸を、流し込むようにして入れた。

ざざっと重々しい音がしてたちまち籠はいっぱいになり、溢れかえった松茸が数本、地面に転がって跳ねた。

「おお——」

「これは凄い——」

「眼福ですねえ——」

全員がうっとりと、この宝物を囲んだ。

「軽く見積っても一人五十本はありますね」

中牟田が鼻息も荒く云い、浦瀬のお爺ちゃんは、

「いやいや、七十はかたいだろう」

「これなら町内一帯に配れますねえ」

浦瀬のお婆ちゃんも戎顔だ。

「どうですかな、皆さん、これだけあれば充分だとは思いませんか」

と、浦瀬のお爺ちゃんは、

「そろそろ引き上げてはいかがだろうか。そして我々の幸運を祝して、麓の町で一杯——奢りますぞ」

「いいですねえ」

中牟田が相好を崩した。

「あらまあ、お爺さん、何かと口実をつけてご酒を召し上がるのは悪い癖ですよ」

「いいではないか、今日はめでたい」

浦瀬老夫婦ののどかなテンポの会話を聞きながら、啓太は茂美の肩に手をやった。

——さっきは、ごめん。

目顔で詫びると、茂美は泣き笑いの顔をくしゃくしゃにした。

「さあ、皆さん、下山ですぞ」

浦瀬のお爺ちゃんが勢いよく云い、啓太達は自分の荷物に手を延ばす。ただ、一人猫丸だけはぽかんとしている。何だか魂が抜けたみたいな、仔猫が煙草の煙を目で追っているような、茫漠とした表情だった。

「どうしました、猫丸さん、帰りましょうよ」

中牟田が声をかけると、猫丸はぽかんとしたまま、

「ええ、それはいいんですが——帰り道はどっちでしょう」

「何云ってるんですか、あなた案内人でしょ、地図はどうしたんです」

啓太は笑って、猫丸のポケットから紙っぺらを引っぱり出して——茫然としてしまった。簡単な線だけの稚拙な図で、山、谷、岩、右、左、こっちへ登る——これで地図とはおこがましい。まるで子供のおつかいメモだ。よくもまあ、こんなものでここまで辿り着けたものであ——むしろ、そのことに感心してしまうくらいだ。無論、ここからどちらへ行けば道に出るのかなど判るはずもない。周囲を見回しても同じようなアカマツ林で、どの方角からここへ入って来たかも、もう覚えていなかった。

「えーと、どうしましょう」

きょとんとした顔で、猫丸は云った。

遠くの山でカラスがかあと鳴いた。

とびきり素敵な「0(ゼロ)」

光原百合

タロットと呼ばれる占いがある。その成り立ちの歴史を詳述(しょうじゅつ)するスペースはないが——うまく説明する自信がないときにしばしば利用する言い訳である。この文章を書くにあたっては、特に『錬金術とタロット』(ルドルフ・ベルヌーリ著、種村季弘訳論、河出文庫)を参考にさせていただいたので、興味がおありの方はそちらを——、トランプの前身と言われるだけあって、様々な絵札に数字が付されたものと思っていただければ良い。全部で七十八枚の札は、二十二枚の「大アルカナ」と五十六枚の「小アルカナ」にグループ分けされるが、一般によく知られているのは「大アルカナ」の方だろう。最小の数「1」のついた「魔術師」から最大の数「21」のついた「世界」まで、「太陽」「最後の審判」「皇帝」「悪魔」等々、想像力を刺激してくれるカードが揃っていて、占いに用いるときは、それぞれのカードが象徴するものを読み取りながら運勢を解釈していくというわけだ。

二十二枚なのに、最小の数が1で最大の数が21というのは計算が合わない? さあそこだ。

実はタロットには、「0」のついたカードが存在するのである。このゼロをどこに置くかについては、タロット研究者の間でも多少意見がわかれているようだが、多くの場合は「21」の後に来るとされている。1から始まり、21で完結した世界がいったん「無」に戻り、円を描いて再び振り出し＝1から始まるという意味らしい。つまりゼロのカードは、タロットにおいては最大の数より大きく最小の数より小さい、という逆説的な存在なのである。そもそもゼロという数字は、タロットを離れて日常の場で見ても非常に逆説的だ。ゼロを足しても引いても、元の数字には何の変化もない。なんという無力さ。ところが国家予算並みの、いやいや天文学的に大きな数字でも、ゼロをかけたら途端にすべてはゼロになってしまう。そう考えると、これほど強力な数字もほかにない。

さて、この「0」がついたタロットの絵札に描かれるものは「愚者」である。基本的には「永遠の放浪者」という性格を持つとされるこのカードは、位置と同じくその象徴する内容についても、研究者によって意見がわかれている。若さゆえの無知、未熟、無謀といったまさしく「愚かさ」を象徴するという意見もある一方で、すべてを知りすべてを得たからこそ、もはや何も欲しがることなく何にもとらわれずに放浪する、賢者を超越した賢者という解釈もあるのだ。0という数字の逆説性にふさわしく、まことに楽しい。

そろそろ、これは一体何の文章だ、違う本の内容が間違って印刷されたんじゃないか、と心配になった読者もおられるでしょうね。すみません、どうしてもこれだけの前置きが必要だったもので。

さて、この「0」を背負った魅力的な愚者のイメージ。どこか「名探偵」に似ていませんか？　一箇所にとどまることなく、事件を求めて永遠に放浪する存在。年齢不詳、正体不明。何を考えているのかわからない、ときにはまったくの道化としか見えない、それなのにいざとなったら、思いがけない叡智（えいち）をふるって事件を解決してしまう。いますよね、こんな名探偵。

現代日本でこういう「賢い愚者」的名探偵を探すとしたら——探すまでもありません、一番ぴったりなのは、あなたが今手にとっておられる本書『幻獣遁走曲——猫丸先輩のアルバイト探偵ノート』の主人公、猫丸先輩じゃないかと私は思います（おお、やっと解説らしくなってきたぞ）。

とても三十過ぎには見えない童顔。未だに定職につかず、面白そうなアルバイトに次々と首を突っ込む。博学を見せつけることもあるけれど、興味のない分野には「小学生レベルの知識の持ち合わせしか」無い。

デビュー作『日曜の夜は出たくない』、長編『過ぎ行く風はみどり色』、本書（いずれも創元推理文庫）、そして現在に至るまで、一貫してこういう素敵な「愚者」ぶりを見せてくれている猫丸先輩は、いろんなものをふいっと消去させる、「かけるゼロ」ぶりをもしばしば発揮してくれます。巽昌章さんは『過ぎ行く風は——』の文庫解説で、「先輩探偵」の系譜に触れ、その本質を「究極の日常性」だとして、「語り手の目の前でどんな不可思議な事件が起こっていても、そばに先輩がいると、なかなか奇怪な世界の側に没入しきることがかなわなくなってしまう。猫丸先輩こそ、そんな困った存在の代表格だ」と分析しておられます。まさしくその通り。猫丸先輩の威勢のいい毒舌を聞くうちに、「降霊会の最中に起こった殺人」なんていうおどろおどろしい怪異・不可思議も簡単にそのベールをはぎとられ、消えうせてしまうのです。

……が。「先輩」がいつでも日常の側に立っているかといえば、そうではないのが面白いところ。ときによっては「日常」のほうを「かけるゼロ」で消去してしまう場合もあるんです。巽さんは同じ解説の中で、「先輩」のイメージとして「うっかり結婚式のスピーチを頼んだが最後、何をばらされるかわからない」という愉快な例を出しておられます。確かにこれは、先輩という「日常」が結婚式という「ハレ」の場をぶち壊す例という見方も可能ですが、逆の見方もできるのではないでしょうか。

学生時代には「日常」だった先輩後輩の関係、社会的な利害や損得が基本的に絡まない人間関係は、社会に出てしまえばたちまち一つのファンタジーとなってしまいます。結婚式ともなれば、職場での力関係に応じて席順を決める、なんて配慮をする方がむしろ「日常」になっています。そんな大人の日常を先輩のスピーチは、(主役である新郎のかっこ悪いエピソードをばらすなどして)見事にぶち壊してくれるのです。社会人としての日常にいささか疲れている人たちにとって、それは少なからず爽快なことでしょう。やられてしまった新郎だって、閉口しながらも不快なばかりではないはずで、だからこそ「先輩のスピーチ」というものは結婚式から無くならないのだろうと思います。『日曜の夜は出たくない』や『夜届く 猫丸先輩の推測』でおなじみの八木沢君が、猫丸先輩には振り回されっぱなしだとこぼしながらもついつい関わりをもってしまうのは、強固に見える日常をあっさり「ゼロ」にしてしまう先輩名探偵に、ある種の憧憬（しょうけい）を抱いているからに違いありません。結婚式でスピーチを頼むかどうかはわかりませんが――。

（この後に、本書の全体像について触れる記述があります。事件の真相までは明かしませんが、読む前に一切の先入観を持ちたくない未読の方は、＊で挟んだ部分を飛ばしてお読みください）

＊

そういえばハードカバー版『幻獣遁走曲』の解説で佳多山大地さんは、本書で描かれる五つの事件の通しテーマを〝消失〟であると指摘しておられます。うーむ。鋭い。人間消失テーマのバリエーションである「猫の日の事件」と「寝ていてください」。収穫した松茸の一部が消失する「トレジャーハント・トラップ・トリップ」。古い手紙の消失（焼失）事件を扱い、そのホワイダニット指摘が実に鮮やかな「幻獣遁走曲」。そして「たたかえ、よりきり仮面」は――あ、この話に関しては真相に直結するから書けないけれど――。いずれも何かの「消失」を扱う物語です。いかにも「かけるゼロ」の名探偵である猫丸先輩にふさわしいと思うのは、私だけでしょうか。

＊

さて、こうしていろんなところに顔を出しては、日常・非日常を問わず消去してしまう猫丸先輩。彼の姿がどう映るかは、見る人によって違うようです。ほのぼの心優しい名探偵という見方もあり、いや違う、隠れた悪意をシニカルにほじくり出す意地悪な奴だという見方もあり。私はどちらも正しくて、どちらも少し違っていると思います。

本書を読んでいただければおわかりのように、猫丸先輩はときに、謎のベールを消去して隠れた悪意をさらけ出させることもある。逆に、見せかけの悪意を消去して善意を見つけ出すこともある。何でも善意に解釈しようなどとはしていませんし、かといって無理やり悪意をこじつけることもしません。

それじゃあ、彼は一体何を見つけようとしているのか――。私はこう思います。というか、猫丸先輩自身が何度も言っています。「面白いこと」。

そう、猫丸先輩は、人間とはいいものであるか悪いものであるか、なんて二者択一には、おそらく興味をもっていない。だって彼は「ゼロ」ですから。0はプラスでもマイナスでもなく、あらゆる数の真ん中にいる。ちょうどそれと同じように、人間はいいこともやるし悪いこともやる、かっこいいこともみっともないこともある、だけどそのすべてをひっくるめて、人間ってやつはこんなにも面白いぞっ、猫丸先輩はそう思っているのではないでしょうか。人間の様々な営み(いとな)が面白くてしょうがないから、猫丸先輩はあらゆるところに首を突っ込んでしまうのです。まん丸い目を輝かせながら。

勝手な憶測ではありますが、猫丸先輩のこういう人間観を、作者の倉知さんもかなり共有しておられるのではないでしょうか。だから倉知さんの描く人間たちはとびきり面白い。決して善意の人物ばかりではなく、ずいぶん嫌味な人や困った人も登場します。けれど彼らを描く筆が底意地の悪さに流れることはなく、呆れながらも笑って許せてしまう、場合によっては愛着さえ湧いてきてしまう。「猫の日の事件」の轟部長や「幻獣遁走曲」の鬼軍曹などがいい例でしょう。こういう巧みさは、同じ書き手として本当に羨ましいところです。

さて、そんなわけですから、本書を未読の方に望むことは一つ。是非読んで、このとびきり素敵なゼロのことを知っていただきたいということ(シリーズ三作目ではありますが、ここから読んでもまったく差し支えありません)。

猫丸先輩に望むこともただ一つ。いつまでも元気に目を輝かせて、人間というものがどれほど面白いかを私たちに見せてほしい。

作者・倉知さんに望むこともまた、ただ一つ。お願いだからもっと書いてください(笑)。そしてこれからも猫丸先輩の活躍を、たくさん読ませてくださいね——。

(二〇〇四年三月)

新版刊行によせて

新版『幻獣遁走曲』をお手にとっていただき、誠にありがとうございます。

読了されたかたにはお判りだろうが、本書はミステリではあるが殺人事件を扱ってはいない。殺人はおろか、傷害、強盗、誘拐などの重大犯罪は出てこない。

「ほほう、殺人の出てこないミステリということは、いわゆる日常の謎というやつだね」

と云うかたがいるやもしれないけれど、ちょっと待ってほしい。

実は作者としては〝日常の謎〟を書いたつもりはまったくないのである。

「どうして？　殺人なんかの凶悪犯罪を扱わないなら、それは日常の謎だよね」

との意見にも賛同しない。

実は私、〝殺人などの重大犯罪が出てこないミステリ、イコール日常の謎〟という図式に常々疑問を感じているのだ。殺人事件を扱っていないからって、すぐに日常の謎とレッテルを貼るのは、いささか性急すぎやしませんか、と思っている。

こうなると、では〝日常の謎〟とはどういったジャンルであるのか、という問題になってくる。

ミステリファンの間では、本格ミステリとはなんぞや、という論争がしばしば勃発する。各各それぞれの本格ミステリ観があるので、この論争はなかなか決着を見ない。今でも、本格ミステリとはなんぞや、という問いには、はっきりとした結論は出ていない。

そんな中で今度は、日常の謎とはなんぞや、という問いかけをしようとしているのである。もちろん、この疑問にも十人十色の解釈があると思うので、おそらくはっきりとした定義付けはできないであろう。だからここでは、作者としての見解をちょっと述べてみようと思う。皆さんのご参考になれば幸いである。

さて、日常の謎とはなんぞや、という問いである。

結論から云ってしまえば〝日常生活の中で起きた些細な謎に、ロジカルなアプローチで決着をつける物語である〟という定義付けを、個人的には提唱したい。

ポイントとなるのは〝日常生活の中で〟という点と〝些細な謎〟のふたつだと思っている。

些細な謎、というからには重大な謎であってはいけない。当然のことながら、殺人事件や強盗事件などの大きな犯罪はこの範疇には含まれない。〝些細〟なのだから、できるだけささやかで細やかな謎であることが望ましい。大雑把な性格の人ならば見落としてしまうような〝小さな不思議〟であれば、なお嬉しい。雑な人なら「ま、いいか」と流してしまうような、ちょっとした不可解な出来事、それがお話の中心になっているのがいいと思うのだが、いかがだろうか。普通ならば「ま、いいか」で済んでしまうような出来事を、繊細な感受性の持ち主が不思議に思い、それを探偵役がきれいに解決してみせる——というのが基本のフォーマットになっているミステリ。これこそが〝日常の謎〟ではないかと思うのだけど、さて、皆さん、どうでしょうか。

そして、もうひとつのポイントとなる〝日常生活の中で〟という点だ。これも外せない、と個人的には思う。物語はあくまでも普段の生活の中だけで完結してほしい。絶海の孤島が大嵐で孤立してしまい、登場人物達はそこに建てられた因縁付きの古い館に閉じ込められ、恐怖と不安に押し潰されそうな暗い雰囲気の中、次々と起きるささやかでちょっとした謎——ではバックグラウンドが大げさすぎる。まあ、そういうミステリがあったら面白そうだからちょっと読んでみたいけれど。

だから〝日常の謎〟はやはり、日常生活の中に溶け込んでいてほしい。毎日何気なく暮らしている中に起きる〝小さな不思議〟。解決しなくても明日からの生活に何の影響も及ぼさないけれど、何となく引っかかる〝ささやかな謎〟。それをミステリの手順で解き明かすからこそ、読み手の興味を引く感慨深いストーリーになるのではないか、と個人的にはそう考えている。

さて、どうだろうか。

〝日常生活の中で起きた些細な謎に、ロジカルなアプローチで解決をつける物語である〟

と、あくまでも私的な見解だけれど、こう定義付けてみた。

無論、反対意見もあるだろう。

「殺人がないミステリなら全部、日常の謎にひっくるめちゃってもいいんじゃないの」

という考え方もひとつの見識だろう。こちらもムキになって反論しようとは思わない。それぞれ一人一人の定義があっていいのだ。異なる見解があっても、全然構わないと思う。

ただ、この『幻獣遁走曲』で私は、日常の謎を書いたつもりはまったくない。という考えはご理解いただけただろうか。

あくまでも作者の〝つもり〟の話だから押しつけようとは思わないけれど、私の提唱した〝日常の謎〟の定義から本書は大きく外れていることだけは判っていただけると思う。

まず、舞台設定からしてまるっきり日常生活とはかけ離れている。

年に一度の猫コンテスト、臨床治験という認知度の低いアルバイト、幻の獣を追って奮闘する探索チーム、真夏の炎天下で行われる地獄のヒーローショー、お宝を求めて未開の山へと踏み込む欲に目が眩んだ人達――全然、日常ではない。むしろ、非日常だ。

だから私は個人的には本書は〝非日常の謎〟というジャンルに属すると思っている。そんなジャンルはないぞ、という声が聞こえてきそうだけれど、勝手に決めさせてもらった。

さらに、起きる事件もちっとも〝些細な〟ものではない。大抵、エラいことになっちゃっている。猫コンテストの主人公は盗難事件を解決しなくては会社をクビになる恐れがあり、幻獣探索チームもヘタしたら暴力沙汰に発展しそうだし、臨床治験の一件に至っては命に関わる問題だ。〝小さな不思議〟どころの騒ぎではない。殺人や強盗などの重大犯罪とはほど遠くても、登場人物達にとっては死活問題になるほど厄介なトラブルを扱っている。これも日常ではない。やはり、非日常だ。

というわけで、本作『幻獣遁走曲』は、作者に云わせれば〝日常の謎〟というジャンルではなく〝非日常の謎〟という極めて非常識なジャンルだという結論になる。

まあ、読んでいただく分には、そんなジャンル分けなんぞ大した意味はないだろう。楽しく読んでいただければ幸いである。読み終わって「ああ、面白かった」と思ってもらえれば、作者にとってこれ以上の喜びはない。とはいえ、〝日常の謎〟についてはひとこと云わせてもらいたいと常々思っていたので、せっかくの機会だから自説を披露した次第である。つまらないことを長々と語ってしまって申し訳ない。

ところで、ミステリを書いているからには殺人事件を扱った話は書かないのか、と問われれば、もちろん「書きます」と即答する。

やっぱり殺人事件はミステリの華。書かずにはいられない。

ただし〝非日常の謎〟のお話も割と気に入っているので、殺人事件のミステリと〝非日常の謎〟を半々くらいのペースで書き続けられたらありがたいなと思っている。

倉知淳

検印
廃止

著者紹介　1962年静岡県生まれ。日本大学芸術学部演劇学科卒業。93年、『競作　五十円玉二十枚の謎』で若竹賞を受賞してデビュー。2001年、『壺中の天国』で第1回本格ミステリ大賞を受賞。他の著書に『過ぎ行く風はみどり色』『星降り山荘の殺人』『皇帝と拳銃と』『ドッペルゲンガーの銃』などがある。

幻獣遁走曲
猫丸先輩のアルバイト探偵ノート

2004年4月9日　初版
2016年12月2日　5版
新版　2019年5月31日　初版

著者　倉知（くらち）　淳（じゅん）

発行所　(株)東京創元社
代表者　長谷川晋一

162-0814/東京都新宿区新小川町1-5
電話　03・3268・8231-営業部
　　　03・3268・8204-編集部
URL　http://www.tsogen.co.jp
旭印刷・本間製本

乱丁・落丁本は、ご面倒ですが小社までご送付ください。送料小社負担にてお取替えいたします。

ISBN978-4-488-42123-6　C0193